JN024161

いまだ人生を語らず

四方田犬彦

白水社

いまだ人生を語らず

装幀　加藤光太郎
カバー写真　著者撮影（二〇一八）

いまだ人生を語らず　目次

老年にはなったけど…

一九五三年生まれのわたしは二〇二三年に七十歳になった。これまでは老人見習いのような感じであったが、これからは本格的に「高齢者」の域に突入する。さあ来たぞ。来るなら来い。

そこで現在自分が人生観、世界観（というとあまりに厳粛な感じがするので、そういいたくはないが、要するに毎日の普通の心構え）を整理して纏めておきたい。


かつてわたしにとって憧れの老人であった吉田健一は、生きていて一番いい時期は老年であると書いた。わたしは学生時代から『時間』や『思い出すこと』、『時をたたせるために』といった著作を愛読していて、彼が繰り返し老人になることの心地よさを説いていることに感銘を受けていた。

吉田健一は書いている。老人ということでただ唯一面倒なのは、生まれてきてあっという間に老人になれるものではないということだ。老人になるにはひどく時間がかかる。それが面倒だと、彼はいった。

信じられないことだが、ヨシケンは六十五歳の若さで逝去している。風邪気味だったのを少し無理してロンドンとパリに向かい、留学先の娘を訪ねて東京に戻ってきたところ、風邪がこじれて肺炎となり、そのまま亡くなってしまったのだ。何ということだろう。今のわたしよりも五年も若い。わたしはすでに彼の享年を越えながらも、まだその老年のことがわからないのである。

『人、中年に到る』を一気に執筆したのは二〇一〇年の一月から三月にかけてのことであった。わたしはオスロ大学に招かれ、日本文化について講義をすることになった。その期間、日本から解放されたわたしは、この書物の執筆に集中したのである。

わたしには昔からへそ曲がりのところがあって、外国を旅行するとき、いわゆる季節のいい時期を選ぶことをしない。若いころから、暑さきわまりない土地にはその暑さの絶頂のときに行き、寒冷地には寒さが極まるときに行くことを好んできた。その方が土地の本質を理解できると信じているからである。極寒のノルウェーに行くという考えはただちにわたしを魅惑した。そこで何冊かの講義ノートとパソコン、辞書、日本では読めなかった長編小説の文庫本をトランクに詰めると、コペンハーゲン経由で目的地に向かった。

オスロはどこを見渡しても雪しかなかった。暖流が流れているおかげで、港は不凍港であるというのだが、どこまでも広い大学キャンパスのなかは白一色で、ぽつりぽつりと建物が建っているのが見える。人々は家から地下鉄駅までクロスカントリーをして進み、地下鉄から降りるとまた同じようにして雪のなかを歩いていく。わたしはいわゆる「ノルウェーの森」というのが、ミュンヒェンの森のような、鬱蒼とした樹木の黒く巨大な塊などではないことを知った。大雪原のところどころに灌木が茂みをなしているという程度なのだ。

　夕暮れの薄明のなか、わたしは新雪を踏みながら、自分に宛がわれた教員宿舎を探し当てた。典型的な山小屋で、簡素な机と椅子、それに暖房装置が置かれているだけだった。長い間閉められたままになっていた窓を開けると、身を切るように冷たい大気がたちまち侵入してきた。恐ろしい静寂である。わたしは突然に幸福感に襲われた。週に三回ほど、雪のなかを歩いて教室のある建物に行き、その後で買い物をして小屋に戻ってくるだけでいい。残余の時間は何をしようか。わたしは手元にいかなる資料もないままに一冊の書物を書いてみようと決意した。

　これまでわたしは自分の専門としてきた映画誌や比較文学の領域で何かを書くにあたっては、書斎と図書館にある厖大な書物や映像を前提としてきた。そうしたすでに存在する夥しい資料が作りあげる、蜘蛛の巣のような組織の内側に身を置きながら、執筆を続けてきた。雪に埋もれたオスロの山小屋には何もない。わたしは自分の記憶以外の何ものも携えず、ここに到来したのだ。であったとしたら記憶だけを頼りに、わたしはわたしとは何かについて書いてみようではないか。告白でもなければ、回想でもない。まったくの素手のまま、わたし自身を研究対象として書いてみようではないか。

　幸いにも時間はいくらでもある。邪魔をするものは何ひとつない。日本語などどこを探しても聞こえてこない環境のなかで、ただ自分に向かい合うときにだけ日本語を用いるのだ。

　到着した夜、わたしは大学の外へ食事に出た帰りに花屋に立ち寄った。どこでどう栽培しているのか、色とりどりのチューリップが手に入った。宿舎に戻りそれを飾ってみると、部屋の雰囲気が少し和らいだような気がした。睡蓮がもう戻ってこない夏の思い出ならば、チューリップは夜にも消えることのない蠟燭の炎なのだという言葉が想い出された。大学時代に読書会で読んだ、バシュラールという科学哲学者の書物にあった言葉だ。

こうしてわたしは『人、中年に到る』という書物を書いた。書き上げたとき、わたしは五十七歳になっていた。

今、この文章を書いているわたしは七十歳である。そして十三年前のオスロの日々を思い出しながら、同じように記憶だけを頼りに書物を書くことができないものかと考えている。わたしはエドガー・ポーの短編の語り手のように死に瀕しているわけではないし、カフカの長編の主人公のように、わけのわからない、馬鹿馬鹿しい裁判闘争に巻き込まれているわけでもない。わたしは自分が長い間憧れてきた生活の凡庸さに、少しずつ近づこうとしている。いつもと同じことをし、いつもと同じ道を歩き、偶然に発見した小さな差異に悦びを見つけようとする生活に、ゆっくりとだが向かおうとしている。

わたしは今、転居したばかりだ。四年前まで住んでいた横浜の家に戻ってきた。庭には放ったらかしになって蔓薔薇とミルテが思いのままに枝を伸ばし、隣家との間の柵にはジャスミンの蔓が、もう解(ほぐ)しようもないほどに絡まっている。置き去りにしていったミントと紫蘇は香り高い茂みを築き上げていた。そしてありとあらゆる種類の雑草が生い茂っていた。そのなかにはかつて栽培していたルッコラが雑草と交配を重ね、すっかり野生化してしまったものもあった。だが、それでも家はわたしを迎え入れてくれた。玄関と壁に若干の改修を施したのち、わたしはふたたびこの家の住人となった。

書物の荷解きはまだ完全には終わっていない。書斎は段ボールの山で、まだ辞書も取り出せないでいる。箱の一つひとつを荷解きするたびに、部屋の中の混沌が整理され、心が落ち着いていくのがわかる。

わたしは懐かしい机の前に坐って、この文章を書いている。おそらくこれが生涯で最後の引っ越しになるかもしれない。漠然とそう思いながら、二階から見える桜の樹を眺め、十三年前のオスロにいたときの心境を想い出そうとしている。

転居の直前、わたしは長年の懸案であった大きな書物を書きあげた。かつてその人物の研究のため、三十年ほど前に留学までしたという、文学者にして映画監督、パゾリーニの評伝的作品論である。この数年の間、小さな仕事をできるかぎり減らしながら、ひたすら彼について、発表する宛てもなく執筆を続けてきた。その結果、三千枚の分量となった。書き終わったときの大きな解放感のなかで、わたしは今、筆を執っている。もう今後の人生で、これ以上大きな書物を書くことはないだろう。

ともあれ終わったのだ。これから先、わたしはいろいろなことを、小さいことであれ、大きいことであれ、一つひとつ終わらせていかなければならないのだが、そのひとつが何とか無事に終わったのだ。

わたしは頃合いを見て、ずっと書架に入れっぱなしにしてきた『人、中年に到る』を読み直してみようと思っている。十三年前の自分が恋愛について、職業と労働について、老いと死について、どのような考えを抱いていたかを確かめてみたいと考えている。なるほどと膝を叩くこともあるだろうが、何と未熟なと、思わず書物を閉じてしまうこともあるかもしれない。おそらくその違いが、わたしが過ごしたこの十三年という歳月の意味なのだろう。

わたしが中学生時代から愛読してきたモンテーニュは、四十七歳のときに最初の『エセー』を発表し、八年後の五十五歳でその増補改訂版を世に問うた。さらにその後も五十九歳で亡くなるまで、機会あるたびに加筆と改訂を続けた。

ちなみに堀田善衛の『ミシェル　城館の人』を読むかぎり、その晩年はかならずしも悠々とした隠遁家のそれではなかったようである。すでに妻との間は冷え切っていたし、子供たちは赤ん坊のうちに死んで、わずかに二女一人しか育たなかった。さまざまな病苦が彼を襲い、苦痛が途切れるときがなかった。もしできることならば家族の者たちから遠く離れたところで死にたいと、モンテーニュは書いた。彼を軽蔑していた老いた母親は、息子の死後も長く生き延びた。にもかかわらず、『エセー』にはすべての苦痛を静かに耐え忍び、生涯の最後に神と和解してより自由で軽快な身となろうとする強い意志が窺われる。

わたしが最初に手にとった『エセー』の翻訳本では、興味深いことに、二回にわたる加筆部分が明確にわかるよう、徴が付けられていた。徴を辿っていくことは面白いことだった。充分に懐疑的ではあるが寛容な精神をもった一人の人間の思考が、まるで蔓薔薇の枝が新しい蔓を伸ばし、思いがけず蓄を増やしていくように、自在に伸展していくさまがわかるからである。モンテーニュは自分を実験台として自己についての観念を語るとともに、その観念が時間とともにどのように変容していくかについても、客観的な形で提示してみようと試みたのである。

わたしにそのような真似ができるかどうかは心もとない。というのも、これまで人並みに日本の書物を読んできたが、詩の書き換えを含め、長い歳月の後になされた加筆というものに感心した記憶があまりないからだ。若く張り詰めた文章の後に、訳知り顔の弛緩した文章が続くといった例が少なくない。何とだらしのないことだろう。過去の自分に対決し、それを堂々と批判するといった加筆はきわめて稀なものだという印象が強い。わたしは『人、中年に到る』はそのままにして、もしそれが可能であるとすれば、新しい文体のもとに、新しい書物を執筆した方がいいだろうと判断した。

『人、中年に到る』を書いてから十三年の間に、わたしは何をしたのだろうか。わたしは幸福だったのだろうか。それとも不幸だったのか。わたしは聡明に時を過ごすことができたのだろうか。それとも以前に増して、愚かしさに耽溺してしまったのだろうか。

さまざまな問いが心のなかに生じてくる。とてもそれを順序立てて語ることはできない。というのも何も完結していないからで、すべてが現在進行形であるからだ。人が他人事のように口にする「成熟」や「達観」といったものから、わたしはつねに縁遠いところにいた。おそらくこれからもそうだろう。わたしはただ変化しただけであり、その変化は今でも続いている。いつか、まったく偶発的な理由によって中断されるまで、わたしは変化を続けていくだろう。

オスロ大学での講義を終えて東京に戻ったわたしは、しばらくして、長い間躊躇っていたことをついに実行した。大学を退職したのである。

非常勤講師に採用されて以来、三十年近く勤務してきた職場を去るにあたっては、感慨がなかったわけではない。しかし大学に戻り、以前と変わらぬままに講義を行ない、教授会議に出席し、入試問題作成から落第学生の身の上相談まで、大学の呆れんばかりの煩雑な雑務を片付けていくという日常に、心のなかで名状しがたい停滞感を感じるようになったのである。ワインの壜の底に澱（おり）が溜まるように、時間のうちに何かが沈殿していき、心が新しいもの、未知なるものへ向かうことを妨げているように感じられてきたのだ。それが否定しがたいものと化したとき、わたしは奉職してきた大学から退こうという気持ちに駆り立てられた。一年間の海外研修休暇の間に、わたしはいくぶん体調を崩していた。そこで思い切って退職願を提出し、それは大学側に受理された。

出来ごとというものは、単一の原因によって説明できるものではない。風が吹けば桶屋が儲かるといった単純な因果関係によって、世界は進行しているわけではない。ひとつの変化の背後にはさまざまな力が層をなして働いていて、それが「超決定」（難しくいうと「重層決定」）なるものを引き起こすというのが本当のところである。わたしの退職にも、今から考えてみると、いくつもの要因が重なりあっていた。

あるときわたしは、自分が自分の職業から人格的な反映を受けているのではないかという疑問に捕われた。医者は医者らしく、警察官は警察官らしくといったぐあいに、わたしは長年教師を務めてきたことで、知らない人から見ても、いかにも「先生」のように見えているのだろうか。いや、外見だけではない、気が付かないうちに、教師としての内面的自我を築き上げてしまったのではないだろうか。この疑問に続いて生じたのは、自分が他の人にないある特殊な知識を所有しているという理由だけで、それを職業にしていいのだろうかという疑問であった。

わたしが大学の教員という枠組みのなかでしか事物を認識することができず、しかもそれに無自覚であり、いっこうに不自由を感じていないとすれば、わたしの認識の幅はひどく狭小なものに陥っているはずである。わたしは社会が公認するペルソナに自分を知らないままに合致させ、しかもその限界に気がついていないだけではないか。社会的なアイデンティティーとは別のところに真の自分を確立しておくことを、自分は長く怠ってきたのではないだろうか。

わたしは映画研究を日本のアカデミズムのなかで日本美術研究や古典文学研究と同格のものとして認知させるため、長い間孤軍奮闘していた。でも、もういいだろう。日本中のあちこちの大学が映画研究の講座を設けるようになったのだ。もうこれからは映画史のために公的な著作を著すことや啓蒙的な活動をすることから少しく距離を置き、自分のプライヴェイトな関心に応じて執筆活動を始めてもいいのではないか。いつまでも人のためにモノを書いているだけで、自分のことを置き去りにしているならば、後悔を残すばかりではないか。そう考えるに到ったのである。

六十歳になる直前に、わたしは大学の研究室を去った。アカデミズムには都合三十年、身を置いたことになる。『人、中年に到る』の後、わたしの生活が体験した最初の変化とは、このようなものであった。

今からしてみると、これは限りなく正しい判断であった。もしそのまま定年まで教壇に残る気でいたならば、わたしはおそらく学内行政の一翼を担わされる羽目になり、自分がもっとも苦手とする人間関係の柵（しがらみ）のなかで突然に体調を崩して、重大な事態に陥っていただろう。たとえそうでなくとも、その期間に文筆業者としてほとんど何も、自分の納得のいく仕事を残せなかったかもしれない。同年齢の知人が大学に留まり、壮絶なる「戦死」を遂げたり、深刻な身体疾患に襲われたりしていることを見聞きするにつけ、自分もすぐその手前まで来ていて、崖っぷちを覗き込んでいたことに気付かされる。危ういところだった。

そう、わたしには、モノを書き出したときの二十歳の自分に回帰したいという気持ちがあった。そのためには自分がこれまで帰属して来た共同体から脱出しなければならなかった。旧約聖書の『エレミア書』の喩に倣うならば、独りで荒地を彷徨うことが必要だったのだ。

わたしを襲った解放感には大きなものがあった。それは逆にいうならば、教員としての大学生活がいかに抑圧的なものであったかを意味していた。わたしはいっこうに講義に興味をもっていない学生に怒ることもなくなり、学内での狭小な党派主義が横行するもろもろの会議で書記を務めることもなくなった。長い間書こうとして、時間的余裕がないままに放置していた書物の執筆を再開し、近くにある市営スポーツセンターに通う。泳いだ後で市場に向かい、魚屋と八百屋を覗くという生活を開始した。

自分の生活のなかに、これまでのものとは違う原理が登場してきたことを象徴的に物語る挿話を、ここでひとつ書いておきたい。

スポーツセンターは午前八時から入ることができる。十時ごろからは主婦中心の水泳教習が始まったりして、プールはけっこう賑やかになる。午後は子供たちがやってくる。だったらどうせだから、朝一番に行くことにしよう。朝の食事を終えたわたしは、週に二度、自転車に乗って向かうことにした。

八時を少しすぎたばかりのプールというのは、ほとんど人影がない。仕事前に軽くひと泳ぎするのが日常であるといった若い女性も見かけないわけではないが、たいがいは退職した初老の男性ばかりで、それも数人といったところである。わたしはがらんとしたプールで、思う存分に泳ぐことができた。

遠い昔の記憶が蘇ってきた。十五歳のわたしは高校で水泳部に入っていた。夏休みになると学校の隅にある古い教室に泊まり込み、他校との競技大会に向けて練習に励むのである。一週間ほどの合宿だが、とにかく午前も午後も泳いでばかりいるので、二日目あたりからは夜に寝ているときにも泳いでいる夢を見る。食事は近くの町中華（という言葉はまだなかったが）でとる。夏休みまでは普通に授業を受けていた学校の建物と運動場が、まったく異なった風に思われてくる。

それを専門用語で何というのか、わたしは知らない。とにかく「インターバル」という練習があり、二十五メートルのプールを泳ぎ切ってターンし、出発点に戻ってくるという練習を、嫌になるほど繰り返すのである。正確な数字は憶えていないが、五十秒とか五十一秒だったような気がする。笛が合図だ。この練習を二分間に一度の割合で、まず十回繰り返す。ターンがうまくいき、短い時間で戻ってきた場合にはそれだけ休息時間が長くなるわけだが、何かの失敗で思いがけず時間を食ってしまった場合には、戻ってきてただちにまたスタートということになる。わたしも他の部員たちも、一週間、こればかり練習していたように憶えている。

ひさしぶりに二十五メートルのプールに入ったわたしは、しばらく水に浸かっているうちに、三十五年前の記憶をまざまざと思い出した。もちろんその後もいろいろな、それこそ世界中のプールで泳いできたわけだが、あの夏の特訓の体験が身体に刻み込まれていたのである。わたしはプールの端から端までを全力を込めて泳いだ。長い間、運動を怠っていたせいか、軀はすっかり硬くなっている。おそらく高校生のときのように泳げなかったとしても、けして気にしてはいけないと自分にいい聞かせながら。そしてそれが当然であるように、水中ですばやく（と自分では思っているのだが）ターンをし、帰路の二十五メートルを泳いだ。

出発点に戻ってきたわたしは、これもまた当然のことのように短い休息を取り、ふたたび二十五メートルに挑戦しようとした。だが、いつまで経っても笛が鳴らない。鳴るわけがないのである。そもそも「インターバル」の練習をしている者など、このがらんとしたプールに誰一人としていないからだ。ただわたしだけが、少年時代に軀に刷り込まれた練習の記憶を、無意識的に反復していただけの話だった。

ああ、もういいんだ。わたしはそう思った。もう他の高校の連中たちとタイムを競い合う必要はないのだ。全体で何位に食い込んだからといって、合宿の最後の日に褒められたり、悔しがったりすることもないのだ。一生懸命、タイムを短縮しようと努力したところで、誰もそれを証言してくれる者はいないし、大体がわたしの水泳に関心を持っている人など、誰もいない。

それではわたしは孤独に泳いでいることに落胆したのだろうか。その逆である。もうタイムを気にしないで泳げばいい。泳ぐのに飽きたらばさっさとプールサイドに出て、放心状態でいればいいのだし、スポーツセンターの外に出て、コンビニで白い熊の包装のあるアイスクリームを買い、公園のベンチで食べていても、誰にも何も咎め立てされることはないのだ。わたしは両隣のコースの部員たちとタイムを競いながら泳ぐことから、もうとうの昔に解放されていた。とはいうものの、軀だけがインターバルを憶えている。

もういいんだ。わたしはもう一度、自分にいい聞かせた。もう両脇を見ながら、タイムの向上のことなど考えなくともいい。自分は高校の水泳部に始まってこの方、いつだってそんなことばかり考えてきたではないか。でも今では、右を向いても左を向いても、コースの隣を泳いでいる同級生など一人もいなくなってしまった。泳いでいるのは自分独りだし、タイムウォッチを片手にそれを見ている人間もいない。嫌だったらすぐにやめたっていいのだ。プールサイドに出て、好きなことをやっていていいのだ。

まさにその通りだった。もう映画をアカデミズムのなかで認知させることに躍起になる必要もない。向学心のない学生たちや退屈な同僚たちに気を遣う必要もない。たった独りでモノを考え、好きなことを好きなように書いて暮らしていこう。

　わたしは急に身軽になった自分を感じた。


　日本では六十歳まで真面目に勤め上げ、定年を迎えた勤め人たちが、ある日突然に帰属先を喪失してしまったために心身の均衡を崩すことが少なくないという。これまで体験したことのなかった解放感を前に、どう振舞っていいのかがわからないのだと思う。わたしもまた解放感とともに、処置に困る浮遊感を感じなかったといえば嘘になるだろう。だがそれにもまして、書くという仕事を中断することもなく、好きなだけ集中しながら継続することができることの悦びの方が強かった。何も考えずにプールの水のなかに軀を浮かべているのは気持ちがよかった。心のなかで長い間に凝り固まってしまったものを水に浸し、ゆっくりと解きほぐしていくには、プールが最適なように思われた。

　だがその一方で、ときにわたしが焦燥感に駆られたことがなかったとはいえない。自分が過去に書いたもののあまりに拙さに驚き、いったい何を勉強してきたのだろうと思い悩んだことはたびたびある。これまで中途半端にしか理解していなかったことが多すぎる。イスラム哲学についても、江戸時代の儒教についても、数学基礎論についても、自分はほとんど何も知らないではないか。

　他人の書物を紐解くたびに、わたしはこうした思いに囚われた。しかしそうしたことを学び直すだけの時間が、自分にはあるだろうか。やがて来るであろう死を前に、自由に思考を羽搏(はばた)かせることのできる持ち時間がこれから減っていくばかりだというのに、その貴重な時間をわざわざそうしたまったく未知の知的領域のために費やすことができるのだろうか。未知への挑戦だって？　そんな生意気な口を利く前に、まだまだ書架には自分がまだ一度も読んだことのない書物が、それこそ山のように並んでいるではないか。

解放感と焦燥感とは、実のところ貨幣の裏表である。しかしたとえ日々の愚かしい雑務に追われ、生に解放が訪れなかったとしたら、心は解放を希求することも忘れてしまう。そして絶望のなかでいたずらに焦燥に駆られ、生を摩滅させてしまうだろう。わたしは人生を摩滅させたというよりも、人生そのものによって摩滅させられてしまった人たちを、これまで何人も間近に見てきたから、それが予測できるような気がしている。

これからわたしは『人、中年に到る』の十三年目の続編を書こうとしている。だが、正直にいって、まだ決定的な通しタイトルが決まっていないことを告白しておかねばならない。自分が人生論を期待されていることは承知している。だがわたしは、無我夢中で駆け抜けてきた人生とやらについて、いまだに語るべき説得的な言葉を所有していないのだ。

順序からいって中年の後は老年であるから、「人、老年に到る」という表題はどうだろうという声がする。それは一見妥当そうに見える。七十歳になるわたしは、制度的には「高齢者」の範疇に入るのであろうし、数年前から名画座ではシニア料金を利用させてもらっているのだ。

とはいうものの、わたしがもし老年を名乗ったとしたら、わたしが個人的に謦咳（けいがい）に接したことのある数多くの大先輩たちは、いったいどういう感想を抱くであろうか。どの人も「先生」と呼ばれることがお嫌いだから、「さん」づけで呼ばせてもらおう。山折哲雄さんや金石範（キムソッポン）さん、海老坂武さんといった、わたしが敬愛してやまない長老たちは、「何を若造の癖をして」と一蹴してしまいそうな気がしないでもない。

わたしは昨日、九十二歳になる母親に会いにいった。彼女はコロナウイルスの厄難が終われば、またモロッコの砂漠に行ってみたいと、とんでもないことをいっている。こうした困った母親に手を焼いている息子が、どうして自分を老人だと威張ってみせることができるだろう。

誰もが年老いる。だが老人のプロはいない。すべての若者が「青春」という言葉に振り回され、わけもわからぬうちにその青春を終えてしまうように、ひょっとして多くの老人は老人であることの意味も充分にわからないままに老年を終えてしまうのではないか。わたしもまたそうなるのではないかという懸念がないわけではない。ましてわたしは老年のとば口に立ったばかりだ。そんな初心者が「いよいよ老境に入って」などと訳知り顔で口にしたら、笑われるばかりだろう。そ人は飛び込み台からプールに飛び込むように、一足飛びに老人になれるはずがない。少しずつ、少しずつ、老人になっていくのである。

次章からは、もっと具体的なことを書いてみることにしよう。

忘却について

わたしとはわたしの記憶だ。はたしてそう断言してしまっていいのだろうか。わたしは考える。だが、わたしの内側にあって、わたしがどうしても考えることのできない部分もまた、強烈にわたしを作り上げているのではないか。わたしはその懸念から自由になることができない。

記憶を喪失してしまったらどうしよう。わたしはしばしば不安に襲われる。誰もがそうだろう。そのときわたしは、たちまち自分のアイデンティティーを喪失してしまうのだろうか。

生きるにあたって何よりも重要なのは過去についての記憶であり、わたしとはわたしの記憶だ。多くの人がそう考えている。だが忘れてしまうというのは、本当に不幸なことなのだろうか。記憶が甘美なものであるか、悲惨なものであるかは、ひとまず問わない。忘れることのできない記憶、癒しがたい記憶を携えながらこれからの生を生き続けることが、はたして幸福なのだろうか。だれがそれを受け合ってくれるのだろうか。

太宰治が戦時中に書いた『お伽草子』を学生時代に読んで、わたしは妙な感銘を受けたことがあった。

浦島太郎の伝説を知らない者はいない。海岸で子供たちに虐められている亀を救ったことが機縁となって竜宮城に招かれ、乙姫様と愉しい日々を過ごした男の話である。

あるとき太郎は故郷が懐かしくなり、暇乞いをする。乙姫は餞別にと、彼に玉手箱を与える。太郎が故郷に戻ってみると、三百年もの歳月が過ぎていたことがわかる。驚いて玉手箱を開けてみると、たちまち白い煙が立ち昇り、太郎は恐ろしい老人になってしまう。彼は乙姫の寵愛どころか、かつての故郷の人々も、そして何よりも若さを失ってしまったのだ。

太宰治はこの話をきわめて独自の形に脚色した。まず彼は竜宮城を退屈きわまりない場所に設定した。昼もなければ夜もない。いつも五月の朝のようにさわやかで、樹陰のように緑の光線に満ちあふれている。太郎は亀に勧められ、海の桜桃なるものを口にする。三百年にわたって老いることがないという、神秘の果実である。

乙姫様は口を利くわけでもなく、だからといって太郎に嫌悪の感を抱いているわけではない。ただいつも静かに微笑しているだけである。どこからともなく琴の音が聞こえてくる。太郎は何をしても許されており、快適といえば快適である。とはいえ俗人である以上、何日もが経つうちに地上の生活が懐かしく思えてくる。泣いたり笑ったり、また怒ったりしている俗人たちの世界が何だか美しいもののようにすら思えてくる。

太郎が突然に暇乞いをしたところで、乙姫様は驚くわけでもない。彼女はいつものように物静かで聡明である。ただいつものように無言の微笑でそれを受け容れ、餞別に小さな貝殻を差し出す。五彩の光を放つ二枚貝だ。太郎はそれを受けとり、亀の甲羅に乗って故郷の浜辺に到着する。

亀は太郎に向かって、この貝は開けて見ない方がいいと忠告する。なかには竜宮城の精気のようなものが籠っていて、陸上で開けたとたんに奇怪な蜃気楼が立ち昇ったりすれば、気が狂ってしまうかもしれないし、海の潮が噴出して大洪水になるともかぎらないと、親切心から警告を発する。だが乙姫様がそのような悪意を抱くはずもない。太郎は彼女を信じている。

案の定、太郎がいない間に、地上では三百年という時間が過ぎていた。生家に辿り着いた太郎は、しばらく思案した後に、二枚貝を開いてみる。たちまち白い煙が立ち昇り、彼は白髪頭の老人と化してしまう。

さて、ここから太宰の独自の解釈が始まる。「気の毒だ、馬鹿だ、などというのは、私たち俗人の勝手な盲断に過ぎない。三百歳になったのは、浦島にとって、決して不幸ではなかったのだ。」「浦島は、立ち昇る煙それ自体で救われているのである。貝殻の底には、何も残っていなくたっていい。そんなものは問題ではないのだ。」

貝殻を開ける・開けないは、太郎の自由であった。そして煙を浴びたおかげで、太郎は竜宮城で過ごした日々の記憶を残らず忘れてしまったのである。これは乙姫様の「深い慈悲」であったと、太宰は書いている。

「浦島は、それから十年、幸福な老人として生きたという。」

一般に知られている話では、浦島太郎は開けてはならぬという玉手箱を開けてしまったがゆえに老人となってしまった。乙姫様の忠告を蔑ろにした愚行の報いとして、彼は巨大な喪失感のうちに生きなければならなくなったとされている。だが太宰の解釈は逆で、竜宮城での快適な暮らしを忘れ去ることによって、太郎がむしろ幸福な晩年を過ごしたのだと語っている。

たとえいかに奇妙な場所であったとしても、竜宮城はそれなりに快適で幸福な場所であった。その竜宮城への回帰の道を閉ざされ、永遠に到達できないものとして、思い出を抱き続けることは、やはり不幸なことでなくて何であろう。それは残りの人生を深い後悔のうちに過ごすことだ。であるならばいっそのこと、すべての思い出があっさり消滅してしまった方が人間は幸福になれるのではないか。太宰はそう説いているのである。乙姫様はちゃんとそこまでを見通していた。この聡明な女性は、自分とともにすごした日々を太郎に忘れさせることで、彼を永遠の喪失感から解放してあげたのである。

忘却は不幸なことではない。忘却できないことこそ不幸なのだ。『お伽草子』を読んで以来、わたしを捉えているのは、この逆説である。

記憶を喪失することの不幸に対し、記憶から解放されることの幸福が存在している。想い出すのも忌わしい記憶が消滅するというわけではない。幸福な記憶も含め、いっさいの記憶が消滅するという事態のことである。それは自分を失うということだろうか。いや、むしろ、自我に白紙還元(タブラ・ラサ)を施し、生をもう一度やり直すことに通じているように思われる(もっとも、もしもそれが完璧に可能であった場合に限られているのであるが）。だがそれが、人格を持った一人の人間にとって死に等しい事態であることを、誰が指摘することだろう。

わたしは空想する。

自分の内側にある、あの想起するだけで忌々しい時代の思い出から自由になれたとしたら、心はどれほど快哉を叫ぶことだろう。あの陰鬱な小部屋、あの憂鬱そうな表情の人々、あの湿った空気と思いやりのない言葉、責め立てるような眼差しが、脳裡からいかなる痕跡もともなわず消滅してくれたとしたら、わたしはどれほどの幸福感に襲われることだろう。

わたしはさらに子供じみた空想を続ける。

もしビートルズの曲の記憶が消えてしまい、彼ら四人のことをまったく知らないままに人生を過ごしながら、何かの偶然で「イエスタデイ」や「ヘイ・ジュード」の旋律を耳にしてしまうことがあったとしたら。その瞬間、わたしはどれほどの歓喜に包まれることだろうか！　ビートルズばかりではない。ヴェルディの『リゴレット』のアリアは、モーツァルトの幻想的なピアノ曲はどうだろうか。おそらく心はかつて十五歳のときに戻ることができるだろう。初めてこうした曲を聴いたときの、世界がどこまでも展（ひろ）がっていくような感動を、もう一度体験することができるだろう。

ビートルズとヴェルディ、モーツァルト。わたしはその歳以来、何十回となく、繰り返し彼らの音楽を聴いてきた。おかげでいくつかの曲では、その隅々までを記憶していて、その再現が正確かどうかは別にして、いつでもそれを口遊(くちずさ)むことができる。退屈なとき、嫌なことに出逢って気持ちが鬱屈しているとき、それが自分の心に安堵をもたらしてくれることを、わたしは体験的に知っている。とはいえそれは、初めてラジオの深夜放送でビートルズの「新曲」を耳にしたときの驚異とはまったく別のものである。音楽というものは、厳密にいうならば、一回かぎりの体験だった。わたしは「ヘイ・ジュード」を聴きながら、いったい自分はどこへ連れ去られていくのだろうという、途方もない気持ちを抱いていた。もしこの偉大な曲の記憶が都合よくなくなってしまったなら、わたしはその新鮮な感動をふたたび自分のものにできるかもしれないのだ。

わたしが子供の頃、まだ「認知症」という言葉は使われていなかった。日本人男性の平均寿命がまだ六十歳代で、女性のそれが男性をわずかに越していると小学校で教えられた時代のことである。

平均寿命がどんどん伸長し、九十歳を越しても平然とそのあたりを元気に闊歩している人たちが増えてくるにつれて、高齢化による記憶と認識の障害が深刻なものとして論じられるようになった。

もっとも年齢について、数字だけを根拠に論を進めていくわけにはいかない。従来は単純に先天的なものだと考えられていた男女の性を語るさいに、ある時期からわれわれは、生理学的な意味での「セックス」と、文化と個人史によって後天的に形成される「ジェンダー」とを、ひとたび理論的に分けて論じなければならなくなった。同じように、加齢の問題を考えるときにも、生理的肉体として否定しがたく現前している年齢と、社会的に形成され、個人が内面化を要請されている年齢とを、不用意に混同してはならないだろう。「年寄りは年寄りらしく」といった表現を通して誰もが踏襲（あるいは反発）することを強いられている年齢というものは、イデオロギー的な形成物にすぎない。われわれは社会によって「年齢」を強要され、指定された年齢を甘受するように命じられているのだ。

だがそうした事実を前提として踏まえたとしても、平均寿命が今日のように予想もしなかった伸長を示している現在、誰もが認知症の問題を避けて通ることはできないことは事実である。

わたしの生はこの先、どれくらいの時間にわたって続いていくのか。それは定かではないし、そこには何の保証もない。だが時間が経過すればするほどに、認知症の圏内に接近していく可能性はどんどん高まっていく。逃れるすべはない。すでにわたしの知っている年長者のいくたりかは、みごとに記憶が消滅した世界の住人と化しており、わたしはかつてのように彼らと愉快に対話をしたり、連絡を取りあったりすることができなくなってしまった。彼らの存在は、その家族や側近の者たちがときおり声を潜めながら示す、何か忌わしいものと化してしまった。わたしは間接的に彼らについてなされた噂や報告を頼りに、それとなく彼らの現状を推し量るばかりである。

わたしはこうした年長者を気の毒に思うが、かといって、とりたてて罪障感に襲われるわけではない。というのも、わたしもまた彼らの年齢に到達したとき、彼らと同様に認知症を患っているかもしれないからだ。いずれは自分もなるぞ。なるからにはそれなりの覚悟を決めておかなければならぬと、わたしは自分にいい聞かせなければならない。

いつからか、わたしは誰かの身の上に起こることは、自分の身に起こっても何の不思議はないと考えるようになった。わたしだけが運よく厄難を免れるということはありえないのだ。およそ認知症なる症状が高齢者に到来する事態であるとすれば、それがどうしてわたしの身を訪れないことがあるだろう。

わたしはふと考えてみる。わたしが今こうしてパソコンを前に綴っている文章を、いやさらに遡って、十三年前に江湖に問うた『人、中年に到る』という書物を、認知症を患うことになった未来のわたしはどのように受け止め、どのように読むだろうか。彼はここに書かれている言葉を頼りに、喪失したきりになっていた自分の過去を想起し、それを何とか再構成を企てることができるのだろうか。自分が目の当たりにしている言葉を前に、それがかつて自分が確かに書いた文章であることを認識することができるだろうか。いや、ひょっとしたら彼は、書物を読むという行為すらも忘れてしまっているかもしれないのだ。

現在のわたしにとって認知症は、いまだに訪れたことのない未知の、広大な海である。この海のさらに彼方には、これも未知そのものである死の大陸が控えているわけだが、それについては本書の後半で書くことにしよう。認知症の海に少しずつ船を漕ぎ出だそうとしているわたしにとって、周囲の風景はどのように見えるのだろうか。それは際限もなく昏い波ばかりが打ち寄せる、不吉で陰鬱な海なのだろうか。それとも、後に失語症に苦しむ晩年を迎えることになるが、ボードレールが長編詩「旅」のなかで書いたように、気紛れな雲の戯れの下、豪奢な落日に輝くといった、知られざる期待の海なのだろうか。このような夢想につい耽ってしまうわたしに、太宰治のコントの教えが微かに残響していることを、わたしは否定しない。

自分が認知症の圏内に陥ってしまったと知った人間が、名状しがたい苛立ちと焦燥感に苛まれることは理解できる。それは死の宣告に似ているようで、根源的なところでそれとは異なっているように思われる。ある意味でそれは不死の宣告なのだ。

今ここで語っているわたし、世界を透明に認識していると信じているはずの〈わたし〉には、何が起きるのだろう。彼は生命の存続は保証されながらも認識の危機を宣告され、緩やかにではあるが思考の摩滅のサイクルのなかに参入してしまう。薄れゆく記憶と迫りくる痴呆。おそらくこの状況をもっとも正確に描いてみせたのは、『ガリヴァー旅行記』を著したスウィフトだろう。

矮人国、巨人国と、世界のさまざまな地域で奇怪な種族を目の当たりにしてきた船医ガリヴァーは、ある王国でストラルドブルグと呼ばれている一群の人間たちに出逢う。彼らは一般人の間でごく稀に生まれる特異体質の人間で、その誕生は忌わしい凶事（まがごと）と見なされている。ストラルドブルグは不死という宿命を担っている。そのため若くして意気消沈し、八十歳を過ぎるあたりで、あらゆる痴愚欠点を併せもつようになる。頑固で、貪欲で、不機嫌で、あらゆる人間的な愛情に無関心となってしまう。九十歳ともなると歯も頭髪も失い、日常会話すら困難となる。もちろん記憶もなくなる。法律的には死を宣告され、あらゆる財産を没収されてしまうため、国家のわずかな援助によって生きるしかないのだが、すべての人間から嫌われ、軽蔑の的となる。彼らの唯一の希望は死ぬことであるが、それがかなわないため、一般人に対し激しい羨望と憎悪を抱いている。死という無常の宿命から解放された人類とはどれほど幸福なことだろうと想像し、最初は彼らとの会見を期待していたガリヴァーであったが、現実のストラルドブルグたちの不気味な醜さを前に、深い厭世感に囚われてしまう。

人間の不死をめぐるこの恐ろしいヴィジョンは、作者であるスウィフト本人が晩年に至って痴呆症となり、言語も記憶も喪失しながら生きながらえたという事実を知るにつけ、いっそう恐ろしいものに思われてくる。そういえばわたしははるか昔、学生だったころ、十八世紀ダブリンに生きたこの人物を主題に修士論文を執筆したことがあった。今から思うとその忍耐強さに驚嘆するしかないが、三年の間、ただひたすらにスウィフトを読み続けたのだ。それが幸福なことであったかどうかは、わからない。今になって思い出しても、彼の著作は、いたるところで不気味な戦慄の走る、グロテスクで残酷なものであった。

認知症が初めて自覚されるようになった時期、わが身に降りかかってくる焦燥感と絶望。あることは鮮明に記憶していても、別のあることは朧げにしか想起することができず、さらに別のことに到っては、そのような出来事があったことをきれいさっぱりと失念しているという脳の不均衡。まるで脳が他者に進駐されているかのようだ。だがこの絶望的な事態と何とか折り合いをつけたとき、人はひょっとして考えてもみなかった心的状態に到達するのではないだろうか。

認知症に罹った高齢者の少なからぬ者たちには、現在に対する意識が次々と欠落していく一方で、過去の記憶が強烈な形でせり上がってくることがある。現在と過去を分割していた閾が低くなるにつれ、生と死の間の境界もが少しずつ曖昧となり、その結果、意識のなかに、もうとうに死んでいた人物が出現して、親し気に話しかけてきたりする。彼らは何かの事情で生き返ってきたわけではない。すでに死んでいるにもかかわらず、平然と会いに来るのであって、そこには意識がまだ混濁していなかった時期に特徴的だった生と死の対立や分断の認識がなされなくなっているのである。

森崎東の『ペコロスの母に会いに行く』(二〇一三)は興味深いフィルムである。わたしはこの作品を、その年の日本映画のベスト1に選んだ。漫画家の岡野雄一の手になる四コマ漫画を原作としているフィルムなのだが、認知症についてのヴィヴィッドな観察眼と共感に満ちた挿話が次々と語られていく。岡野と思しき主人公の中年男性は、認知症となった高齢の母親をときおり施設に訪れる。もっとも彼女はもはや息子を見分けることができない。にもかかわらず息子は訪問のたびごとに、母親を通して自分の過去をめぐる新しい発見をすることになる。母親が携えてきた時間の向こう側に、幾層もの歴史の重なり合いを見る。

子供の頃にその名前だけを聞かされ、強烈な恐怖に襲われていた「ヨゴエハッチョウ」という女妖怪の正体は、実は眼前の母親だったのではないだろうか。この女妖怪にわが身を預けないかぎり、自分は母親を理解することはできないのではないか。息子は戸惑い、立ち尽くす。心の内側に母親への恐怖が眠っていたことを想い出したのだ。一方、母親はといえば、息子のこうした思いとは裏腹に心を思うがままに開放し、生きているうちは何かと距離のあった夫や妹が、死んでからの方が身近に自分に会いにくるようになったと告白する。

ヤン・ヨンヒの『スープとイデオロギー』（二〇二一）の母親もまた認知症のさなかに無意識から、歴史のなかで長らく翻弄されてきた自分が、浮かび上がってくるのを体験する。彼女は北朝鮮に渡ってしまった三人の息子が夕飯が近いからもうすぐ家に戻ってくるだろうと、娘に向かって当然のことのように語る。この母親は生きながらにして肉親と次々と別離するという、あまりに悲痛な人生を生きてきた。そのため、ひとたび記憶の分節線が曖昧になったと知るや、向こう側の世界に渡ってしまった人々をただちにこちら側へと呼び招くことになったのだ。

こうした一連のフィルムのなかでもっとも大掛かりなものは、タイのアピチャートポン・ウィラーセータクンが撮った『ブンミおじさんの森』（二〇一〇）である。主人公の老人ブンミは森のなかにただ一人で住み、自分の死期が遠くないことに気付く。彼の心残りは若き日、政府に命じられるまま、共産主義を唱える若者たちの虐殺に加担したことだ。昼でも薄暗い密林のかたわらに小屋を設け、ランプひとつで夕食をとっていると、とうの昔に亡くなって久しい妻が突然に現われ、いっしょに食卓を囲む。かと思うと巨大な猿が到来する。子供の頃、森の奥で失踪してしまった弟が、猿になって戻ってきたのだ。

ブンミおじさんはいささかも動じることなく、彼らを招いて静かに食事をする。やがて彼は山奥の洞窟を死に場所と定め、居合わせた者たちを連れてそこへ赴く。もはや死の恐怖はとうに消滅している。それどころか、彼は自分の前世を自由に想い出したり、来世を予測できるまでになっている。

主人公は死を前にして、現世の記憶の枠組みからすっかり解放されてしまった。いや、それどころか、生者と死者。人間と動物との間に横たわる境界をも超えてしまい、過去・現在・未来を自在に往還できる力を身に付けている。この彼の精神の状態を今日の医学用語を援用して認知症と呼んだところで、ほとんど意味のないことだろう。ブンミおじさんは近代人が（ひとたび喪失して以来）いまだに回復できないでいる、森の精霊に守られた世界の天蓋の下に生きているのだ。世俗的時間の秩序を超えたとき、はじめて人は生と死の境界を超え、それを幸福なこととして受け取ることができるようになる。その必要条件として求められているのは現世の出来ごとをめぐる忘却である。目の当たりにして来た悲痛な出来ごとを記憶として保持することから解放されることで、人は初めて死者たちを迎え入れ、彼らと分け隔てなく、親密に語り合うことができるのだ。

わたしは認知症について少なからぬ書物を読んだが、そのなかで思わず蒙を啓かれたと共感したもののなかに、六車由実の『介護民俗学へようこそ！』（新潮社）があった。著者は民俗学の研究家としてしばらく大学で教鞭を執っていたが、その後に介護士となったという人物であり、民俗学の方法論のひとつである「聞き書き」を介護の現場で用いることに成果を挙げている。わたしが先に言及した『ペコロスの母に会いに行く』の原作者である岡野雄一にも触れていて、その意味でわたしは、自分の関心領域と彼女の方法論の近さを感じ取ったのだった。

介護士としての六車さんの根底にあるのは、認知症を単純に治療すべき問題としては捉えないという姿勢である。認知症の者たちはそれぞれに固有の世界を持っている。彼らの生きている世界を欠落とは見なさず、逆に「もうひとつの豊かさ」として了解することの方が、介護する側にも介護される側にも幸福なことではないか。これが彼女の基本的姿勢である。日本では古来から「神遊び」「仏遊び」といって、巫覡（ふげき）の身体を通して神仏に地上に降臨してもらい、彼らと場をともにしながら歓びを分かち合うという習慣があった。不謹慎の誇りを免れない言葉であるかもしれないが、認知症に向かい合うとは実のところ、その認知症と「ともに遊ぶ」ことではないかと、六車は語っている。日常的に数多くの認知症の介護に携わってきた人にして、はじめて可能な表現かもしれない。

　認知症のさなかにある者は次々と話をする。彼らの語りのなかでは、とうに死んでしまっているはずの家族が会いに来たり、もとから家に住み着いていたりする。それを記憶障害であるとか妄想といったレッテルのもとに、一言で片づけてしまってはならない。日本には『遠野物語』がそうであったように、名もない人々が面白おかしい物語を互いにし合い、歓び合うという伝統文化があった。認知症の人たちが口にする語りとは、それが現代にあって、村落共同体を離れた個人の口から発せられる物語ではないだろうか。

　一人の女性が昔話を語る。いくたびも、いくたびも繰り返す。そのたびごとに記憶が蘇ってくるのか、少しずつ細かな挿話が付け加えられていき、微妙な変化が生じてくる。日によって、また聞き手によって登場人物が入れ替わったりすることもあれば、語りの順序が逆になっていたりする。だがこうして語りが変幻自在に発展していくありさまこそ、まさに物語が誕生しようとする原初の瞬間ではないだろうか。民俗学者である六車はそれを、「昔話の語りの原風景」であると呼ぶ。

認知症の人たちは平然と時空を飛び越えてしまう。生者と死者の境界をも乗り越え、眼前の現実から、眼には見えていないもののその傍らに存在している別の現実へ、さらに第三の現実へと移っていく。世界は多元的であり、往還が自在であり、しかも未知に満ちている。

「現実はひとつであり、認知症の人たちの見ている世界もまたひとつであり、だとすれば、認知症の人たちの世界を共にすることで、凝り固まった自分たちの世界もより豊かになるのではないだろうか。」

ここでもわたしは先に名を挙げたアピチャートポンに出くわしてしまうことになる。彼が最初に監督した長編ドキュメンタリー『真昼の不思議な物体』(二〇〇〇)のことだ。このフィルムをはたしてドキュメンタリーと呼んでよいのかは、いまだに確信がない。というのも、いかにも真実の証言記録という風に始まりながら、あるときから語りが荒唐無稽な領域へと突入してしまうからである。

フィルムはイサーン(タイ東北部)のある田舎町から始まる。貧困と社会的矛盾、流入民の生活の困難といった状況が、いかにも社会派的ドキュメンタリーのタッチで紹介される。だがあるとき一人の少年が、空中に不思議な飛行物体を目撃したと証言したあたりから語りに転調が生じる。それを聞きつけた一人の村人が謎の少年を目撃したといい出し、それが契機となって村人たちがめいめい、好き勝手に物語を思いついてはカメラに向かって語り出す。先に言及された謎の少年の物語にはどんどん尾鰭がついていく。正真正銘の宇宙人だったと断言する者もいれば、あの子供はセメント詰めにされ、どこかに埋められているといい張る者も出てくる。いったい何が真実で、何が虚構であるかがわからない。観客がすっかり当惑していると、画面はいつしか舞台となった村を離れ、バンコクすらも素通りして、南タイの浜辺へと移っていく。そこでは子供たちが犬と無心に遊んでいる……。

『真昼の不思議な物体』は、子供たちの自在の造話力に委ねられたフィルムである。世界は一元的原理によって、厳粛に形成されているのではない。語り方によって無数に分岐し、それぞれが互いを排除しないままに進展していく多元世界であり、そこには真実と虚偽の対立はありえない。いや、それどころか、記憶と忘却の区別すら存在していない。物語は語られる先から消滅していき、ほんの少し異なった、別の物語にとって替わられる。だがそれとて一瞬のことで、さらに次の物語が、まるで無限に存在しているかのように出番を待っている。しかもそうした物語という物語が真実であり、証言者の記憶に基づいているという保証はどこにもない。アピチャートポンが視覚化してみせたこの世界とは、実は大江健三郎が『同時代ゲーム』を発表して以来、一九八〇年代から現在に到るまで、故郷の森を舞台に繰り返し語り続けた、ありもしない昔話の空間にも通じている。

わたしは書きながら考えている。

もし来るべきときにわたしが認知症に陥ったとしてたら、わたしはここに記したことをはたして記憶しているだろうか。その内容どころか、それを書いたということさえも忘れてしまっているかもしれない。とはいえ、まったき忘却のなかでも、わたしは何十年もの習慣としてモノを書いているとしたら。この空想はわたしを夢中にさせる。いったいわたしは何を書いていることだろう。記憶という記憶を喪失した後でわたしが向かおうとするエクリチュールは、おそらくサミュエル・ベケットが試みたものに近づいていくのではないだろうか。

記憶について

わたしとはわたしの記憶である。ひとたび見てしまったものは、見なかったふりをすることは許されない。「見たものは見たものだ。」これはドラクロアが『ファウスト』の一枚の挿絵につけた表題である。わたしは高校時代から、この言葉に捕らわれてきた。

お前がこれまでの人生で立ち会ってきた残酷な光景は、苦痛に喘いでいる人々との出逢いは、それではどこへ行ってしまうのか。それらを一括りに現世の記憶と呼んで忘却に付すことで、お前は重大なものを喪失してしまうのではないか。

わたしがこれまで出逢った少なからぬ人々は、何よりも忘却を怖れていた。忘却を敗北だと見なしていた。個人的に深く知ることになった二人の人物について、書いておきたい。

イスラエル国内にパレスチナ人として生まれたモハメッド・バクリは、わたしとほぼ同年齢の俳優だった。彼はシオニズムを国是とする社会体制のなかで、最初にテルアヴィヴ大学演劇学科を卒業したパレスチナ人である。わたしには想像もつかないさまざまな差別と屈辱を体験しながらギリシャ悲劇とシェイクスピアを学び、パレスチナ文化の痕跡を忘却の罠から守ろうと、孤独にして真摯な闘いを続けていた。彼はユダヤ人とパレスチナ人の双方から批判され孤立していた。

わたしはテルアヴィヴで彼と逢い、その場で彼の作品を制作しようと決意した。翌年に彼を東京と京都に招き、独り芝居を演じてもらった。それは一九四八年のイスラエル建国時の混乱で父親と驢馬を殺され、孤児となった少年の物語だった。

舞台に立ったモハメッドは、手に一本の箒を握りながら突然に叫び出した。アッティーラ、コフル・ラーム、ジャバア、イクザム、サルファンド、ウンム・ハリード、北ジャディーダ、南ジャディーダ、ヒルバ・ザバーバダ、ヒルバ・ルブルジュ……

五分くらい続いただろうか。それはハイファとアッカの間にあって、一九四八年のイスラエル建国の際、軍隊によって次々と破壊された集落の名前だった。現在では高速道路が走っている。集落の痕跡は何ひとつ残っておらず、ただところどころにヘブライ語で記された新しい町の標識があるばかりだ。モハメッドにとってこの芝居の意味とは、跡形もなく消滅してしまった同胞たちの集落の名前を、その正しく固有の言葉のもとに朗誦することにあった。

消えてしまった集落が存在していたなんてどうしてわかるのか。わたしは尋ねた。

消えてしまうことはありえない。隠すということは痕跡を残すという意味だ。痕跡は絶対に残っている。その跡を丹念に辿っていけば、人はかならず隠蔽されたものを回復することができる。モハメッドははっきりと答えた。

確かにいわれた通りだった。あるときわたしは滞在していたテルアヴィヴの町を出ると、炎天下に人気のない荒地をどこまでも歩いていった。オリーヴの灌木がところどころに生えている以外は何もないところだ。

ふと気づくとサボテンが生えていた。それも疎らにではなく、一定の方向をもって。明らかに誰かが、家と家の境界を築くため計画的に植えた跡だ。それはその場所にかつてパレスチナ人の集落があり、家と家がサボテンによって区切られていたことを意味していた。イスラエルの軍隊は家々のすべてを焼き払い、破壊しきったが、地に深く根を下ろしたサボテンを引き抜くことはできなかった。この逞しい多年生植物は住民が逃散しようとも、地名が変更になろうとも、いっさいに関わりなく乾ききった土地に生き延び、今もこうして訪問者にメッセージを送っている。かつてここには、自分たちを垣根代わりに植えた人たちが存在していた。この地がいかに見捨てられようとも、自分たちは株を増やし、棘を伸ばして生育を続けるだろう。それは圧殺された記憶の隠喩である。

モハメッド・バクリが舞台の上で羅列してみせた地名は、その一つひとつがサボテンの芽だった。

わたしが語ろうとする二番目の人物はジョスリーン・サアブといい、ベイルート出身の映画監督だった。わたしたちはパリで出逢い、いっしょにドキュメンタリー映画を制作しようと、何年も努力した。彼女の突然の死ですべての計画は灰燼と帰し、わたしは途方のない虚脱感とともに放り出された。わたしはジョスリーンの喪失を乗り越えるため、一冊の書物を書きあげた。書くことは慰めであり、もしこの作業ができなかったとしたら、わたしは心の均衡を失っていたかもしれない。

ベイルートは先に名を挙げたハイファから、わずか三百七十キロしか離れていない。海岸沿いに車を進めれば五時間で行けてしまう近さであるが、そんなことを試みる者は誰もいない。イスラエルとレバノンの国境が控えているからだ。そしてこの近さが、この中東のパリと呼ばれた美しい都市に厄難をもたらした。この一世紀にわたって、どうして世界中の惨事がかくもこの小さな町に集中して生じるのかと、思わず神の不公平を呪ってしまいたくなるような運命を、ベイルートは担うことになった。

イスラエル軍は機会あるたびにベイルートに空爆をし、数多くの建物を破壊し、そのあげくに市街を占領した。レバノン人の間ではキリスト教右派とイスラム教徒の間で対立が激化し、それぞれが民兵を率いて市街戦を展開した。町は長きにわたって東西に分断され、虐殺と爆発が相次いだ。暫定的な統一政権が生じたものの、大統領はただちに暗殺された。パレスチナ難民の後には大量のシリア難民が流入し、現在では人口の均衡が著しく歪んでいる。誰も未来を予想できない。未来があるかどうかも語ることができないでいる。

戦乱のなかでジョスリーンもまた大きな心の傷を背負った。彼女は侵入してきたイスラエル兵によって、中庭で愛犬を殺害された。百五十年続いた名家は全焼し、一家は離散を余儀なくされた。彼女は危険を顧みず焼け跡に入り込み、十六ミリカメラを廻した。こうしてその代表ドキュメンタリーとなる『ベイルート三部作』が撮り始められることになった。一九七〇年代から八〇年代にかけてのベイルートをめぐる、貴重な証言フィルムである。

記憶するというのは闘いなのだ。わたしに向かってジョスリーンはいった。放っておくと、何もかもが想い出せなくなってしまう。心はすべてを忘れてしまうのではないかという恐怖に囚われ、無気力に陥り、自分が敗北してしまったことすら考えられなくなる。だから全力をもって忘却に抵抗しなければならない。すべてを想い出すことが必要なのだ。

最初の内戦が勃発して三年後、イスラエルが大掛かりな地上部隊を南部に侵攻させたのが一九七八年。ベイルートは大量の難民であふれ返り、混乱を極めていた。パリから帰国したジョスリーンは変わり果てた市街に驚嘆を隠せなかった。だがそれ以上に彼女を驚かせたのが、かつて自分が知っていた者たちが、あたかも何ごともなかったかのように日常生活を送っているという事実だった。彼らは内戦についても、イスラエル軍の侵攻についても正面切って何ごとも口にしようとせず、どうしても必要な場合には「あのこと」と曖昧な表現を用いた。誰もが苦悶のさなかにあった。電話がかかってきただけで忌わしい暴力の記憶に苛まれ、飛行機の音が聞こえてきただけで空爆の恐怖を想い出すのだった。もはや誰も、ホテルやアパートのエレヴェーターを利用しようとしなかった。戦時下での停電が原因で内部に閉じ込められてしまう危険があったからだ。

誰もが悲痛な記憶を忘れようと努めていた。そして一度は忘れきったものだと信じた。だが、そのたびごとにイスラエル軍は侵攻を再開し、内戦の休戦協定は反故にされた。ジョスリーンはまるで自分が外国からの旅行者のように感じた。自分が故郷を不在にしている間に、自分とかつての友人たちとの間に大きな溝ができてしまったことを認めないわけにはいかなかった。

わたしたちは癒しがたい記憶を前に、懸命に忘れようと努めた。そして一度は忘れたと信じた。しかし忘れるべきではなかった。記憶を保ち続けなければならない。忘却に対し、全身全霊をもって抗わなければならないのだ。

燃え崩れた祖父の邸宅を前に、ジョスリーンは記憶の義務を固く心に誓った。『ベイルート三部作』の後、モロッコが一方的に占領している南サハラに向かい、ポルサリオ解放戦線のドキュメンタリーを撮った。そのときは何ごとも起きなかったが、後に彼女はフェズで逮捕され、国外追放となった。そこでカメラをヴェトナムに向け、統一後の社会主義国家にあって齢九十で奮戦している女医をインタヴューし、『マダム・サイゴン』というドキュメンタリーに纏めた。イスタンブールの郊外にある難民キャンプで、一日一ドルの食事クーポンを与えられるだけの難民たちと、そこからわずかに離れた繁華街で「優雅」な消費生活を楽しんでいるトルコのプチブルジョアたちを描いた。最後に日本赤軍最高幹部だった重信房子とその娘について、母娘の絆を主題とするフィルムを撮ろうとし、わずか七分だけカメラを廻しただけで急逝した。

怒りとは神聖なものである。ある不正義が眼前で起きたとき、怒りを抱くことは正しい。怒りを訴え、闘争を呼びかけることはさらに正しい。なぜならば、怒りを無理に鎮静させると、それは容易に怨恨に転じてしまうからだ。怨恨は遍在している。見渡すかぎり怨恨を基軸として運行されているのが現代という時代だと、わたしは考えている。憤りをいつまでも押えつけていると、それが屈折して、自分だけがいけないのだという「良心の呵責」に陥ってしまう。だが、それでは問題は解決しない。「良心の呵責」が反転すると、ときに途轍もない憎しみを引き起こしてしまうからだ。憎悪とは抑圧された怒りの回帰したものである。回帰するものはつねに不気味でグロテスクだ。そして周囲をメランコリアに染め上げる。

怒りは愚かなことだと見なされている。だがリア王は愚かだろうか。彼は自分が狂って愚かであることを充分に知っていたし、それゆえにもはや愚行を怖れてはいなかった。リア王は最後まで、その死の瞬間まで聡明であったと、わたしは思いたい。彼は怒りゆえに怨恨の虜となることを免れえたのだ。

とはいうものの、怒りは長くは続かない。悲しみが長く続かない以上に、早々と委縮してしまう。怒り続けるためには膨大なエネルギーが必要なのだ。怒りを滅却しても怨恨の誘惑に打ち勝つには、歴史という観念を持たなければならない。とはいうものの、その歴史ははたして人を幸福にするのか。これまで幸福にしたためしがあっただろうか。歴史という観念は逆に人をさらなる苦悶のなかへと陥れてきたのではないだろうか。

Living is easy with eyes closed.
目を閉じていれば、生きることは安逸である。

ジョン・レノンがビートルズ時代に、「ストロベリー・フィールズ・フォーエヴァー」という曲のなかでこう歌っている。ストロベリー・フィールズとは彼の故郷リヴァプールにあった少女感化院の名前で、わたしは森のなかにあるこの施設の前まで行ったことがあった。緑の生い茂った森のなかに鉄製の真赤な門があったのが印象的だった。

この歌詞をどう理解すればいいのだろうか。長い間わたしは相反する二つの解釈の間を揺れ動いてきた。

この一節を瞑想への誘い（いざな）いだと考えることは妥当である。世界中をめぐって忙し気な公演旅行を続け、一挙一動がメディアによって報道され話題を呼ぶというセレブの生活を送っていたジョンにとって、あらゆる騒音を遮断して静寂のなかで自分を見つめることが必要であったことは想像がつく。現にビートルズのメンバーたちはある時期から公演を中止し、揃ってインドを訪問して瞑想の行を積んだりしている。静謐で実り多き生に到達するためには、ひとまず両眼を閉じ、現世の欲望を離れることが大切である。ジョンはそう歌っているように見える。

だがこのジョンが稀代の皮肉屋であり、前世紀のイギリス詩にあってノンセンス・ポエトリーの雄であったことも忘れてはならない。今の解釈とまったく逆に考えてみることも可能だ。自分が目にしたはずのものから目を逸らし、あたかもそれがなかったかのように生きていけば、もはや苦しむことはなく、酔生夢死の人生を送ることだってできるだろう。

こう解釈してみると、この一節の裏側には強烈なアイロニーが流れていることが判明する。ビートルズを離れたジョンがヴェトナム戦争反対の政治的メッセージを表明し、あえて差別用語を使いながら、「女は世界のなかで黒人（ニガー）と同じだ」（邦題はやや微温的で「女は世界の奴隷か！」）という表題の曲を披露して女性差別を告発したりしたことを考えると、この理解の仕方も間違っていないように思われる。目を閉じて楽をしながらいくら生きたところで、本当に生きたことにはならないのだ。彼はそう語っているのかもしれない。

　わたしはビートルズといっしょに育ったような気がしている。中学生時代、彼らはただ元気のよいイギリスの若者であり、その歌は片思いや失恋、ダンスパーティへのお誘いといった内容のものだった。一九六八年を迎え、高校生になったわたしが向かい合ったのは、彼らの歌にあるドロップアウトへの誘惑であり、人間救済の困難への真摯な訴えであった。わたしが大学に入る直前、彼らは解散した。一人ひとりが別々の道を歩みだした。それからしばらくして、ジョン・レノンは自宅の前で射殺されてしまった。彼ははたして目を閉じて生きたのだろうか。目を見開いて生きたのだろうか。

　わたしは「ストロベリー・フィールズ」の歌詞に今でも迷っている。わたしはコソボで、サラエヴォで、パレスチナで、そしてベイルートと光州（クワンジュ）で、破壊と蛮行が過ぎ去った直後のおびただしい痕跡を目撃した。到着したとき惨劇はつねに終わっていて、わたしは事後性の廃墟のなかで佇んでいることしかできなかった。人々の記憶に耳を傾け、それについて書いた。ある人たちはあまりの苦痛から忘却に身を委ね、別の人たちは忘却に抗って記憶を語り継ごうとし、あえて苦悶のうちに踏みとどまることを選んだ。わたしは目を閉じて生きたのだろうか。目を見開いて生きたのだろうか。

忘却と記憶の間で、わたしの心はつねに揺れ動いている。

わたしの心臓の右半分はつねに記憶を訴えている。人間は歴史のなかでしか生きることができない。ひとたび歴史が存在すると知ってしまった以上、それに目を閉じながら生きていくことはできない。だから目の当たりにしたことのすべてを記憶として携えつつ生きていくことだと主張する。

心臓の左半分はまったく逆のことをわたしに示唆する。記憶とは後悔と苦痛でしかない。人は忘却を通してしか心の安息に到達することができない。忌わしい思い出から解放され、浄化された空に向かって飛び立つことが重要なのだ。

どうすればよいのか。歴史が悪夢の連続だと理解してしまった者は、その歴史に対しどのように処していけばよいのか。この問いは、かつて上海で魯迅を悩ませてきた問いでもあった。それはいまだに解答を得ることなく、わたしの眼前にぶら下がっている。

読むことについて

自分は万巻の書物を読破したぞと公言している人は何と滑稽なことだろう。何万冊の蔵書を所蔵していると誇らしげに語っている人も同様である。

書物を読むというのは質の行為であって、量の行為ではない。わたしにとって重要なのは、いくたびも繰り返し読むに値する書物を手にすることだ。緊急の調べごとといった必要からではない。流行や他人の噂に左右されることでもない。自分にとって意味のある書物だけを見つけ出し、それをいくたびとなく手に取って好きなところを読み直し、時間に関係なく気ままに読み耽ること。もちろん姿勢を正して机に向かい合ってというわけではない。寝台に寝そべって読む。机が労働と責任の家具であるとすれば、寝台はあらゆる義務や責任から解放された、何をしても許される家具であるからだ。ヴァレリー・ラルボーは読書のことを「罰せられない悪徳」と呼んだが、まさに的確な表現だと思う。

多くの大人は万事が効率の高さを競い合う世界に生きている。わたしもまたその世界に長い間身を置きながら生きてきた。こうした世界では、書物とは、そこから情報を獲得することのできる何ものかに過ぎない。効率とは無関係な読書に時間を割くことなど、許されるものではない。書物とはスープを採るための年季ものの鶏のようなものである。一読して気になるところに付箋をつけ、もう一度お浚いをするさいにメモを取ってしまえば、後は用済み。書物は必要なところだけを読み終えてしまうと退けられ、ただちに次の書物が控えている。万巻の書物を紐解くとはだいたいそのような意味だ。

西脇順三郎の詩に「生臭い学問」という言葉があるが、まさにその通りである。博士論文など、審査する三、四人の教授が読み、本人が大学の教員募集に応募するために履歴書にその存在を書き込むこと以上に、何の価値があるのだろう。本当に生臭い。そして多くの自称「研究者」は、大学に研究職や教職を見つけてしまうと、もうそれ以上、論文など書かなくなってしまう。三十年にわたって大学で教鞭を執ってきて、わたしはそのような怠惰な同僚を飽きるほどに眺めてきた。

想像してみる。一冊の書物を繰り返し読むというのはどのような人々だろうか。子供と老人、それに病気療養中の人もそのなかに入る。彼らは貧しいから一冊しか本がないというわけではない。採算や効率から解放されたところで、読むという愉しみに耽っていたいのだ。その書物をあたかも全世界に等しいものとして受け入れ、頁を開いてはそこに屈みこみ、何やら物思いにふけりつつ時間を過ごすという特権。この特権を許されているのは、社会の中心から外れたところにある者たちだけだ。

はじめて絵本を与えられた子供にとって、絵本とは書物以上のものである。厚めの紙に印刷された絵本は、繰り返し頁を捲(めく)られ、表紙が剝がれ、習い覚えの仮名が描き込まれ、涎(よだれ)や飲み物のせいで染みができてしまったとき、子供の生活のなかでより大きな権能を振るうことになる。子供は貧しいから一冊の本に拘泥するのではない。文字を知ったばかりの子供は、世界の未知に近づくという愉しみが本源的に宿る場所として絵本を手にしているのであり、肌身離さずその書物を手に取っていることが読むことに他ならないという真理を、誰にも教わることなく知っているのだ。

老人もまた繰り返し読むことの歓びを知っている。これまでいくたびとなく読み返してきた書物とは、もはや書物の域を超えた何ものかである。優れた書物はそれを手に取るたびにまったく異なった相貌を見せる。理由は単純で、読もうとするこちら側が人生のさまざまな局面にあってそのたびごとに違った人間になっているからである。たまたまの偶然からこれまで想像もしていなかった体験を重ねてしまった者は、これまでになかった関心に捕われ、以前とは異なった角度から昔馴染みの書物に接近する。書物もまた予期していなかった顔を見せ、まったく未知であった表情で微笑しながら読む者を魅惑する。老人はもはや書物を読んでいるのではない。老人はあまりにも多くの記憶のおかげで、書物をいつしか自分の人生の隠喩に作り直してしまう。読む人は知らないうちに、自分の記憶と識別がつかなくなってしまった言葉を読んでいるのである。

わたしはつい先日、エルンスト・ブロッホの『未知への痕跡』を読み、その洞察力の深さにすっかり感動してしまった。子供の頃に読み耽ったハウフの童話について、蠟人形館について、ユダヤの民間信仰における「幸運の手」について、そこには魅惑に満ちた文章が並んでいた。

本の見返しにはわたしの名前とともに、「1972年」という数字が万年筆で記されている。大学に入ったばかりの年だ。ということは、わたしはこのドイツの大哲学者の書物を、半世紀にわたって書架に並べたまま、読まずに放置してきたのである。どうしてこの書物をもっと早く読まなかったのだろう。わたしは後悔し、自分の怠惰に嘆息した。もし若い時分に、それこそこの書物を購(あがな)った直後に読了していれば、それはわたしの著作にはっきりと刻印を遺していたことだろう。

とはいうものの、この書物を読み終えたときの感動には大きなものがあった。世俗の金銭勘定について希望の哲学を説いた大ブロッホの前で口にするのは気が引けるが、もし書物がワインと同じくヴィンテージとしての価値が生じるものだとすれば、『未知への痕跡』は恐ろしい評価額の値段になっていたはずである。

多くの場合、人は書物を所蔵するともうそれだけですっかり安心してしまい、読まなくなってしまう。いつでもそれを読むことができると思うと、ついつい手が遠くなり、何も急いで読むことはない。いつかそのうちにと思っているうちに、知らずと時間がどんどん過ぎてしまう。気が付いてみるとすっかり歳を取ってしまい、未知の書物を手に取るだけの気力がなくなってしまっている。人はこうして、書物を手にするべきしかるべき時を逸してしまうのだ。

わたしは長らく書架の隅で出番を待っていたブロッホに、ようやく声をかけることができた。ブロッホの方も驚いただろうが、長らくの待機など微塵も頭にないといった感じで率先して机の前に飛び出し、魔法のような手つきでわたしの知らない世界を開示してくれた。

今これを書いているわたしは、気が付くと繰り返し読んできたという書物を持っているだろうか。何かが原因で心が塞がれたとき、あるいはその逆に、心の躍動に促され長い旅に出ようとしているとき、ふと親し気に手に取る書物を、わたしは書架の片隅に備えているだろうか。わたしがこの三十年にわたって、一番繰り返して読んできたのは、六巻本のイタリア料理のレシピ集である。だがそれは別にして自分の記憶の底を探ってみると、何冊かの書物が思いあたる。

ボードレールの『パリの憂鬱』。マルクス・アウレーリウスとセネカといったストア派の哲学者たち。ヴェルヌ『地底探検』。バートン版の『千夜一夜物語』。しばらくは手に取っていないが、やっぱりプルースト。それから『紅楼夢』。日本の書物でいうならば、『梁塵秘抄』と何人かの戦後詩人。

こう書き出してみると、かつてはあれほど熱中したものの、今ではすっかり関心を失ってしまった書物や、折につけ再読の歓びに接したいと思いつつ、そのたびごとに機会を逸している書物といったものが、次々と思い浮かんでくる。わたしはもう自分がマーク・トウェインやヘミングウェイを二度と手にすることがないと知っている。泉鏡花はもう一度寝食を忘れるまでに読むことがあるだろうという、漠然とした予感を抱いている。ヴァレリーはどうだろうか。テッド・ヒユーズはどうだろうか。

　こうした書物のなかで、『聖書』は特別の位置を占めている。わたしは十七歳のとき、親しい人からこの途方もないテクストを与えられた。わたしにそれを与えた人物は、わたしが信仰の正道を歩むことを期待していたが、わたしはその期待に応えることができなかった。信仰の証として『聖書』を読まなかったのである。

　聖書は文字通り常軌を逸した書物であった。ヴァン・ルーンが子供のために書いた聖書物語を通して、エデンの園やノアの箱舟といった物語は知ってはいたが、現実に手にした原典ははるかに厖大であり、高校生には理解しがたい、さまざまな記述に満ちていた。

　わたしは、『レビ記』に延々と記されている、してはならないこと、食べてはならないもの、清らかなものと汚れたものの羅列に絶句した。神と悪魔が語らい合って、善良きわまりない義人から家族友人財産を奪い取り、重い皮膚病に感染させてその信仰の強さを試みるという『ヨブ記』を読み、あまりの荒唐無稽につい書物を投げ出したくなった。

　そういえばしばらく不思議なことが続いた。たまたま開いた頁に記されていた『詩篇』の一篇があまりに悲痛だったので、涙を抑えることができなくなるということがあった。しかたなく頁を折って徴をつけ、それからはその頁を飛ばして読むことにしようと心に決めた。ところが頁が折られているものだから、書物を手に取ろうとすると逆にいつもその頁が開かれてしまう。そこでついついまたその詩篇を読んでしまうことになる。この一連の出来ごとは、あたかも詩篇がわたしに向かい、何か懸命にメッセージを訴えているように思えた。

　半世紀の間、卓上に置いて読みこんできたため、わたしの聖書は紙が手垢で汚れ、表紙の角がすっかり擦り減って綻びを見せている。気になって、かつて『詩篇』の頁に折り目を付けていた箇所はどこだっただろうと確かめてみた。発見することができなかった。十七歳のときの折り目は、書物に付けられた数多くの傷みのなかにすっかり埋没してしまい、見分けがつかなくなってしまっていた。それはもはやわたしが、問題となった詩行の悲しみを心静かに受け容れられるようになったことを意味しているのか。それともあまりにも悲痛な詩行が多すぎて、もはやその一つひとつに徴をつけることが無意味になってしまったという意味なのか。わたしはその原因を想い出すことができない。

　その代わりにわたしが気になったのは、ときおり頁の端や聖句の行間に、書き込みや棒線が記されていることだった。

　たとえば『エゼキエル書』第一章四節「見よ、激しい風と大いなる雲が北から来て、その周囲に輝きがあり、たえず火を吹き出していた。」という一節の、「北から来て」に鉛筆で囲いがある。『エレミヤ書』第一章十三節で、主が預言者に何が見えるかと問うたとき、預言者が応える。「煮え立っている鍋を見ます。北からこちらに向かってきます。」この「北」にもわたしは鉛筆で徴をつけている。

　わたしはどうしてこの二つの預言書にある「北」という言葉を重要なものだと考え、鉛筆で囲い込んだのだろうか。現在のわたしには理解する手立てがない。しかし人生のある時期、この

「北」はわたしにとってある意味を持っていたはずである。

　しばらく考えてみて、これは大学院生時代に（わたしは大学で宗教史を専攻していた）南原實教授の神秘主義のゼミに出席していたときに書きつけたものだと思い出した。そうだ、あのときはエゼキエル、ダニエル……と『旧約聖書』の預言者たちの記述を辿り、そこに記されている象徴法が最後に『新約』に『ヨハネの黙示録』にどう流れ込むかということを考えていて、一生懸命にノートを取り、レポートを提出したものだった。とはいうものの、あれから四十五年の歳月が経過し、ノートは散逸してしまい、記憶もすっかり朧げになっている。わたしはいったい何を勉強したのだろう。『聖書』に鉛筆で遺されたわずかの痕跡だけが、当時の縁である。

　現在のわたしは『エレミア書』を、歴代の預言者たちの自己覚醒の物語という文脈から離れ、むしろエレミア個人の実存的苦悩の相において読んでいる。わたしはそれでいいと思う。『聖書』はそれを求めるわたしの文脈に応じて、次々と未知なる顔を見せてくれた。今後もおそらくそうだろう。

　書物は他人が書いたものではあるが、次々とわたしの記憶を吸収し膨らんでいく。それを繰り返し読むことの歓びは、その記憶の層を捲りあげていくことにあるのではないか。今のわたしはそう思っている。


　繰り返し書いておこう。多く読む必要はないのだ。

　一万冊の書物をそれぞれ一度しか手に取ろうとしない人は不幸であると思う。なぜならいつも同じ、単一の書物を読んでいるにすぎないのだから。本を読むことの本当の面白さは、それをいくたびも繰り返し読むところにある。時間をおいて、こちらの関心や目的がすっかり変わってしまった後に、かつて親しんだ書物を取り上げてみる。それはまったく異なった姿を見せることだろう。一冊の書物の内側に隠されている複数の書物が、そこで読む側の前で開花してみせるのだ。

わたしは六十年間ほどの間に実にたくさんの書物を抱え込んでしまった。学術論文を執筆するために揃えたものもあれば、貴重な資料だからとりあえず買っておいたというものもある。人から署名を添えて贈られたものもあれば、その装丁造本が気に入って、何が何でも書棚に並べておきたいという気持ちで手に入れたものもある。

だが、いずれそれらを整理をしなければならない。何とかわたしの集めた専門的資料を役立ててくれる人を見つけ引き受けてもらうとか、外国の大学に寄付するとか、また信用の出来る古書店に売り払うとか、さまざまな手立てを通して書物を減らし、最後に百冊ほど、繰り返し読んだ書物が手元に残るようになるのが理想である。

だが、はたしてそううまくいくかどうか。

そうだ、やはりセネカについても書いておかねばならない。

わたしは長い間、マルクス・アウレーリウスに親しんできた。彼について書物を著したこともある。この清廉潔白なローマ皇帝は、いたずらに書物を読むことの愚を説き、心を想像力から解き放って清浄な場所に置くことを徳とした。権謀術策が飛び交う宮殿にあって、妻の不貞の噂にりかけた。

苦しみながら、かかる禁欲の掟をみずからに課した。自分に向かって、そうあるべきと懸命に語りかけた。

わたしはマルクスに敬意を感じたが、いつからか簡素な文体で記されたその高潔な人生観を前に、いくぶんか息苦しさを感じるようになった。書物を読みいたずらに空想の世界に遊ぶことを、彼は固く戒めている。『自省録』は他者に向かって語りかけた書物ではない。自分の心の戒めのために、さまざまな野営地において、孤独に人知れず執筆されたメモなのだ。

少しずつではあるが、マルクスに飽き足らない気持ちを抱き始めていたころ、わたしはセネカに立ち戻った。

セネカをはじめて知ったのは戯曲家としてである。大学時代、渡辺守章先生のフランス演劇論の授業に出ていたことがきっかけとなって、彼が観世寿夫の「冥の会」のもとで演出した『メデイア』を、紀伊國屋ホールに観に行ったのが、そもそもセネカの名を知った最初であった。そのグロテスクにしておどろおどろしい世界に、わたしは驚嘆した。

その後、ストア派の哲学者としての彼の著作を文庫本で手にしてみたことがあった。だがそこにわたしが発見したのは、マルクスの簡潔にして静寂感に満ちた文体とは対照的な、いかにも世間知に長けた饒舌、いうなれば老獪な語り口だった。微に入り細に入り人間の心の機微に迫って来るその文体は、わたしに、かつて観たピカソのドキュメンタリー映画を思い出させた。「天才の秘密」と副題されたそのフィルムでは、画家はただ舌平目を前に、それが完璧に骨になるまで、身をしゃぶり尽くす。セネカの文体はどこかそのピカソを連想させた。わたしはそれきりで読み続けることをやめてしまった。

　若き日に垣間見たものの、その文体ゆえに遠ざけたままになっていた文庫本を、書架の奥から取り出し、もう一度虚心に読み直そうと決めたのは、まったくの偶然からである。たまたま書架の奥に潜り込んでいる別の書物を探そうとして、『人生の短さについて』という彼の本に手が触れてしまったのだ。寒々とした書架に立ちながら、わたしはたまたま開いてみた頁を読み始めた。

　四十年の間にセネカはみごとな変身を遂げていた。冗長だと見えたものは文彩の優雅であり、単純な断定を避け、論じるべき問題に向かって様々な角度から接近しようとする態度の現われであった。饒舌だと忌避したものは、性急な年少者の逸る心を落ち着かせ、おもむろに腰を上げて語り出そうとするときの修辞だった。セネカはマルクスのように、落ち着かぬ自分の心を律しようとして筆を執ったのではない。若干の体験こそあれまだ経験の成熟に到達できずにいる真摯な青年に向かい、経年に由来する処方を語っていた。それを叡智と呼ぶか、老獪と呼ぶか。わたしは文庫本に飽き足らず六巻の翻訳全集を求め、偽書とされる書簡までに手を伸ばした。

　セネカはイエスとほぼ生年が同じである。彼はカリグラ、クラウディウス、そしてネロという、悪名高い三人の皇帝に仕え、ご意見番として権力の近傍にありながら波乱万丈の人生を送った。流刑と名誉回復。蓄財と財産返還。まさに波乱の人生でる。

　セネカは一見、真面目なストア派の哲学者でありながら、暴君クラウディウス帝が死ぬと、『瓢簞転身賦』なる辛辣きわまりない戯文を執筆し、その生涯を徹底的に嘲笑った。皇帝は脱糞の最中に自分の生命をも排泄してしまい、天界へと向かう。だが神々は彼があまりに多くの人間を殺したことを咎め、仲間に入れようとはしない。結局のところ皇帝は地獄に落とされてしまう。このドタバタの一切が瓢箪のように中味が空虚で愚かしいというので、この題名が付けられた。

セネカはこうした諷刺小説を、いかにもすました顔で発表し、新しい皇帝ネロに読ませた。その一方でクラウディウス帝が国葬に付されたときには、いかにも紋切型の賞讃演説の草稿を執筆し、ネロがそれを先帝追悼の席で読みあげた。ネロの皇帝就任直後の演説も、セネカが代筆していた。

いかに賢人といえども、このような気質の者が畳の上で死ねるわけがない。最後にはネロの手で悲惨な自決を命じられている。日本でいうならば、利休に似た最期である。

ある若者がセネカに尋ねる。わたしは徐々に流れに足を取られてしまい、落ちていくのではないでしょうか。いや、もうすでに、自分が認める以上に落ちてしまっているのかもしれません。人は他人の追従によってより、自分の自分に向ける追従によって滅びることの方がはるかに多いからです。この船酔いのような苦しみを抑えてくれる薬は、どこかにないでしょうか。若者の訴えに対し、セネカは答える。

人にはいわなかったが、自分もまた同じことに悩んできたのだ。だがそれは、長い間の重い病気から回復した者が、その後で微熱や軽い不快に捕らわれるたびに、すでに健康であるにもかかわらず、大げさに医者に訴えるのと同じなのだ。その人は健康でないのではなく、ただ健康に慣れていないだけなのだ。自分を攻め立ててはいけない。あちらこちら、さまざまな方向へと走る人々の動きに巻き込まれず、自分は正道を歩いているのだと信じることだ。おのれを高めも低めもせず、つねに平坦な道を歩むことだ。

「心の平安について」にある一節を要約してみた。おそらくわたしはこれからの人生で、この一節を繰り返し読むことになるだろう。

だがセネカをこうした賢人と見るだけでは不充分である。古代ローマの文人のなかでも彼がとりわけわたしのお気に入りの一人となったのには、別の理由があるからだと告白しておこう。その悪魔的ともいうべき才知にわたしは感動することがある。数多くの書簡のなかから、ひとつだけ例を挙げておこう。

クラウディウスの死後、義理の息子ネロが皇位に就いた。またしても暴君である。セネカはかつて彼の家庭教師を務めたこともあって、「寛恕について」という手紙を書き送り、むやみやたらと人を罰しないほうがよいと諫めた。

あなたの御父君の時代に、奴隷と自由民を服装で区別しようという提案がなされたことがありました。しかしそれは却下されたのです。そしてそれは正しい判断でした。セネカは青年皇帝にこう進言する。

もし奴隷がわれわれの数を数え出し、自由民がいかに少ないかを知ったなら、どれほど危険なことになるか。皇帝陛下はそれをお考えになったことがありますか。そうした事態を想像した元老院は、提案をただちに取り下げさせたのでした。セネカはこう書いたのである。

ローマ帝国は奴隷制の社会である。奴隷とされたのは主に征服された民族、戦争の捕虜、負債を払えなかった者であり、その数はなんと自由民の数十倍に達していた。もっとも服装や髪型による区別はない。街角を歩いていても、誰が奴隷で誰が自由民であるかを識別することはできなかった。自由民の子供にはたいてい奴隷の親友がいて、学校でも同クラス。長じて仕事のよき助言者となったりした。

奴隷は財産を持つことが許されていたし、政治的にかなりの高位にまで出世できた。もっとも自由民との違いは決定的である。官僚となった奴隷は報酬を受け取ることができたが、自由民はできなかった。自由民にとって政治とは、彼らの地位にふさわしい、高貴にして無償の行為であって、そこから金銭的な利益を引き出すことはありえなかったのだ。

セネカは書いた。もし奴隷と自由民の服装が違っていたならば、奴隷は自分たちが自由民の何十倍もの人数であることにただちに気付くはずです。たちまち叛乱が生じ、自由民の生命は危険に晒されるでしょう。現にスパルタカスの叛乱という大事件があったではありませんか。セネカはこうした事態が起きることを怖れ、皇帝ネロに忠告したのである。奴隷たちには、自分たちが自由民と何変わることない生活を送っていると思わせておくのが一番なのです。

現在の日本人はこの書簡を読んでどう思うことだろうか。誰もが自分が自由民だと思っている。だがその実、誰もが奴隷なのだ。わたしはこうした書簡をネロに書き送るかつての家庭教師の老獪さに感嘆した。煮ても焼いても食えないというのはこの人物のことを指すのではないかと思った。マルクスは清廉潔白な皇帝であったが、こうした知恵は思いつくことができなかっただろう。

もっともこうした進言にもかかわらず、後にセネカはネロの不興を買い、自裁を余儀なくされてしまうのだが……。

読書の愉しみについて書いているうちに何だか脱線してしまい、セネカの話になってしまった。もっとも七十歳ともなると、つい脱線というのが愉しみになってしまうのだから、お許し願いたいと思う。書きながらつい脱線してしまうのは、読みながらいつも脱線しているからだ。約めていうならば、もう効率よくモノを書いたり読んだりすることに半ば飽きてしまって、書物に対しては、気の向くままに振舞うことにしたいと思うようになったからだろう。

モノを書いているときはその資料を大量に読まなければならず、昼間の時間はそれですっかりくたびれはててしまう。ひとたび当座の書物を書き終えてしまったらもう二度と手に取ることはないような書物を何冊も、何十冊も机の上に積み上げ、必要な部分だけを読んだら次に移るといった読み方である。だが、そんな毎日にも心の慰めなるものは確実に存在している。一日の調べ仕事が終わり、後は眠りに就くだけといった時間に、仕事とはまったく関係のない本を読むという愉しみのことだ。

昼間の時間、わたしはあらかじめ気になる本を何冊か、寝室の寝台の上にボンボンと放り投げておく。書架を何気なく眺めていてふと目に留まった本であることもあれば、たった今、まったく未知の人から贈られてきたばかりという本もある。みうらじゅんの『人生エロエロ』もあれば、バルザックの小説であったり、天文学の入門書だったり、本の内容はさまざまだが、要はそのときに取り掛かっている自分の書きものとはまったく無関係であることが大切だ。就寝のとき、わたしは寝台の上に無造作に投げ出されている書物を何冊か見つけ、どれから読むことにしようかと迷う。飽きてしまえばまた別の本に移ればいいだけなのだ。書物ではこうしたわがままが許される。もしこれが女性だったら、わたしはきっと殺されていただろう。

さて一日が無事に終わったのだ。ボードレールは深夜ようやく一人っきりになったとき、その日のことを反省し、会った人と同じ数だけの手袋が必要だと述懐した。しかし書物を手に寝台に潜り込むとき、手袋はいらない。素手で充分だ。ただ無心に、安堵感だけを頼りに頁を捲りさえすればいいのだから。

わたしは次から次へと書物を相手に漂流を続けている。これまでもそうだったし、これからもそうだろう。

書くことについて

わたしは、世の中には、人に尊敬されたくてモノを書いている人間というのが数多く存在していることを知っている。彼らは自分がいかに才知に満ちており、いかに一流で、いかに人に羨まれるべき生活を送っているかを誇示するために、わざわざ文字を書き連ねているという作業を続けている。また彼らとは逆に、自分がいかに悲惨であり、いかに他人の同情を必要としているかを懸命に訴えるために、懸命になってモノを書いている人間も存在している。それもひどく多数だ。

わたしは何のために書いているのだろうか。わたしは人に尊敬されないために、また同情されないために書いている。偉大な人物だなどと、間違っても人に誤解されないために書いているのだ。わたしが机に向かうのはただ偏（ひとえ）に、〈わたし〉という問題から解放されたいからに他ならない。自分にとり憑いて離れない問題を終わりにして、新しい場所へ、より自分が自由を感じられる場所へと移行できるようにすること。それがわたしのエクリチュールの目的である。

わたしは『ハイスクール１９６８』を書くことで、高校時代の陶酔と孤独の日々から距離をとることができるようになった。『先生とわたし』によって、大学時代に廻りあった悪魔的な師匠の内面の苦しみを、冷静に受け止めることができるに到った。『貴種と転生　中上健次』によって、差別という愚行がいかに美しい物語に反転するかという文学の逆説を自分なりに見極め、別の世界へ転位する契機を得た。『さらば、ベイルート』で、親しい友人の突然の死を何とか受け容れることができるようになった。

ひとたび書物を書きあげてしまうと、机と床に散らばっている資料や下書きのノート、メモの類をすべて段ボールに詰め、書庫の奥に押し込んでしまう（中上論のときは思い切り段ボールを蹴飛ばしてから仕舞いこんだことを記憶している）。古本屋に引き取ってもらえばどうかといってくれる人もいるが、わたしが使用していた資料は特殊なものが多く、売却はほとんど期待できない。軍事政権下の韓国の映画雑誌のバックナンバーや、タイの怪奇映画の絵解き本、スペイン語で書かれたブニュエル研究書など、いったいわたし以外の誰が日本で関心を持つというのか。わたしはといえば、ただしばらくの間だけでも、つい先ほどまで自分が奮戦していた資料を自分の視界の外側に置いておきたいだけなのだ。実はわたしはそれがいつの日か、もう一度回帰してくることを知っている。ひとたび書き終えて封印をしたはずの主題をめぐり、長い歳月の後にもう一度格闘するということが、これまでにいくたびかあった。だから資料を押し込んだ段ボールの山を早々と処分してしまうわけにはいかない。一度わたしの手を離れたらもう二度と廻りあうことがないような雑誌書籍の類が、そこには入っているのだ。

書くことはただひたすら自分の救済のためにある。困難な救済に希望を与えるためにある。ひとたびは宿命のように見えていた問題を丹念に解きほぐし、自分にとって本質的なものと偶発的なものをより分け、後者を取り除いて自分の思念をより浄化されたものに変えること。親鸞は『歎異抄』のなかで、信仰は親兄弟友人の救済のためであるかと訊ねられ、それを即座に否定した。阿弥陀仏が長い歳月を通して思案した本願とは、「ひとへに親鸞一人がためなりけり」と語った。率直にして誠実な言葉だと思う。わたしもまた、自分「一人がため」に書いている。書いたものを通して人を啓蒙教化しようとか、社会を動かしてみせようなどといったことは、微塵も考えていない。短くない文筆生活のなかで、エクリチュールにはそのような権能などないという真理を思い知らされてきたからだ。わたしのこの回答に満足のできない読者のためには、補足的にもうひとつの回答を記しておこう。わたしがモノを書くのは税金を払うためであると。

ブルガーコフの『巨匠とマルガリータ』（わたしはこの偉大なる幻想小説を、ローリング・ストーンズの演奏する「悪魔を憐れむ歌」の原作として知った）には、精神病院に監禁されながら、二千年前のイエスの受難とポンティオ・ピラトの当惑について長編小説を執筆している「巨匠」が登場する。無神論を国是とする恐怖国家ソ連にあって、その原稿を公にすることはできない。とはいえ誰にも原稿を見せることもできず、したがって誰にも認められるわけでもないのに、巨匠は書き続けている。イエスは実在していた。一度執筆された原稿は燃えない。この二つの信念が彼を支えているのだ。スターリン体制が崩壊してしばらく経ったころ、ブルガーコフのこの長編は秘かに西側へ持ち出され、ただちに英語やフランス語、日本語に翻訳されて、国際的なベストセラーとなった。今では二十世紀の悲惨を表象する長編小説のひとつとして、古典と見なされている。一度執筆された原稿は燃えないという巨匠の信念は、文字通り実現されたのだ。

とはいうものの、現在の日本ではブルガーコフの託宣は通用しない。毎日、おびただしい書きものが（紙媒体で、そしてウェブで）生産され分配され、そして消費されていく。書物も雑誌も保存されない。文字通り消費されてしまうのである。大きな出版社の刊行物は何年かすると断裁されてしまう。小さな出版社のものは、もとより少部数であることもあって、多くは品切れになるとそれきりである。

かつて文筆家は、ひとたび執筆し江湖に問うたものはもうそれだけで半永久的に地上に残り、いつまでも人々に読まれるであろうという、楽観的な確信を抱いていた。今日では一度書いたからといって安心することはできない。重要なことは、繰り返し繰り返し書き続けなければならない。同じことをいくたびも書いて、そのたびごとに原稿料を受け取るのは道徳的に問題があると、非難の声があがるかもしれない。だが心配はご無用。わたしは文筆家志望の年少者に、ここで忠告をしておこう。あることについて書いても、しばらくすればそれは地上から消滅してしまい、誰も記憶する人などいなくなるのだから、何回でも同じことを書いて発表しても発覚する恐れはないのだ。そう、誰もそんなことを気になどしていない。

一人の著者の著作リストを調べてみると、手を変え品を変え、同じことについて題名だけ違う著作を刊行しているということが少なくない。日本の社会はそうしたとき、便利な誉め言葉を持っている。若い頃は気が多くていろいろなことをしてきた人だが、ようやく自分の本当のものを摑むようになったな、という言葉である。そうなると、若い頃にあれほど欲しかった賞が、ゴロゴロと転がり込んでくる。ついでに書いたものが教科書や受験参考書に転載され、塵も積もれば山となるという諺通り、思いもよらぬ収入をもたらすことになる。

まあ冗談はここまでにしておこう。わたしがいいたいのは、書かれたものの耐久時間がどんどん短くなっていくという現在の状況である。文筆家はしかたなく、同じことを、表現だけを少し変更して発表するようになる。もちろん生身の人間なので。書くたびに微妙にズレが生じる。本来の原稿が校正者が関与することで、また本人が加筆や改訂をすることで、またさらに外国語に翻訳されることで、さまざまな異稿（ヴァリアント）を生み出すことになる。およそエクリチュールに関するかぎり、唯一の正典なるものが成立不可能となったのが現代という時代である。どの原稿も複数の異稿を持ち、その間に優劣が決められない。

なるほど、書く者はもはや、かつての仕事場で執筆に苦しむ坂口安吾のように、書きかけの原稿用紙の山に埋もれるという状況からは解放された。コンピューターの普及は、書くことの現場において没原稿なるものを消滅させてしまった。だが、ひとたび編集者に、また翻訳者に、校正者に渡された原稿は、その瞬間からさまざまな異稿を作り出していく。これは何と皮肉な現象だろう。もっともそのどれもが、以前とは比べようもない短期間において消滅していくのだが……。

書物には往々にして、ある時期にどうしても集中して、一気に書き上げておかなければならない主題というものが存在している。わたしの場合それは二〇〇四年にイスラエル／パレスチナに滞在した体験であり、コソボの難民キャンプに設けられたプレハブ校舎で日本文化を論じた日々の体験だった。ふたつの旅と滞在はけして楽なものではなかったが、帰国したわたしはただちに自分の見聞をすべて書き記しておかねばならぬという切実感に駆られた。記憶が生々しいうちに書いておかないとすべてが色褪せて、説得力を欠いたものになってしまう。こうした緊張した勘定に促されたこともあって、わたしは『見ることの塩』をわずか三か月で書き終えた。

二〇〇〇年に二度目のソウル滞在を行なったときも同様であった。金大中政権のもと、民主化が完璧になされた韓国は、一九七九年に最初に滞在したときとはまったく違う国になっていた。このときも帰国して二週間ほどで、新書版の滞在記を書き上げた。『ソウルの風景』のことである。

とはいえわたしの著作のなかで、極度に集中した時間のうちに一気に成立するものは、きわめて例外的なものである。多くの書物はひどく長い時間をかけて執筆される。植物の種子が地に埋められてから発芽するのに時間がかかるように、書物の構想が最初に、きわめて漠然とした形で宿ってから現実の執筆が開始されるまでに、何年も、ことによると十何年もの時間が必要な場合もある。『親鸞の接近』『無明』『ルイス・ブニュエル』、さらに『パゾリーニ』といった大きな書物がそうだった。どの書物も構想が具体的に結実するのに、二十年から三十年の時間がかかっている。わたしはやがてジャン＝リュック・ゴダール監督についての書物を纏めるであろうが、それはわたしが中学時代から現在に至るまでの時間、つまりわたしがゴダールの映画を観出してからのすべての時間を凝縮したものとなるだろう。

多くの書物がきわめて短い期間に消費され消滅していくという現在の状況のなかで、わたしの行為はきわめて反時代的なもののように見える。いや、もっとはっきりといおう。わたしは自分が愚かなことをしていると考えている。最近では「コスパ」という便利な（そして底の浅い）流行語があるが、わたしはまさにコスパに合わないことをしているのだろう。誰もがそのことを知っている。ただ面と向かってわたしに忠告しようとしないだけのことだ。

ここでわたしは、未然に終わった自分の愚行を、包み隠さず羅列しておきたい。わたしが書こうと思い立ったものの、機会を逸したり、力不足で書きあぐんでいるうちにいたずらに時が過ぎてしまい、そのままになってしまった書物、つまりわたしが書けなかった書物を、記憶しているままに書き出しておくことにしたい。

Invita Minervaという言葉が、ホラティウスの『詩論』にある。直訳すれば、「もしミネルヴァの意にそぐわないならば」となる。もし詩歌と学問の女神が望まないとすれば、それはその者に天賦の才が欠けているのであって、どんなに努力をしても何も書くことなどできない。以下に記すのは、ミネルヴァがわたしに微笑むことをしなかったことの記録である。

『メロドラマ論』

一九九〇年代に金沢で泉鏡花原作の新派映画の映画祭を四年間続け、ブルックスの『メロドラマ的想像力』を翻訳しているうちに、映画におけるメロドラマとイデオロギーの関係についてやはり一冊の書物を残しておきたいと思うようになった。

映画における大衆的想像力は、主にコメディ、歴史劇、ホラー、アクション、そしてメロドラマの五要素から構成されている。しかしハリウッドとアジア映画とでは、メロドラマのあり方が大きく異なっている。アムステルダム大学のトーマス・エルセサー教授を訪問したときに、そうした話をすると、ぜひそれを書くように勧められた。エルセサーは映画研究のなかで貶められてきたメロドラマのなかに秩序転覆的な契機が隠されていることを、最初に証立てた研究者である。だがわたしが彼の学説を踏まえた上で、改めてメロドラマ論を執筆するときには、メロドラマと社会主義リアリズム、政治人類学との関係までを射程に入れなければならない。

いつかは書かなくてはとずっと思っているうちに、二〇一〇年代に入って御園生涼子と河合真理江の二人がこのジャンルについて研究書を出し、そして二人とも早々と亡くなってしまった。わたしはとりわけ御園生の著書に学ぶところがあった。彼女がわたしの翻訳したブルックスに言及していることを知って、あの小骨の多い難解な書物を苦心して翻訳したことが報いられたような気がした。

エルセサー教授には二十年ぶりに、今度は京都で再会した。自分の英語の日本映画史の本を差し上げようとしたところ、わしはもうとうに買って持っておる。ついこないだの論文でもきみの本から引用させてもらったよといわれた。教授はその半年後に亡くなられた。

エルセサー先生、ごめんなさい。ヨモタは気が多くて、ご期待に添えなくて！

『李香蘭とパレスチナ』

『日本の女優』（岩波現代文庫では『李香蘭と原節子』と改題）を執筆するとき、インタヴューをしたことが契機となって、山口淑子さん（李香蘭）の一番町のマンションにしばしば遊びに行くようになった。わたしにイスラエルを見てくるようにと勧めたのは彼女である。彼女の満洲映画協会時代の活動はよく知られており、それを論じる人は多いが、アジア助成基金の発起人の一人として、従軍慰安婦への補償問題に深く関わったり、パレスチナ難民に取材したドキュメンタリーTV番組を、何と三年間にわたって手掛けたりしたことは知る人が少ない。あるいは知っていても、満映のようにノスタルジックに語ることができないので、敬遠する人が多いのだ。

テルアヴィヴ大学から帰還したわたしは、彼女とパレスチナ問題について対談集を作ろうと提案した。山口さんはただちに賛成してくださった。二回ほど談話を録音したが、結局この企画は諦めざるをえなかった。彼女が三十年前に訪問した難民キャンプの記憶はもう相当に朧げになっていた。その最初の著書である『誰も書かなかったアラブ』（実は足立正生が代筆）に記されたデータに基づいて、いろいろと質問を投げかけてみるのだが、どうしても記憶のズレを解決することができない。彼女もわたしも作業のさなかで疲れ果ててしまい、中断せざるをえなかった。残念な企画である。

『鏡花論』

一九七〇年代、岩波書店から鏡花全集の再刊が開始されたころ、わたしは毎月ごとに一冊一冊買い揃え、読み進めていくのが愉しみだった。大学生にとってそれは大きな経済的負担であったが、その当時は気分が高揚しており、昼食を一週間抜いても買いたい本は買おうという主義を貫いていた。空腹はまったく気にならなかった。

鏡花の読書会に参加し、大学四年生のときに最初の鏡花論をその会報誌に発表した。当時はまだ現在のコピー機械が普及しておらず、青焼きのコピーをホッチキスで綴じて雑誌を作った（後にそれが吉祥寺の古本屋で四万五千円で売られていたのを発見し、仰天した）。

一九七〇年代はいわゆる「幻想小説」ブームだった。西洋のさまざまにマイナーな怪奇小説や奇想小説が、ひどく小さな、個性的な出版社から次々と翻訳刊行されていた。今から考えてみると、これは政治の季節、前衛の季節が終焉した後の反動であり、若い文学好きは人畜無害の幻想文学の翻訳を通して、みずからを慰撫していたのだろう。わたしはその時すでにカイヨワとトドロフの幻想文学論を読んでいた。ひとたび構造が判明してしまうと、この文学的ジャンルに飽きを覚えるようになった。

鏡花に関していうと、この不思議な作家をどうしても幻想文学の枠組みに閉じ込めておきたいという趨勢が強かった。わたしは何だか馬鹿馬鹿しくなって、逆に近代日本のメロドラマ的想像力の提唱者としての鏡花により深い関心を抱くようになった。『婦系図』や『義血俠血』といった彼の短編が新派の舞台に上がり、いくたびも映画化されていった過程を辿ることで、ジェンダー的意志と儒教的世界観の対立、近代の立身出世主義とその背後で名も知らずに転落していく女性といった主題のもとに、鏡花を読み直すことができないだろうかと、来るべき鏡花論の構想を考えるようになった。

もっともわたしの探究はこの構想の段階から発展していない。二〇〇〇年にヴェネツィアで開催された日本学会で「鏡花・新派・映画」という発表をし、筑摩書房が『明治の文学』のアンソロジーを企画したとき、坪内祐三に乞われて鏡花の巻の収録作品を選定し、解説を執筆しただけに留まっている。そのうちに自分のなかで鏡花観が変化し、最初の構想は放棄された。いつかは何かを纏めておかなければならないとは思いながらも、その手始めとなる鏡花の再読にもまだ手を付けられないでいる。

『ニーチェのイタリア』

岡田温司が『フロイトのイタリア』を二〇〇八年に上梓したとき、わたしは強い嫉妬に駆られた。どうせ自分の進んでいる道はアカデミズムの特定の分野に属さず、好き勝手な方向に向かっているのだから、競争相手など出てくるはずがないと思っていたところで、このイタリア研究の碩学の著書に出逢ったのである。何とかこの大著に匹敵できるものを自分も書いておきたい。そう思ったとき、自動的に「ニーチェのイタリア」という題名が心に浮かんできた。

スイス人ニーチェにとってイタリアとは、永遠の太陽の下、砂漠の傍らで美しい女たちが舞踏をするといった夢みられた楽園であった。彼は暗く陰気なゲルマンの地を離れ、イタリアで幸福感に包まれるのがつねであった。

イタリアに留学中、人からアナクレト・ヴェッレッキアの『トリノにおけるニーチェの破局』なる書物を譲られたことが、執筆の直接の契機となった。ニーチェはトリノに滞在中、あまりの多幸症が昂じて狂気の発作を引き起こし、そのままスイスの精神病院へと拉致されてしまう。幸福なイタリアと決別し、後にナチズムに加担する妹の監視のもと、さらに十年を痴呆の廃人として生き続けることになる。ヴェッレッキアの書物は事件当時のトリノでの報道や関係者の証言などを細かく拾い上げていて、興味津々たるものであった。わたしは『愚行の賦』の一章をニーチェに捧げたとき、この書物から教えられたところが少なくなかった。

もっともイタリアにおけるニーチェの全体験を知るには、さらに厖大な文献資料の読み込みが必要だろう。また当時のイタリアにおける観光産業を充分に把握しておかねばなるまい。『ニーチェのイタリア』は魅力的な主題であったが、わたしの稚拙なイタリア認識ではどうにもトリノ事件の先を書き進めることができなかった。せめてもの救いは、まだ書き上げられてもおらず、将来においても書かれるはずのない書物をめぐり、ニーチェが少なからぬ「序文」を執筆したり、執筆予告を宣言していたことである。構想だけに終わったわたしの書物もまた、その不在によってニーチェ的であるかもしれない。

『セベロ・サルドゥイ論』

マイトレーヤ（弥勒）の下生については、二通りの解釈がある。

ひとつは五十六億七千万年後、如来として地上に出現するという説である。もうひとつは今まさに現在にこそ、衆生を救済するため到来するという説である。後者の考えはおのずから終末論的な色調を帯びる。歴史の悪夢のさなかに、彼はまさにメシアとして顕現するのだ。

マイトレーヤの登場する小説を、わたしは三編知っている。ひとつは宗教学者ミルチャ・エリアーデが若き日に執筆した『マイトレーイ』で、ルーマニアからインドへ留学した著者の実際の体験に基づいた告白小説である。エリアーデは留学先のカルカッタ（現在のコルカタ）で、サンスクリット学の国際的権威ダスグプタ教授の教えを受けているうちに、令嬢であるマイトレーイに恋をしてしまい、教授から破門されその地を去った。この悲痛な記憶を虚構に仕立て上げたのが、この作品である。

二番目は稲垣足穂の『弥勒』。これもまた多分に自伝的色彩の濃い作品である。主人公の江見留は空想癖の強い少年で、「物事のお終い」にいつも心躍らせている。それから長い歳月が過ぎ、彼は中年に到る。わずかな金が入れば酒に消え、カーテンを布団代わりにしてわずかな暖をとるといった、貧困この上ない生活を続けている。この江見留があるとき、自分が弥勒の化身であるという悟りに到達するというのが、作品の粗筋である。

セベロ・サルドゥイの『マイトレーイ』は、わたしが読んだ三番目の弥勒小説であった。ここでは弥勒は何と、ハバナの唐人街にある中華料理店の料理人である。わたしはこの意表を突いた設定に驚くとともに、ロラン・バルトのもとで学んだこの亡命キューバ人の華麗にしてバロック的な文体に目眩のような気持ちを抱いた。

サルドゥイを知ったのは『コブラ』である。現代思想の玩具箱をひっくり返したようなその作風は、驚異そのものであった。その後も「キリスト、ハバナに現わる」といった短編を読んで、ますます感銘を新たにしたのだが、残念なことに作者はエイズで亡くなってしまった。

もしわたしが若かったら、つまり金はないが暇だけはいくらでもあるといった時期に戻れるとしたら、わたしは躊躇することなく『マイトレーイ』を日本語に翻訳するだろう。それから彼の遺したバロック的な詩の数々を。

キューバ文学には巨峰レサマ＝リマからカブレラ＝インファンテ、アレイナスまで、奇想と迷路的な文体をもった作家たちが、まさに綺羅星のごとくに並んでいる。かつてハバナ大学に客員教授として招かれたとき、わたしは旧市街にあるリマの旧居を訪問したことがあった。彼の畢生の長編『パラディーソ』は最近になってようやく翻訳が出た。

ハバナは巨大な廃墟である。この都市を後にした文学者たちの列伝をいつか書いてみたいと思ったことがあった。

『舞踏家の文体』

わたしは舞踏家でもなければ、舞踏批評の専門家でもない。ただ一九七二年に土方巽の「燔犧（はんぎ）大踏鑑　四季のための二十七晩」なる公演を観て以来、つねに舞踏に関心を抱いてきた。と同時に、舞踏家たちのエクリチュールに見られる独特の文体にも魅惑されてきた。

土方巽と笠井叡は偉大な舞踏家であるとともに、偉大な文筆家でもある。彼らの文体をその舞台での舞踏との相関関係において論じることは可能だろうか。その際、狂気のなかでニジンスキーが執筆した、あの独特の手記の文体を媒介項としてみるとすれば……。わたしの夢想はとめどなく拡がっていった。もっともこれは本格的に書き出すとすれば、相当の修練が必要だろう。

『ジャッキー・チェン』

『ブルース・リー』を書き上げたとき、多くの人たちはその後わたしがこの書物を書くだろうと想像した。ジャッキー・チェンとは一九八七年のニューヨーク映画祭のレセプションで言葉を交わしたことがある。彼はロイドとキートンをいかに尊敬しているかという話をした。

わたしがある時期までのジャッキーの監督作品について思うのは、彼が戦前のハリウッドのコメディ＝メロドラマを快く（こころよく）愛し、香港の地にあってその伝統を継承しようとする意志を持っていたことである。『ミラクル』はキャプラの『一晩だけの淑女』の、愛情に満ちたリメイクに他ならない。

とはいうものの、香港が中国に「返還」されて以来、昨今のジャッキーの変容ぶりにはつねに落胆させられている。機会さえあれば中国の現体制を賞賛してやまないジャッキーは、香港人であることを忘れてしまったのだろうか。この失望がわたしを、この著作の執筆から遠ざけている。

『見ることの塩』第二部

二〇〇四年にわたしが滞在したイスラエル／パレスチナとコソボは、それなりに隔たった場所であり、民族も異なっていたが、なぜか音楽の節回しや路上での大衆的な食べ物において似通っているところが少なくなかった。しばらく考えてみて理由が判明した。この二つの地域は長きにわたってオスマン帝国の領土であったのだ。この大帝国は第一次世界大戦中に瓦解したが、十六世紀には北アフリカからエジプト、シリア、イラク、バルカン半島、クリミアを領土とし、ウイーンの間近に達していた。わたしは往古の大帝国の内側に留まっていたのにすぎなかった。

『見ることの塩』はパレスチナとセルビア、コソボでの見聞記である。一年にわたる滞在では観察と分析に追われ、何か結論のようなものを出すまでには到らなかった。やがて旧帝国の首都であったイスタンブールに居を定め、かつての中心から周辺を眺めてその続きを書いてみようと、わたしは漠然と考えていた。トルコの大学からはいくたびか客員教授として招聘を受けたが、招聘予算の問題でどれも実現しなかった。そのうちコロナ・ウイルスの世界的蔓延ですべての企画が白紙に戻り、『見ることの塩』イスタンブール篇を執筆する機会は失われてしまった。

『村上一郎論』

村上一郎は今では忘れられた感があるが、戦中派の歌人にして思想家であり、その著書『北一輝論』は三島由紀夫から絶賛された。六〇年安保闘争の敗北後、吉本隆明、谷川雁と語らって雑誌『試行』を創刊。一九七〇年六月には学生たちと機動隊が対峙する国会議事堂前に海軍将校の軍服を着用して現われ、三度にわたり真剣で抜刀の儀を行なった。その日は樺美智子の死後十年にあたっており、村上は同志の死に敬意を表したのである。彼はそれから数年後、自刃した。

わたしはいくたびかこの人物について文章を書こうと思い、そのたびに挫折してきた。ナショナリズムと軍隊について、また日本の短歌史について体系的な知識を持っていないことが原因のひとつであった。だがもうひとつ、村上の先行者の一人である日本浪曼派の中心人物、保田輿重郎をどうしても好きになれなかったからである。わたしは村上のなかにある、保田への共感の部分を、どうしても受け容れるわけにはいかなかった。

村上一郎は丸山眞男の近代主義者としての「論理と心理」に、根本的な違和感を抱いていた。丸山の思想はもうそろそろ死につつあるのだから、彼は自分の思想の殺し方を上手に体得しておかなければいけないとまで断言していた。わたしはこの村上の気迫に感嘆するが、彼を論じるためには一度丸山のもとへと赴かねばならない。それが嫌なのだ。

だが、それにしてもわたしはなぜ書いているのだろうか。どうして経済効率が悪く、いずれは滅亡してしまうであろう書物を書く行為に、ひどく囚われているのだろうか。

端的にいってみよう。これはわたしの病である。わたしの業病である。

他の人と違う意見を持っていることを、大勢の人に告知したいから。人を悦ばせたり、怒らせたりするのが好きだから。社会に流通しているステレオタイプの考えに亀裂を差しはさむことができるから。自分が口にしているかぎりけしてわからない、匿名的な声をわが物にすることができるから。他の人に自分の存在を認知してもらいたいから……。

理屈というものはいくらでも思いつくことができる。人に訊ねられたら、だいたいこのような理屈のなかから二つくらいを選んで、深刻そうな顔をして答えておけば、相手は簡単に納得してくれるだろう。とりわけ大新聞のインタヴューに対してはそうだ。人は誰も、自分が期待している答えをほしくてインタヴューをするのであり、自分がすでに知っていることしか記事に書こうとはしないものである。

だが、ここに思いついて箇条書きにした答えは、どれもが人のために拵えてあげた答えにすぎない。どれかひとつが決定版の回答というわけではない。人が書くことを選ぶのは、むしろこれらすべてを同時に、要領よく口にすることができないという理由からではないだろうか。だがそう答えても理解してもらえない人は多いだろう。そのときにはもう開き直って、こう告白するしかない。わたしが本を書いているのは、これまでにあまりに沢山の本を読んでしまったからです。本を一冊も読んだことがなかったら、本を書くということも、きっとなかったと思いますよ。やれやれ。

蝸牛のごとき勉強について

世の中にはひとつの言語を学ぶと自動的にそれをスライドさせて、いつの間にか隣にある言語もできるようになってしまうという人たちがいる。わたしにはそれがどうしてもできない。羨ましいとは思うのだが、自分が語学に関しては凡庸な才能しか持ちあわせていないことは、子供のころから自覚していた。

だからキチンキチンと、煉瓦を積み上げるように勉強していかなければならない。まさに蝸牛のごとし。書物を読んでいてわからない単語に出逢うと、そのたびごとに立ち止まって辞書に相談し、しばらく考えてから先に進む。わたしはあるときから、勉強というのはこうした身振りの際限のない繰り返しであると認識するようになった。

一冊の本を読んでいるうちに、その書物の癖やら著者の好みのいい回しなどがだんだんわかってきて、安心して読めるということはある。大概の本はそうできていて、すっ飛ばして読んだり、当てずっぽうに見当をつけて先に進むことができるようになる。けれども細かく論旨を辿ろうと思ったり、必要あって訳筆を振るおうとすると、それだけで、どこかで躓いてしまう。海で泳いでいていつの間にか足の立たない深いところにまで進んでしまうことがあるが、そのときの感じに何となく似ている。

いったい何が書かれているのか、という問題ではない。著者がなぜそのようなことにムキになって、くどくどと語っているのかがわからないといったときのことである。何となくはわかるのだが、自分の言葉に直そうとするとそれができない。読み飛ばすというのと、自分で訳文を作成できるというのはまったく異なった行為であり、訳文をちゃんと綴ることができてこそ、人は眼前にある文章を充分に咀嚼できたことになる。いささか昔気質のいい方かもしれないが、わたしはそう考えている。わたしは日本語で書く人間である以上、外国語の文脈のなかで気楽にわかったつもりでいてもダメなのである。

急いで読んではならない。あらゆる意味で、速く読むことは禁物だ。もう七十歳になっていいのは、急いで必要箇所を読み飛ばし、情報量だけを摂取すれば後の滓は不要、といったたぐいの読書をせずにすむようになったことである。ゆっくり読めばいい。気が向けばそこで立ち止まり、ああだこうだと夢想を手繰り寄せながら、また元の場所に戻って読み進めていけば、それで充分なのだ。

一冊の書物を読んでいると、以前に読んだ他の書物が次々と想い出されてくる。書架に行ってそれを取り出し読み耽っていると、いつの間にか最初に読んでいた書物が置き去りにされてしまい、心の関心がどんどん別の方へと移ってしまう。しばらくして我を取り戻し、そもそもの書物の読みさしの部分に戻ると、書物は最初、不機嫌そうな顔をしている。けれどもやがて気を取り直し、もう一度わたしの精神に付き合ってくれる。

わたしの机の上にはさまざまな辞書が散らばっている。

表紙が剝がれてボロボロになった英和辞典。表紙が黄色だったり、灰青色だったり、何冊目かの仏日辞典。娘の結婚資金を捻出するために金素雲（キムソウン）先生が独力で作り上げた韓日辞典。こんなもの、どうして買ったのだろうといまだに思うイタリア料理語辞典。せっかく手に入れたものの、ほとんど使いこなせなかったフリウリ語＝イタリア語辞典（イタリア東北部には、八十万人が使用するそのような言語が、確固として存在している）。電池が切れたまま放りっぱなしにしている、インドネシア語＝日本語の電子辞書……。

どの辞書にも思い出がある。それを買い求めた動機。場所と時期。手に持ったときの重さと感触。紙の匂い。ときおり挿入されている絵図の不思議な雰囲気。折れてしまったり、破れてしまった頁。わたしの手元にあるもっとも古い辞書は十四歳のときに買い求めた独日辞典である。小ぶりで細長いこの辞書は、今でも薄い頁を捲るたびに独特の香りが立ち上ってくる。

わたしは机に散らばっている辞書のなかから、一冊の辞書を手に取ってみせる。ときどき見かけるのだが、なかなか意味の全体を把握できないでいるフランス語の単語を、いい機会だからこの際キチンと理解しておきたいと思ったからだ。ところが何としたことだろう、辞書にはその単語が掲載されていない。慌てて別の単語を引こうとするが、それもまた載っていない。ほんのわずかではあるが、それと綴りの異なる単語が載っている。わたしは自己嫌悪に襲われる。いったい自分は何という思い違いをしていたのだろう。こんな簡単な単語の綴りさえ引きそびれてしまうのだから。

すっかりしどろもどろになったところで、わたしはその辞書が葡日辞書であったことに気付く。つい先ほど、ポルトガル語で知りたい言葉があって、わざわざそれを本棚の隅から取り出してきたことを、雑事に感けてすっかり忘れていたのだ。慌てていつもの仏日辞書を探すと、はたしてそれはいつも通り、机の上、目の前にあった。知りたい単語はただちに判明し、わたしは胸を撫で下ろした。

こうした間違いなら、オッチョコチョイの出来ごとなので、笑ってすますことができる。だが次に述べるケースは、いささか深刻な気持ちにならなくもない。

オックスフォードの英英でもいい、プチ・ロベールの仏仏でもいい。ちょっと日本語の辞書には出てこない単語を調べようとして、重い辞書を本棚から引き摺りだし、目の前に拡げてみる。お目当ての言葉はただちに見つかった。やったねと思った瞬間、わたしはあることに気付く。その単語の説明を読んでいくうちに、例文のひとつの下に万年筆で傍線が引かれているのだ。

万年筆を用いなくなってもう長い歳月が経っているのだから、これは相当昔、おそらく大学院にいて論文を書いていたころに引いたものだろう。わたしは見当をつける。ということは、もう四十年以上の歳月が流れているわけだ。そこで気になって、その例文に使われている別の単語を調べてみると、その項にも同じ万年筆で傍線が引かれている。しかも細かな字で、書き込みまでがなされている！

何ということはない。わたしは四十年以上前に調べ、勉強したつもりになっている単語をすっかり忘れてしまい、一冊のぶ厚い辞書のなかで、まったく同じ経路を辿って調べごとをしていたのだ。

こうした体験が二度三度も続くとだんだん心配になってくる。いったいこの四十年にわたって自分は何を勉強していたのだろう。調べごとをするのだといって部屋に閉じこもりながら、調べては忘れ、調べては忘れという作業をただただ繰り返してきただけではないか。

いささか尾籠な喩えではあるが、ファーブルの『昆虫記』に地下の洞のなかに閉じこもり、自分が排泄した糞を食べてはふたたび排泄し、さらにそれを口にしてやまないコガネムシの話があるが、ひょっとして自分もまた研究と称して、似たようなことを続けてきただけではないだろうか。なるほど、かつてわたしはその単語の意味を苦心して調べ上げ、その用例を理解していたのだった。ただしばらくしてそれをすっかり忘れ、記憶はみごとにリセットされてしまった。そこでまたしても「初心に戻り」同じことを行なっている。ひょっとしたら、これからの人生でも、また同じ単語を調べてみるのかもしれない。わたしにはそれが自分の宿命のような気がしている。

ギリシャ神話にシジフォスという王様がいた。

生まれつき才知に長けていて、死神の手に手錠をかけてしまったり、冥界から脱走して現世に戻ったり、さんざん神々を馬鹿にしてきた。そこでとうとうゼウスに捕らえられ、誰もいない荒地で巨岩を山の頂上まで運び上げるという苦役を課せられることになった。汗水を垂らし、やっとのことで岩を運び上げると、岩は自動的に坂の下へと転がり落ちていく。シジフォスはしかたなくもと来た坂を下り、ふたたび岩を頂へと運び上げようとする。いつまで経っても終わらない。神々は彼に、未来永劫に続く劫罰を宣告したのだ。

めちゃくちゃな、わけのわからない話である。人間はこのシジフォスのように、何の意味もなく苦役を続けているだけでいいのだろうか。彼を自由にしてやるべきだ。

前世紀には、そう考えて抵抗の教えを説いた人物がいた。二十歳のわたしにとって憧れの的であった、アルベール・カミュという哲学者である。だが現在のわたしは少し違う考え方をしている。

ひょっとしてこのシジフォスは、みずから望んでこの巨岩運びを志願したのではないだろうか。たまたま王様の一族に生まれついたものだから、子供の頃から泥遊びも土なげごっこも自由にさせてもらえず、他の子供たちが泥だらけになって思う存分遊び回っているのを羨ましく眺めていた。彼に課せられた刑罰、つまり巨岩を山頂に運ぶという労働は、それをはじめから労働だと思うから間違ってしまうのであって、先入観を捨てて虚心に眺めてみよう。実はあれは遊びではないだろうか。いや、スポーツだといっていい。現にオリンピックでは、いったいこんなことが何の役に立つのだろうといった運動を、筋肉隆々たる選手たちが汗水垂らして真剣に行っているではないか。シジフォスは好きなだけ岩と戯れることができるので、すでに充分幸福なのだ。もう誰にも邪魔されることなく、いつまでも遊んでいられるのだ。

こう考えてみたとき、わたしは外国語の辞書を引いては忘れるという、ほとんど人に理解されないであろう作業に腹を括ることにした。一見したところ、シジフォスの岩運びにも似て、際限ない反復のさなかにある自分を、もはや嘆くことはないと開き直ることを決めた。砂漠には河がない。だがひとたび大雨が降ると、かならずいつもの道筋に沿って河ができ、ふたたび消えていく。これを涸れ河（ワジ）を呼ぶ。わたしがこの涸れ河のように辞書と戯れていることは、いうなればわたしの悦びでなくて何であろう。長い歳月の後にわたしが同じ単語を同じように調べ、同じ例文に感銘を新たにすることは、わたしの望むところであり、あえて強い言葉を用いるならば、わたしの宿命ではないだろうか。

実はわたしの家の台所には、くだんのオックスフォードやプチ・ロベールよりもはるかにぶ厚い、イタリア料理のレシピ集が置かれている。もう三十年ほど前に刊行された料理書だ。信じられないことに、そこには千八百種に及ぶパスタの調理法が記されている。ニンニクとトウガラシだけのスパゲッティ、南瓜を用いたトルテリーニ、ブロッコリーの茹で汁で茹でたオレッキエッテ、ホウレンソウを混ぜ込んだフェットチーネ……わたしはこの書物を手に入れて以来、自分が調理したレシピにはかならず印をつけ、律儀に日付と感想を記してきた。もっとも三十年が経過してもわたしが試みたパスタは全体の十分の一、わずかに二百種類ほどに過ぎない。あと千六百のレシピのうち、わたしはいくつまでを自分の舌で体験することができるだろう。

このパスタ・ブックが、この三十年の間にわたってわたしがもっとも繰り返し頁を開いてきた書物である。聖書や辞書の比ではない。もちろん気に入ったパスタなら何回でも調理してきたわけであり、そのたびごとに日付と感想が書き込まれている。辞書のなかにある単語の森に踏み込んで未知の単語を調べるのと、料理本の頁を開き、その日に冷蔵庫にある食材を念頭に置きながらパスタを茹でることの間には、どれほどの違いがあるのだろう。この歳になると、実は何も違いがないような気がしていなくもない。

わたしは高校生の頃から、物怖じしないで人と会うことを心掛けてきた。この人の顔を間近で見てみたい、会って絶対に話をしてみたいという人物がいると、何とか努力して住所を探り出したり、知り合いを介して訪問の約束を取り付けるということをしてきた。

わたしのこれまでの経験からすると、生涯にわたって偉大な仕事をすでになしとげた人というのは、予想に反して案外会えてしまうのである。彼らの多くは年少者に寛容で、一向に好奇心の衰えを見せず、自分にとって未知の世界に住んでいる若者に関心を持っている。

その逆が次の世代、つまり中年層の人たちだった。彼らは現役で仕事をしていることもあって、非常に多忙である。その上に、年齢的にいって自分のすぐ次の世代である年少者に、本来的な警戒心を抱いている。競争意識を剝き出しにする者もいれば、冷淡に会見を拒否してしまう者もいた。若い頃のわたしはこうした拒絶反応を前にしばしば失望したが、今ではその事情がよく理解できる。要するに邪魔されたくないのだ。彼らは目下、本質的な仕事にとりかかっている最中であり、必要もない雑事に時間を取られたくないのである。わたしは彼らが見せた冷淡さを非難する気になれない。というのもわたしにしたところで長い間、不用意に接近して来る年少者を遮断してきたからこそ、自分の仕事に集中できたからだ。

わたしが長らくその書物から影響を受け、敬意を抱いていた人の多くは、わたしをきわめて寛容に迎え入れてくれた。わたしが準備してきた質問に対し、わたしの無学を嗤うことなく丁寧に応えてくれたし、わたしが少し緊張しているのを見抜いて、リラックスするような話題を向けてくれもした。こうしてわたしは大岡昇平や埴谷雄高、藤枝静男といった「近代文学」の作家たちの謦咳に接することができたし、ソウルでは詩人の金素雲の家をいくたびも訪問することができた。わたしは年長者との邂逅に関するかぎり、きわめて幸運な人生を送ったと思う。雑誌の編集者や新聞記者ででもなければ、こうした貴重な体験を重ねることはできなかっただろう。しかもわたしは、仕事（ジョブ）として彼らと逢ったわけではなかった。

私淑する人物がいたなら、一度でもいいからその人物の謦咳に接しておくということ。これは重要なことである。当時はただちに気付くことはなかったとしても、後になって自分の進んできた道を振り返ってみると、その出逢いが大きな意味を持っていたことが判明する。わたしの人生にはそういったことがいくたびかあった。

わたしから手紙を出して会いに行ったところ、これはもう次元が違う、とうてい自分の及ぶところではないと観念した人物が、何人か存在している。知識の量や体験の壮絶さに圧倒されたというのではない。その人物の思考の身振り、その虚心にして自在な振舞いにただただ感嘆し、そのにこやかな表情の奥に深い叡智が宿っていることを知ったということである。この場を借りて、二人の人物について書いておきたい。

グナワン・モハマッドに会ったのは二〇〇七年の九月、ラマダンの真最中だった。インドネシア映画の研究で三か月ほど、ジャカルタに滞在していたときのことである。

グナワンはインドネシアを代表する知識人の一人である。一九六五年、アメリカと手を組んだスハルトがスカルノを軟禁して独裁政権を樹立すると、ただちに週刊誌『テンポ』を創刊し、言論人としてそれを批判する側に廻った。二十四歳のときである。雑誌はいくたびも発行禁止をいい渡され、グナワンは編集長として受難を余儀なくされた。彼が『テンポ』に毎号連載している一頁コラムは、ミラノのエーコが『エスプレッソ』に書き続けてきたコラムに似て、インドネシアの知識層にとってある意味の指針だった。

そのグナワンに会いたいと思い、わたしは一九九〇年代に最初にジャカルタに滞在したとき、人を介して会見を申し込んでいた。ところが運の悪いことにその前日、彼は逮捕されてしまった。その後スハルトの独裁政権が倒れると、彼は自由な言論活動をようやく再開できるようになった。わたしは十年の後に、彼に会えることになったのである。

芸術家たちの小さな溜まり場であるカフェに現れたグナワンは、考えていたよりもはるかに小柄で、四十年にわたってインドネシアの言論界で自由のために闘ってきた闘士とは思えない、優し気な表情を持った人物だった。

ラマダンというのは単に食物を摂取しないというのではないんだよ。精進潔斎（しょうじんけっさい）をしていると、ふだんは意識していなかった肉体とか欲望といったものを強く意識するようになる。人間と宇宙との関係を見つめ直すにはいい機会だ。断食はしてもいいし、しなくてもいいのだけれど、していない者はしている者をやっぱり畏怖することになる。断食をしている者はというと、自然と自分が高みに持ち上げられるような気持ちになってくる。自分は食物を断って口にしないわけだけれど、引き上げられたくはない。人から尊敬などされたくないのだよねえ。グナワンは大体そのようなことを語った。

わたしたちは日本とインドネシアの話をした。それからボスニアの戦争。グナワンは旧ユーゴの戦争について、何篇か詩を書いている。そのひとつはわたしも読んだことがあるが、息子たちを殺害され村を追放された老女たちが、ただひとつ、息子の首だけをボロ布に包んで長い道のりを行ったという、悲痛な詩だ。わたしがその詩を読んだという話をすると、じゃあ全詩集をあげるから、何でも気に入ったものを日本語にしてくれていいよと彼はいった。わたしのバハサ（インドネシア語）はまだ勉強を始めたばかりで、とうてい彼の詩をスラスラと読むまでには達していない。躊躇していると、ほら、バハサと英語の対訳だから、きみにも読めるよといってくれた。

話はいつの間にか現代思想に移っていた。ジャカルタではドゥルーズがブームで、書店に行くと『ニーチェと哲学』が平積みになっていたりする。グナワンはデリダが面白いという。昔のジャワ語では、差異と遊戯というのが同じ言葉なのだ。あるものが他のものと異なっているというときには、二つのものが遊んでいるといったんだ。何の衒いもなくそう語るこの人物のなかでは、ジャワの伝統的な思考法と現代思想がいささかも矛盾することなく、自分の思想として溶け合っている。

だが、わたしが付いていくことができたのはそこまでだった。フランスの現代思想の話が一段落したところでグナワンは、そういえばといいながら、話題をイブン・アラビーに変えた。中世イスラムの神秘哲学者である。デリダのいってることはちょっとイブン・アラビーにも通じるところがあるよね。グナワンはそれから、イブン・スィーナーやイブン・ルシュドについて、ひとしきり自分の考えを述べた。

わたしは付いていくのが精いっぱいだった。理解できないままに相槌だけは打つという時間が過ぎた。デカルトやスピノザといった西洋哲学、それにデリダやドゥルーズのことならば、特に詳しく読み込んだ専門家というわけでなくとも、見当がつかなくもない。だが目の前のこの人物は、つい先日、獄から出てきたばかりだというのに、デリダと中世イスラム思想の対応関係について平然と語っている。何の衒いもなく、まったく普段着のままの格好で。わたしはまったくお手上げとなった。

イブン・アラビーの書物を手に取ったことがなかったからではない。わたしを圧倒したのは、眼前にいるこの人物が、ラマダンの意味に始まって、デリダ経由でイスラムの神秘思想へと自然に話を移していく、その思考の身振り、身振りが生来的に携えている自然さにであった。ジャカルタは基本的にイスラム社会である。インドネシアがアラビア語圏ではないことは事実ではあるが、グナワンにとって中世イスラム思想とは、自分を育み育ててきた文化的伝統に他ならない。わたしは東京でも北京でも、またニューヨークでも、パーティの席上でデリダやドゥルーズの話を愉しそうにしている人々の間に居合わせたことがないわけではない。だが、そこでワイングラスを片手に持ちながらフランスの現代思想について嬉々としてお喋りをしていた人たちは、はたして前近代のジャワ語や中世イスラムの神秘思想に関心を持っているだろうか。デリダの哲学の脇にそうした知の体系を置いて、その照応と差異を遊戯として思考するということを思いついたことがあるだろうか。しかもグナワン・モハメッドはスハルト政権下にあって、短くない獄中生活を終えたばかりなのだ。

このときばかりは、自分が伝統的な日本思想や仏教思想についてほとんど門前の小僧程度の知識しか持っていないということに情けなさを感じた。勉強が足りない。だが勉強を重ね、知識が増えればすむという話ではない。知識を前にして自然と現われる生来的な身振りの問題なのだ。グナワンがデリダやドゥルーズについて語る言葉の間に、まったく自然にイブン・アラビーの名前を滑り込ませたように、自分もまた同じような文脈のなかにドーゲンやヒラタ・アツタネを滑り込ませ、平然と対話を続けることができたとしたらどれほど痛快なことだろう。わたしはつい空想してしまったが、それは努めて知識を増やして解決するような問題ではないような気がしていた。

わたしが出逢ったもう一人の人物は、宗教学者の山折哲雄である。

かつて『先生とわたし』を執筆していたとき、わたしは東洋と西洋では、師と弟子の関係をめぐって大きな認識の違いがあることに思い当たった。一般的に西洋では、両者の間に基本的に三通りの関係がありうると考えている。弟子が師に反逆し、師を破滅させてしまう場合。逆に師が弟子を心理的に追い詰め、破滅させてしまう場合。最後に、両者が長い間の対立と反目の後に和解しあい、相互に深く信頼しあう場合。もっとも最後のものが稀有であることは、ここに書くまでもあるまい。山折さんはこうした事実を念頭に置きながら、東洋にはこの西洋的な類型学とはまったく異なった、三通りの師弟関係が存在していると、著書のなかで説いた。

ひとつは数多くの弟子を持つことに囲まれ、彼らを率いて諸国を遍歴するという孔子の道である。二番目は、徹底して弟子を持つことを拒み、晦渋な真理を説く孤高の賢人として生きる、老子の道である。三番目のものはきわめて難解であるが、禅宗の説く道である。臨済の教説には、人は師に出逢っては師を殺し、祖に出逢って祖を殺せという一節がある。仏弟子を称するならば、仏の屍を乗り越えていくほどの気力と大胆さをもって修業を続けないと、とうてい悟りは覚束ないという恐ろしい決意が、そこには語られている。

わたしは京都に山折さんに会いに行った。

彼は単刀直入に、親鸞を読んだことがあるかねとわたしに訊ねた。

はい、『歎異抄』を一応読みましたと返事をすると、あんな短いものじゃあだめだ。あれは親鸞が死んで何十年も経った後、弟子の一人が想い出して纏めたものにすぎない。本当に親鸞があのように語ったかどうかも怪しいものだと答えが戻ってきた。山折さんはわたしに『教行信証』を読まなければいけないといった。『教行信証』は親鸞が五十二歳のときに一応の完成を見た理論的著作で、全六巻。夥しい仏典を自在に参照しながら、いかなる極悪人でも救済されるのであれば、それはどのような条件のもとにおいてであるかという難問を解き明かそうとした大著である。

この出逢いから十年が経ち、わたしはついに『教行信証』を読破し、親鸞について一冊の書物を著した。……という風に書くと、いかにも楽々と書き上げたような印象があるが、実は何回も書いた原稿を廃棄し、七転八倒してようやく完成を見たという苦心の作であった。これでグナワンに会っても、威張ってシンランとデリダとはねえなどと、さりげなく口にできるのではないか。書いている最中にはそう思ったこともなかったわけではないが、いざ印刷された本を手にしたときにはすっかり疲れきっていて、とてもそのように軽口を叩ける心境ではなかった。

ともあれわたしは自分の親鸞論を片手に京都に向かい、山折さんにもう一度会った。

山折さんはわたしの新著を見て、「あっ、そう」という表情を見せただけである。口を突いて出たのは、『シン・ゴジラ』のことだった。

どうして『シン・ゴジラ』なのか。わたしの専門のひとつが映画研究であるから話を合わせてくださった、というのではまったくない。今の自分にとって気になってしかたがなく、解決すべき問題のひとつだといわんばかりの口調である。大評判の怪獣映画についての解釈がひとしきり終わると、今度はカズオ・イシグロの小説とその映画化のどちらが深い人間洞察を示しているかという話になった。いつまで経っても親鸞が出てこない。

わたしはついに痺れを切らし、自分は十年前におっしゃられた通り、『教行信証』を読みましたと報告した。すると山折さんは、「あれはねえ、五十歳くらいのまだ若い頃に書いた書物だということですよ。親鸞の本当の境地は、彼が八十歳以降に執筆した和讃。それに奥さんに向けて書いた手紙です。それを読み解かなければ親鸞のことはわかりませんね」と、スラリといった。

わたしは柔道の組手でいきなり足を外されたような気持ちになった。そもそも『教行信証』を読まなくては話にならないといったのは、山折さんではなかったのか。

驚くべきことはそれだけではなかった。しばらく話しているうちに判明したのだが、山折さんの手許にはもう柳田国男全集も、長谷川伸全集もないのだという。あっても邪魔になるばかりだから人にあげちゃいましてねと、笑いながらいう。

「でも親鸞全集だけは手放すわけにはいかないでしょう」と、わたしは訊ねた。

「なあに、あれも若い人が読みたいというので、この正月にあげちゃいましたよ」

もうこれは次元がまったく違うと、わたしは観念した。山折さんから十年前に受けたアドヴァイスを頼りに真面目に親鸞の著作を読み続け、何とか自分なりの考えに到達できたと思っていたわたしは、それを報告しに行った現場で、みごとに打っちゃりを食わされてしまったのだ。反論のしようがない。反論しようにも、相手はすでに親鸞全集を人に譲って平然としている。長年にわたって読み続け、何冊もの著作の対象としてきたというのに、その親鸞への執着からみごとに解放され、飄々として怪獣映画の話をしているのだ。これではいつまで経っても追いつくことができないではないか。

ここまでが四年前の出来ごとである。山折さんはこのとき八十九歳。もう人生において充分に読んだ。充分に思考し、充分に書いた。書物に未練はなく、自分の解放のためにはすべてのものを周囲から遠ざけておきたいという心境なのだろう。

価値のない書物を処分するというのではない。読み終わったので不要になった書物を引き取ってもらうというのでもない。生涯にわたってかくも深い情熱をもって読み続け、論じ続けてきた著者たちの著作を平然と手放してしまうというのだから、ただごとではない。それは著述の分析や解釈といった次元を超え、学問的思索という域からも自由なところから親鸞に向き直ろうという意志の表明なのか。

仮にわたしが同じ年齢に到達することがあったとして、すべての書物を処分してしまうという決断を下すことができるだろうか。おそらくそれを実行したならば自分が大きな解放感に見舞われることは確実だろう。だが自分にはそれだけの勇気を持つことができるだろうか。そのためにはあまたの書物を前に、後悔が残らないまでに思考を続けておかなければならないのだが、これぱかりはわからない。

音楽について

この原稿を机に向かったわたしは、ファロア・サンダースが亡くなったという報せを受けた。八十一歳であったという。ファロア……なんと懐かしい名前だろう。いったい彼は晩年をどう過ごしていたのか。最終的にどのような音楽に到達したのだろうか。さまざまな疑問が心のなかを過ぎった。今の若いジャズファンは、そもそも彼の名前を知っているのだろうか。

ファロア・サンダースは、一九六〇年代の中ごろ、コルトレーンの晩年のカルテットの一員として来日した。頭目であるコルトレーンがソプラノサックスで迷路のように入り組んだ旋律を披露し、天上的な世界を創りあげているかたわらで、ひどく濁って気味の悪い、ときには排泄音を思わせる音を、力強くテナーで吹いているのが対照的だった（わたしは生のステージを見ていないので、これはどこまでも録音されたものを通しての感想である）。どうしてコルトレーンはあんな汚いサックスを許容しているのだ、理解できないと怒る観客もいた。だが高校生のわたしはそれを面白いと思っていた。ファロアの怪物的な出現の仕方に圧倒され、自分とはまったく違う音色とスタイルをもった彼をあえて起用するコルトレーンの度量の広さを、さすがだと感じていた。

コルトレンが没すると、ファロアは『カルマ』『聾唖と盲者』といったアルバムを次々と発表し、巨星亡き後のテナーサックス界を支えるような活躍をした。一九七〇年代はじめ、東京のジャズ喫茶では『カルマ』の呪術的かつユートピア的な音楽が、よくターンテーブルに乗せられていた。

ジャズの流行は一九七二年あたりで大きく変わった。息の続くかぎり吹き続けるといったフリージャズが後景へと退き、チック・コリアの『リターン・トゥ・フォーエヴァー』に代表される軽快で幸福感に満ちた演奏が話題を呼ぶようになった。つい前年、生ピアノのソロで弾いていて、まったく受けなかった曲をブラジル風にアレンジしたものだった。すべてを否定する前衛であったフリーが凋落すると、すべてのものを肯定形で受け容れるフュージョンが台頭した。これはポストモダニズムの流行と軌を一にしている。何だよこれは、人を馬鹿にしてるじゃないかという感想を、わたしは持った。その直前まで「サークル」という実験的なグループを率いていたコリアが、ボサノバ風なイージーリスニング路線に転向し、世界的な大ヒットを飛ばしたのだ。

今から考えてみるとこのコリアの転向は、政治的犯行と前衛的実験に彩られた六〇年代末の文化の退潮を、象徴的に物語っていた。一九七二年を境目にすべてが大きく変わって行ったのだ。新左翼運動は孤立して凋落し、大衆消費社会が実現した。難解な芸術は、「おいしい生活」に取って代わられたのである。

ファロアはどうなったのだろうか。彼はあるときから汚れたサウンドで観客を挑発することをやめ、バラードやスタンダードナンバーを取り上げると、きわめて清澄な演奏をするようになっていた。平明なように見えながらも旋律に奥深さを感じさせる奏法に転じていた。ダンテの喩を用いるならば、阿鼻叫喚の地獄を抜け出し、煉獄の島に到着して静謐なる夜空に星辰を認めるといった音楽へと移って行ったといえる。

ファロアとは直接に会ったことがない。最晩年のコルトレンのグループでファロアのかたわらにいて、パーカッションを叩いていたラシッド・アリとは一度話したことがある。一九八七年にニューヨークで彼の演奏を聞きに行ったところ、観客がわたし一人だったときである。舞台ではラシッドはジャズドラムではなく、飄々とした雰囲気で日本の鼓を叩いていた。

ラシッドはひとしきり演奏が終わるとわたしの席にやって来た。わたしたちはいっしょにサンドウィッチを抓みながら話をした。いろいろと聞いてみたいことがあった。子供の頃に好きだったのはどんな音楽でしたか。コルトレンが亡くなってもう二十年になるけど、その間どうしていたのですか。ラシッドはどの質問にも、丁寧に、そして懐かしそうに答えてくれた。

ファロアはどうしてます？

あいつは西海岸で愉しくやってるよ。ラシッドはそういうとまた舞台に戻り、わたし一人のためにいろいろな鼓の奏法を披露してくれた。

わたしは漠然とであるが、音楽は人間を浄化するものであると信じている。ファロアは若き日に地獄廻りのような音を吹いていた。それが年を経るにつれて少しずつ清澄なものへと変化して行った。彼は最後にどのような音楽に向かったのか。いや、もう実際にサックスを手に取らなくなってからも、どのような音楽のヴィジョンに到達したのかを知りたいと思う。

長い間、午前中はバッハのCDをずっと流しっぱなしにしながら食事をしたり、小さな雑事を片付けたりしていた。六十歳を過ぎたころからそれをヴィヴァルディに切り替えた。

バッハには人間を超越したところがあり、人間が世界から消滅したとしてもいささかも動くことのない無限の諧調が世界には存在しているという心理を指し示しているようなところがある。わたしの死後もバッハは何も変わることなく世界に流れ続けるだろう。

ヴィヴァルディはまったく違う。そのvivaという音の響きからもたやすくわかるように、生きることの悦びそのものだ。わたしは忘れられていた彼のヴァイオリン曲を発掘し、ムッソリーニの前で演奏してみせたオルガ・ラッジの録音を聴いてみたいと思う。もしそれが今でもどこかに残っていればのことであるが。

どこにいても音楽は過剰だ。しかし音楽に出逢うことはめったにない。

街角を歩いていて、スーパーマーケットで買い物をして、レストランで食事をして、つまり家の外に出て行くと、どこでも音楽が流れている。もっともそれは音楽と呼ばれているところの雑音である。何か音がしていないといけないというので、何か音がしているだけのことであり、誰もそれを音楽だと認めてはいない。それどころか、気にも留めてはいない。ある場所が消費的な空間として成立するためには、何も音が聞こえていない状態、つまり沈黙が支配していてはならないのだ。ただそれだけの理由で、音楽が消費されている。
かつてランボーは「われわれの欲望には優れた音楽が欠けている」と『地獄の季節』のなかで書いた。まさにその通りで、誰一人として音楽を欲望するものがいなくなってしまった。音楽は単に消費するべき何ものかに化してしまった。世界は音楽が生産分配と消費の回路を越えた、稀有な事件であることを忘れてしまうよう、人に仕向けている。自分の立っているその場所で、まったく期待もしなかった音楽の存在に気が付くということは、ますますありえないこととなろうとしている。

多くの音楽が、いや限りない数の音楽が、わたしのなかを通り過ぎて行く。記憶に留まることができるのはほんのわずかだ。本当の音楽は最初、わたしを驚かす。自分の内側にあることなど予想もしていなかった未知の感情が一瞬にして眼前に実現され、自分を誘い込もうとしていることを、わたしに告げ知らせる。それはわたしを拉致し、わたしを包み込み、そして突然に放り出してしまう。わたしは茫然自失のまま、元の場所に引き戻される。

コダーイ・ゾルターンの無伴奏チェロ・ソナタを初めて聴いたときがそうだった。音楽が開始されると同時に、わたしは自分の世界が急激に拡大し、恐ろしい速度で未知の領域に向かおうとしていることを知った。暗黒の宇宙に新しい天体を発見したような気持ちに見舞われた。

もう一度、聞いてみるべきだろうか。いや、大切なのは最初の感動だけで、二度目は失望するだけではないか。わたしはすでに教訓を知っている。甘美な夢から目覚めたからといって、その夢の続きを体験しようとただちに眠りに戻ろうとしたところで、願いが実現されたためしはないからだ。たいがいの場合、夢の続きは無惨に変更されてしまっていて、下手をすれば最初の夢の甘美さをも損ねてしまう結果になりかねない。今、聞き終えたばかりの無伴奏チェロ・ソナタはどうだろうか。わたしは体験したばかりの感情を、いささかの蒸散も毀損もなく体験することができるだろうか。

心は戸惑い、それでももう一度、再生装置に手をかける。今しがた聴いたばかりの、とはいえ正体がわからないままやみくもに通り過ぎてしまった旋律が、先ほどと寸分変わらない形で反復される。今度は少し落ち着いて聴くことができるようになっている。まだ朧気ではあるが、曲そのものの構造を思い描くことができなくもない。だが三度目はどうだろうか。

まだ十代だったころ、一枚のレコードを買うか買わないかを決断することは、それなりに決意を要することだった。いくたびもレコード屋を訪れ、ビニールで包装されたアルバムを手に取ってはじっと見つめ、何回も思い直したあげくにレジに持って行く。家に戻るとただちに再生装置に電源を入れ、爪を使ってアルバムのビニール装を切り開くと、ターンテーブルの前に運ぶ。

当時のＬＰレコードには不思議な仕掛けがあって、中央の穴に紙で封印がなされているものが少なくなかった。それが中学生には面白かった。ターンテーブルの中央にある突起の上にレコードを載せ、軽い力を加えて封印を突き破ることから、音楽は始まるのだ。買ってきたばかりのＬＰを最初に聴く者にだけ許されたこの奇妙な儀礼を記憶している人は、今どのくらいいるだろうか。
ひとたび手にしたレコードは、繰り返し聴くことになる。レコード針が音盤の表面を傷つけてしまうことも珍しくない。友人と貸し借りしているうちに、レコードが針傷だらけになって戻ってきたことがあった。だがそれはこちらも同じで、思いがけず人から借りたレコードに傷をつけてしまったこともなかったわけではない。CDになってからは、こうしたディスクに傷がつくということは、よほど汚れた手でCDを乱暴に扱わないかぎり、滅多に起きることはなくなった。わたしの記憶に残っているのは、レコード時代に操作を慌ててしまい、レコード針がついレコードを掠ってしまったときの、あのえもいわれぬ不快感である。貴重なレコードが無残にも疵物になってしまったと気付いたときの喪失感、いや、あえて大げさな言葉を用いるならば罪悪感は、その後に対応するものを見出せないままに現在に到っている。

そう、あの時代、中学生や高校生の乏しい小遣いを工面して一枚のレコードを自分のものにすることは、大変なことだったのだ。クラシックであれ、ジャズやロックであれ、それを何十回となく聴いて、フレーズをすっかり記憶してしまうというのがつねだった。わたしは今でもコルトレンが最初に吹き込んだ、アトランティック盤の「マイ・フェイヴァリット・シングス」の曲全体を、頭のなかで想い出すことができる。彼がソプラノサックスで主題を提示し、それをマッコイ・タイナーのピアノがどのように反復し、さまざまな変奏があった後にコルトレンがもう一度同じ主題に戻って、一時に二つの音を出すといった妙技を披露するところまでを、細部にわたって再現することができる。満員電車のなかで、退屈な大学の講義の教室で、わたしは誰にも知られることなく、この秘かな愉しみをほぼ半世紀にわたって続けてきた。

おそらくわたしの記憶のなかでこの曲は、ところどころ省略されていたり、テンポが速くなったりしていて、すでに原曲からはひどくかけ離れたものになっているはずである。曲の記憶は摩滅していく。複雑な陰影をもったソロは単純な旋律に取って替わられ、ベースとドラムの鬩ぎあいは脱落してしまう。コルトレンの妙技は単なる鼻唄に還元されてしまう。とはいえ、どこまでもアマチュアの音楽愛好家にすぎないわたしにとっては、それがひとつの楽曲を理解するという行為の究極の形なのだ。

わたしはかつて、自分がなぜヴェルディに親近感を覚えつつも、同時代を生きたワグナーに距離を感じてきたかを考えてみたことがあった。『神々の黄昏』のなかに『リゴレット』ほどに甘美な旋律が存在していない。だがそれだけの理由からではない。ワグナーの音楽が本来的に口遊むようには創られていないからである。これがヴェルディならば、立ちどころにいくつも旋律が口から飛び出してくる。ワグナーは荘重すぎて、気楽に鼻唄で歌うことができないのだ。それはわたしが、彼が十九世紀西洋で重要な形象であったことを文化史的に理解しはするものの、彼の歌曲全体に対し、究極的に胸襟を開けないでいることを示している。

ここまで書いてきたところで、わたしは自分が奇妙な矛盾に囚われていることに気が付く。もしわたしにとって音楽の理解の行きつく先が、それを好き勝手に口遊むことにあるとしたとして、それではわたしは、自分にとり憑ついて離れないいくつかの楽曲を、本当に理解していることになるのだろうか。

「ポーリュシュカ・ポーレ」は長い間、わたしに親密な気持ちを抱かせてきた曲だった。数多くのロシア民謡が、といってもそれが真に「民謡」の名にふさわしいものであるかはさておくとして、もっぱら歌声喫茶を通して戦後日本で流行したロシアのポピュラーソングが日本人を魅惑し、わたしもその例外ではなかったのだが、とりわけこの疾走感をもった旋律はことのほかわたしを陶酔させ、ロシアの遠い原野への憧れを呼び覚ませたものだった。ポーリュシュカ・ポーレ。ポーリュシュカ・シローカ・ポーレ……。ロシア語の歌詞の意味もわからぬまま、いくたびもレコードを通し耳で憶えた歌詞を、わたしは今でも口遊むことができる。それがロシア革命時の赤軍を鼓舞する軍歌で、緑の原野を馬を走らせ駆け抜けていく過去の英雄たちを讃えたものであることを知ったのは、ずいぶんと後になってのことだった。

現在のわたしにとって、この曲はいくぶん複雑な陰影のもとに認識されている。それは一方で、母親から譲り受けた大判の『トルストイ童話集』や、冬休みに観劇したボリショイ・サーカスの記憶とともに、個人の物語にあってはロシアへの尽きせぬ憧れを喚起する徴である。と同時にそれは客観的にいって、最終的に人類にとって巨大な厄難として終わった十月革命での赤軍の活躍を、中世の英雄たちに準え、神話的に顕彰しようとする音楽である。「ポーリュシュカ・ポーレ」はもっぱら第二次世界大戦における独ソ戦において、ソ連兵士を鼓舞する軍歌として歌われた。ソ連の民衆はこの曲を、わたしと同じようには聴いても歌ってもいなかった。それは旋律の甘美によって祖国防衛の戦いを神話化せんとする、典型的なプロパガンダの歌だったのだ。共産主義革命が前世紀最大の厄難であったと判明し、今日のロシアにまで続く混乱の原因となったことを知る者は、もはやこの曲を素直に愛することはできない。にもかかわらず、その旋律はときおり思いがけないときに、わたしの口を突いて出てくる。わたしはいまだにプロパガンダの権能の残滓に囚われているのだろうか。わたしと同年齢の、いやそれ以上の年齢のロシア人やウクライナ人もまた、わたしと同じように、「ポーリュシュカ・ポーレ」というこの曲に囚われているのだろうか。

音楽は容易に人を道徳的倒錯へと導いていく。わたしが想い出すのは、ミラン・クンデラの話だ。

あるときクンデラはある写真を目にし、それにひどく懐かしい、ノスタルジックな感情を掻き立てられた。いったいどのような光景だったのか。自分はいつそれを目にしたのか。しばらく考えてみたが、どうしてもそれを想い出すことができない。その時代の自分の記憶が空白となっているのだ。やがて彼は思い当たった。それはナチスがプラハに侵攻を行なったときの、忌わしい時代の映像だった。この小説家はそれが契機となって、さまざまなことを想い出した。そうだ、あの頃の街角はたしかこんな風だったと、彼は『存在の耐えられない軽さ』の冒頭に書きつけている。

恐怖と屈辱に塗れたナチス時代の日々。そうした忌わしい記憶を想い出させるにもかかわらず、その映像についノスタルジアを感じてしまう自分は、道徳的に倒錯しているのだろうか。クンデラは自問する。この情動的な操作はいかなる力に帰属しているのか。もし世界がニーチェの説くように永劫にわたって回帰するものであるとすれば、この懐かしさをどのように了解しておけばよいのか。

もう二十年ほど前のことになるが、わたしは難民キャンプに設置された大学で日本語と日本文化を教えるという仕事に携わったことがあった。まずミュンヘン経由でベオグラードに飛行機で向かい、それからしばらくコソボに向かう。二つの都市は距離的にいうならば、東京から八王子あたりに行くほどの距離であったにもかかわらず、バスでの移動には半日が費やされた。

アルバニア系住民がアメリカとNATOの支持を背景に、一方的に独立を宣言する一年ほど前のことだった。わたしは少数派で「負け組」の側であるセルビア側に滞在した。セルビア難民が建てたプレハブ校舎で、断水と停電に悩まされながら授業を行なった。夕暮れになっても教室では電気が付かず、薄暗い空間のなかで黒澤明と宮澤賢治のことを英語で話した。ベオグラードでもコソボでも、セルビア人たちは敗戦の民であり、国際的にも戦争犯罪者が支配している国として、完璧なまでに孤立していた。彼らはチトーの説いた社会主義の終焉に深い挫折感を抱き、その反動でセルビア正教に心の拠りどころを求めようとしていた。

わたしはあるとき、ベオグラードで知り合いになった家の晩餐に招かれた。その日は家の守護聖人の日に当たっていて、家族の面々は朝に練りあげたパンを手に正教会に赴き、司祭からパンに祝福の聖水をかけてもらっていた。宴席ではまず家の聖人が讃えられ、そのパンが振舞われた。ベオグラードの住宅事情はけしてよいものではない。招待された客たちは、古く汚れたアパートのひどく狭い一室で、親密さを分かち合いながら食事をとった。

宴席に集う人々がほどよい酔い加減となったころ、歌が始まった。次々とチトー時代の社会主義建設を讃える歌が歌われた。パルチザンを讃える歌もあった。といっても声を合わせて歌っているのは年長の世代である。彼らは明らかにノスタルジアに耽っていた。ユーゴスラビアが四つの言語と五つの民族、六つの共和国を抱えながらも、まだ単一の連邦国家であったころ、国民が未来に希望と期待を抱いていた頃の歌である。

若者たちは誰一人として声を合せなかった。というより、この人たちっていつもこれだからなあといった表情で、黙って年長者たちの合唱を聞いていた。幼少期に民族浄化の残酷な内戦とNATOによる空爆を体験した世代の者たちは、もはやパルチザン神話にも社会主義にも心を委ねることがなくなっていた。その代わり彼らの情熱は、先祖から綿々と伝わるセルビア正教に向けられた。わたしは彼らが教会を退出するとき、一人ひとり、扉の端に接吻をするのを目撃していた。

音楽はそれに心酔する者、群れだってそれを唱和する者のイデオロギーを、容赦なく体現している。同じひとつの歌を歌い合う者たちは、それだけで信頼できる「同志」である。逆に異なった歌のもとに集う者たちは、互いに敵同士である。その意味でわたしは人とともに、声を合わせて歌うことのできる歌をもっていない。わたしの知人友人のなかには、かつて「ワルシャワ労働歌」や「インターナショナル」に忠誠を誓った者もいるし、酒に酔ってかつて父親の世代たちの宴席で習い憶えた軍歌を好んで歌う者もいる。TVアニメの主題歌や往古の流行歌を歌う者もいる。とはいうものの、わたしは誰かといっしょに声を揃えて、同じひとつの歌を歌うことがない。他の人たちが声を合わせて歌っているとき、わたしは一人、憂鬱な気持ちを抱えて黙っていることだろう。彼らが歌うとき、わたしは歌わない。彼らが戯れに笑いあうとき、わたしは笑わない。もしわたしにとって不条理が存在するとしたら、にもかかわらず、彼らが死ぬようにわたしもまた死に赴くということだろう。

クンデラといえば、わたしにはもうひとつ、彼の音楽体験のことで強く印象付けられた話があった。一九六八年、彼が暮らすプラハにソ連軍が進駐し、街角を戦車が占拠してしまったときのことである。

常軌を逸した野蛮を前にしたとき、人は容易に感傷へと流れてしまう。ラジオはひっきりなしにチェコの誇りとするスメタナを流し、感傷を駆使して眼前の破局を手なずけようとしていた。クンデラはプラハに蔓延するセンチメンタリズムの嵐に耐えがたいものを感じ、あらゆる音楽が聴けなくなってしまったという。そのとき彼はたまたま作曲家の名前も知らないままに、クセナキスの音楽を知った。数学のふるいい理論を援用し、いっさいの感傷を拒否して成立している音楽に彼は深い悦びを感じた。毎晩のようにクセナキスを聴き続け、一時はそれ以外の音楽を受け付けないまでになったという。

わたしにはこのクンデラの気持ちがよく理解できる。ある種の音楽を根拠づけている感傷性がときとして不潔に感じられ、その粘着的な性格に耐えられなくなるといったことがある。東日本大震災の直後、被災地の人々が「上を向いて歩こう」というナツメロに心の慰めを得たというニュースが美談として報道されたとき、わたしはこれはちょっと違うなという微妙な感じを抱いた。本当にそのようなことが起きていたのかは確認しようがない。だが音楽とはたかだかそのようなものであったかという思いに、失望のような気持ちを感じた。被災地の人々が心の慰めとして音楽を求めていることは理解できる。しかし外側から不用意に感傷的な過去の流行歌をもちこむだけで、はたしてそれは事足りるものだろうか。大惨事が起きたときにこそクセナキスを聴くべきではないか。世界の悲惨の表象に対してどこまでも無関心を標榜し、純粋な音の結晶体として存在しようとする彼の作品に耳を傾けるべきではないかというのが、わたしの考えである。そのことはクセナキス本人がパルチザン時代に爆弾によって顔面を大きく破壊され、一時は視力も聴力も失いかねない悲惨を体験していたこととは何の関係もない。

わたしは音楽のジャンルというものにほとんど関心を持っていない。西洋の古典音楽しか聴かないとか、黒人の「本物」のブルースしか聴かないといった人たちが存在していることは知っているが、それは日本の冷えきった和食しか口にしようとしない人たちと同じだと思っている。年齢を重ねるにつれ、わたしのなかにある雑食性の嗜好はまず外国語の取得に現われ、次に映画と音楽、料理において顕著となった。

高雅なフランス料理が食べ物の規範であり、それを語ることのできる者が高雅な文化の体現者であるという時代は、とうに過去のものと化している。音楽批評における西洋クラシック音楽についても、もはやそれを音楽の威厳の現われとして信奉する者はいないだろう。それはパンクロックや韓国民謡、アボリジニーの音楽と同様に、音楽のひとつのジャンルへと零落してしまったのだ。わたしは中学時代の音楽の教師を懐かしく思う。彼は授業を始める前に生徒全員を起立させ、「バッハ、ヘンデル、テレマン！」という文句を、かならず復唱させたものだった。

とはいうものの、わたしは自分に苦手な音楽というものが存在していることを知っている。その多くは日本語で歌われているフォークソングと演歌である。歌詞の意味が理解され、歌手たちがそこに込めている感情が読み取れた時点で、わたしは正直いってそれに耐えられなくなってしまうのだ。ナターシャ・アトラス。セゼン・アクス。蘇芮（スーレイ）。彼女たちがアラビア語やトルコ語、中国語で歌う曲をわたしが好ましく思うのは、歌われている言葉の内容が理解できないため、音楽を声の純粋なる連鎖として受け取ることができるからだと、自分では考えている。キャシー・バーベリアンやヨーコ・オノのヴォーカルに感動を覚えるのも同じ理由からだ。

わたしにとって声はつねに驚異でなければならない。美しい声とは意味内容の縛りから解放され、純粋に音声として結実したものであってほしい。それがいかなるものであれ、メッセージを伝達するために歌われる歌というものに、わたしは耐えられない。それは既知の世界から解放されたいと思っている聴き手を、ふたたび既知の世界へと引き戻してしまう音楽だとしか思えないのである。

どのような音楽を好むかというのは気楽そうな話題にみえて、実のところ、きわめて政治的な問題である。ある音楽を聴くというとき、その人物は自分の世界観や個人的な歴史を知らずと告白しているのであり、つまるところ、彼と彼の家族が属している階級を物語っているのである。社会学者のピエール・ブルデューは、フランス人にあって、バッハを聴く者と『美しき青きドナウ』(業界用語でいうところの「アオダニ」)を聴く者の間は「文化資本」の蓄積量において明確な差異があり、両者は明らかに別の社会階層に属していると語っている(日本のようにバッハ全集が大衆文化的に売れたり、少年少女のピアノ学習が世界でも稀なほどに多い国でも同じことがいえるかどうか)。しかし同様のことは、「階級」という言葉を口にすることに社会学者たちが躊躇(ためらい)を感じている日本においても、多かれ少なかれ指摘できることだろう。子供の頃からふんだんに西洋のクラシック音楽に包まれ、楽器を好んで演奏する家族のもとで育った人間と、TVラジオで流行歌を聴くことでしか音楽的体験を持つことができなかった人間とは、知的文化資本の蓄積において明確な違いを持っている。

音楽の好みは、食物の嗜好と同じで、そこには虚偽が存在する余地がない。人はあっけらかんと自分を告白してしまう。だから誰も警戒して、本当のことを口にしようとしない。自分を形成してきた無意識と歴史が露呈してしまうのを怖れているのだ。とはいうものの、音楽と料理を語る際には政治の話は持ちこまないという暗黙の了解ゆえに、そこには典型的に文化の政治が露呈している。

わたしはかつて大学で教鞭を執っていた頃、学生たちにどのような音楽が好みであるかと訊ねたことがあった。彼らの多くは、ストレートに自分の嗜好を語ろうとはしなかった。あえて問い質すと、その音楽を好きな友だちもいるといったり、自分もかつては好きだったけれども今はそうではないといった風に、答えを曖昧にする場合が目立った。

学生たちが独自のスノビズムのもとにこうした韜晦的な回答をするさまはわたしに、文化人類学的な意味での仕種を想い出させた。『悲しき熱帯』のレヴィ＝ストロースによれば、彼が赴いたアマゾン河流域の先住民の社会では、直接に相手の名前を口にしたり他人に告げることが禁忌とされており、人々は同じ部族に属する人物に呼びかける場合、つねに間接的な表現を用いることを慣習としているのである。

わたしの学生たちも自分の愛好する音楽について語るときには、同じように間接的な証言に訴えることを好んだ。にもかかわらず、彼らは同じ嗜好をもっている者を発見すると、たちまちそれを契機にして親しみを表明するのだった。ＢＴＳ、大好きだった。きゃあ、うれしい。ソコロフのバッハ、好き。ほんと？　まじ？　学生たちにとって音楽とは生の体験ではなく、むしろ消費社会に流通している固有名詞の照合という儀礼にすぎないのではないかと、わたしはしばしば疑ってもみた。わたしは自分より年少の者たちが、両耳にイヤホンを当てて音楽を聴くという習慣に、いまだに馴染めないものを感じている。彼らはいったい音楽を聴いているといえるのだろうか。わたしにはそれが疑わしいものに思われる。彼らが、「ノン・メ・タンヘレ」、つまり自分にはかまわないでほしい、放っておいてほしいというメッセージを送っているとしか考えられないからだ。とはいうものの、音楽とはその発生の起源から、周囲にいる者たちを強引に巻き込んで、好むと好まざるにかかわらず、暴力的な陶酔へと誘っていく何ものかであるはずであった。音楽は人を思いもよらぬ場所へと引き摺りだしてしまう権能を抱いているものであり、本来的に固有名詞の交換や照合とは無関係な、匿名的な力のもとに成立するものではなかっただろうか。イヤホンで耳を塞がれながら街角を忙し気に歩いている年少者を見るたびに、彼らが音楽に到達する機会をみずから遮断しているような気がしてならない。

現在、音楽は二つに分断されている。演奏する音楽と消費される音楽だ。わたしが子供たちのピアノの発表会が好きなのは、そこに演奏する音楽が実在しているからに他ならない。そこでは、すでに演奏された音楽の記録（CDやインターネット配信など）を購入し、それを聴くという消費行為とはまったく別のことがなされている。

かつては繁華街にレコード屋というものがあった。少し前まではCDショップというものがあり、CDを借り出すことのできる会員制のレンタル店があった。書店同様、そうしたものが街角から消滅しようとしている。人々はインターネットでCDを注文したり、配信を受けたりしている。音楽の体験がこうしてミニマルで、個人の密室のなかに閉じ込められていく。誰がどのような音楽を聴いていても、それは他の誰にも発覚されることがない。かつて音楽は思いがけない他者と接触をもつための契機であった。今ではそれは、人から遮断された狭い空間のなかで、誰にも知られない卑小な快楽を確認するための方便と化してしまった。

あるときまで、わたしはCDショップを訪れるたびに、もの悲しい気持ちに襲われたものだった。ロックのコーナーを見ると、わたしが若い頃にいくたびとなくLPで聴き込んだアルバムが、そのままCDサイズに縮小されて置かれている。その前後にはわたしの知らないグループのCDがいくらでも並んでいる。わたしがロックという音楽を聴かなくなってしまった後に登場したミュージシャンたちだ。

わたしは彼らにどうしても関心を持つことができない。そのコーナーを素通りして、半世紀前によく知っていたグループのコーナーに戻る。以前は発売されていなかった、いやそれどころか、そのようなものがあるとさえ考えてもいなかったものが、音源が発見されたり修復されたりして発売されているのを見るとうれしくなって、つい買い求めてしまったりする。だが、どうしても未知のグループに手を伸ばす気にはなれない。フランク・ザッパやサード・イヤー・バンド、T・レックスの、まだ知らなかったCDを新発見して悦に入ったりはするものの、イエスにもクイーンにも一向に食指が動かない。ジェフ・ベックやジェファーソン・スターシップが来日すると聞くと、いそいそとチケットを求めてコンサートを観に行ったりするものの、彼らよりほんのわずか後になってロックシーンに登場したミュージシャンは一顧だにしない。後者は世代にしてわずかの違いしかないはずなのに、わたしの世界では厳格に遮断され、塀の向こう側に置かれている。

わたしは本当にロックという音楽が好きなのだろうか。わたしがただひたすら半世紀前のロックしか聴こうとしないのは、実はロックではなく、それを夢中になって聴いていた過去の自分へのノスタルジアに囚われているではないか。もし音楽ジャンルとしてのロックに尽きせぬ関心を抱き続けているならば、わたしは最新のグループまでを追跡していたはずである。CDショップでロックの棚を前にしたときわたしが感じてきた憂鬱とは、そのようなものであった。

大学に入学してまもなくロックに急速に関心を失ったことの原因を、自分なりに考えてみたことがあった。そのときには二つの理由を思いついたのだが、それが確かなものであるかはわからない。

ひとつは、一九七〇年代に入って、ロックが社会的メッセージを口にするようになったことである。ことはジョージ・ハリスンがバングラデシュ・コンサートを開催したときに始まった。飢えと貧困に苦しむ異国の人々を助けよう。人種差別のために迫害されている人々の味方になろう。エイズとゲイ差別に対し戦っている人々と共闘しよう。ロック・ミュージシャンがこうした旗印のもとに結集し、チャリティ・コンサートを開催したり、歌詞のなかでそれを訴える曲を発表するようになったとき、ロックは確実に変節したのだとわたしは考えている。

それ以前、つまり六〇年代までロックンロールは、こうした社会問題に「良心的な関心」など向けようとしなかった。ロックは先行世代から「不良」の音楽だと批判され、西洋の真面目音楽の信奉者から「音楽」でも何でもないだと眨下の眼差しで見られていた。この騒音めいた音楽は、それだけで充分に存在理由を確かめることができた。ステレオタイプの歌詞を並べ、聴衆を熱狂の渦へと巻き込んでいるだけで、年長者の権威的文化への反抗になりえていた。端的にいうならば、ロックはロックとして充分に自立していたといえる。もちろんイギリスでもアメリカでも階級と人種の問題が複雑に絡み合っていた。わたしがここでこの間の事情を、きわめて単純化して語っていることを理解していただきたいと思う。とはいえこの時期まで、ロックは良心的なヒューマニズムなどを表象することを必要としていなかった。ただ演奏しているだけで充分にロックたりえていたのである。

ロックが社会的なメッセージを大義名分として必要とするようになったのは、それが音楽ジャンルとして少しずつ既成の社会的秩序の側に回収されていった時期に重なっている。回収と順応というのは、古今を通してあらゆる対抗文化に見られる現象である。それ以前には映画が、それ以後には漫画とアニメが同じ道を辿っている。ロックは社会によって容認される度合いに応じて、無軌道なアナーキズムから距離を置くようになり、秩序攪拌（かくはん）性というステレオタイプを演じることを複数の権力から期待されるようになった。その結果、真の秩序攪拌から遠のいていくことになった。社会的メッセージの採り入れはロックにとって頽廃であると、わたしは考えている。ただフランク・ザッパだけが稀有な例外だった。彼は（初期のアルバムのなかで第二次世界大戦時の日系人収容所問題に抗議言及する演奏家であったにもかかわらず）こうした「良心的」なロックの蔓延のなかで、俺たちはただカネが欲しくて演奏をしているだけだと発言した。

わたしがロックを聴かなくなったもうひとつの原因は、第二次世界大戦後の現代音楽の存在を知ったことにある。わたしはブーレーズが築き上げている、精緻にして緊張感に溢れた音楽空間に魅惑され、あらゆる感傷的なるものに対するクセナキス的な拒否に共感を覚えた。しかもブーレーズはザッパの曲を。ある敬意をもって演奏していた。ケージの音楽を通して、わたしはロックのなかに発見することのできなかったユーモアを知った。現代音楽の世界が創り上げようとしている世界の多様さを前にしたとき、わたしにはロックが、激しい攻撃性と憂鬱な達観の両極しか所有していないように思われてくるのだった。

現在のわたしは、自分がロックから離れていったのは、この二つの理由を含めて、さらに別の理由が働いていたように考えている。わたしは陶酔という現象にしだいに疑問を抱くようになったのである。

音楽が陶酔であったときの記憶が、わたしのなかで少しずつ薄れていくことを、わたしは押し留めることができずにいる。

わたしが知っている最後の強烈な陶酔は、三里塚の「幻野祭」だった。といっても直にその場に居合わせたわけではない。わたしは記録映像のなかでそれを知った。

一九七一年八月、三里塚の農民青年たちは新左翼の学生たちと組み、成田空港建設に反対する野外演奏会を開催した。彼らは空港予定地である天神峰の原野に集まり、前衛ジャズからロックまで多様な音楽家たちが演奏を行なった。

「幻野祭」と呼ばれるこの催事では、暗い夜空に旗や幟を立てた鉄塔がいくつも照明を浴びて輝いていた。その下で農家の女性たちが盆踊りを始め、前衛芸術集団が全裸パフォーマンスを行なった。ハレ・クリシュナの信徒たちが御詠歌を歌い、頭脳警察が武装闘争を呼びかける挑発的演奏を行なった。それは強力な国家権力のもとに再編成化されていく日本社会にあって、束の間ではあったが絶対的な自由を標榜する祝祭意志が見せた、最後の光芒の瞬間だった。この奇跡的な音楽集会の翌年から、日本の文化は挑発と冒険を忘れ、後退して行ったという印象がある。「幻野祭」は一九六八年の文化的高揚が最後に焼尽する間際の現象だった。そして皮肉なことにディオニソス的な祝祭が抑圧されるようになったとき、アカデミズムでは祝祭の人類学的文化理論が流行し、大衆消費社会がそれを戦略的アイテムとして喧伝することになった。

音楽はひどく稀有のものとなった。それがわたしの身の上だけに起きた現象なのか、それとも全世界が音楽の軽減を宿命のように受け容れているのか。わたしにはもうわからない。かつて驚異そのものであった音楽が、今では安心して消費されていく。消滅を免れたものは、ノスタルジアの対象としてのみ生存を許される。わたしは、偶然に生起して、その場でただちに消滅してしまう、何か途方もない迷いごとのような音楽を求めているのだが、それがどこにあるのか、もうわからなくなってしまった。

かつて音楽は瞬間的な事件であり、その消滅ゆえに悲嘆の対象と考えられていた。音楽は過ぎてしまうともう二度と戻ってこない。エリック・ドルフィーは死の直前、『ラスト・デイト』の最後でそう語ったものだ。今日、音楽は消滅することを許されていない。それは録音され、複製され、さまざまな形で分配されて消費されていく。一度かぎりという演奏がありえなくなった。人は反復体験を前提として音楽に向かい合うことしかできない。

音楽ばかりではない。あらゆる芸術があるときから反復と私的所有の可能なものと化した。映画は映画館での上映を離れ、コンピュータで配信される小画面のコンテンツと化した。いくらでも反復可能な体験こそが芸術の享受であるという倒錯的事態が、こうして恒常化されようとしている。すべてがデータとなり、データベースに登録され管理される。批評言語は情報管理と操作の技術に取って代わられようとしている。

いうまでもなく、このときノスタルジアという感情は方向を転換するだろう。もう二度と繰り返すことができないものをめぐる哀惜の念は、もはやありえない。われわれを突き動かしているのは、一度っきりの事件などもう地上に存在しなくなってしまったという状況をめぐる、倒錯的なノスタルジアなのだ。これはニーチェがかくも誇らしげに説いた永劫回帰に対する、低次元の戯画である。時間は循環する。だがそこには寺院や教会の鐘の音を聴いて一日の終わりを知った農民の、季節の経めぐりをめぐる信頼はもはやない。

詩作について

1

高校時代、誰もが罹る親知らずの腫れのような熱に促され、わたしもまた見様見真似で詩を書いたことがあった。いや、あれは詩なんてものではなかったかもしれない。紙につけられた引掻き傷。知的背伸びごっこの知恵熱。ひとたび熱が去ってしまうと、映画とジャズに夢中になり、詩のことなどすっかり忘れてしまった。

最初の詩集を刊行したのは五十三歳のときである。たぶん、こんなに遅くなってデビューする詩人というのもいないだろう。わたしはもうその頃には、論文集やらエッセイ集やら、九十冊の本を出していた。周囲の人は、何も今さら詩なんてという感じで、理解できなかったようだ。詩壇（というのがあるらしい）の人たちは、少しだけだが当惑した。詩というのは若い頃から切磋琢磨して書くものと相場が決まっていたからだ。それからわたしは三冊の詩集を出し、二冊の翻訳詩集を出した。

キラキラネームで売り出した若手の女性詩人がいった。「四方田さんの詩は四方田の批評や学問の本を読んでいないと理解できないと思います。」

たぶん彼女はわたしの他の書物を一冊も読んでいないから、そういえたのだろう。わたしの詩はわたしの学問とは何の関係もない。論文や批評ではどうしても掬いきれない心の奥底の澱を集め、煮て凝めたものだからだ。

わたしとほぼ同年齢の、詩壇のボスらしき人物がいった。「四方田さんのように外部から現代詩の世界に近づいてきた人は珍しいですよね。」

おそらくこの人物は、自分がもとより詩の世界の中央に鎮座していると信じ、疑わずに生きてきたのだろう。わたしの考えは違う。詩には外部しか存在していない。絶対の外部だ。誰もがそれを外側から眺め、何とか内側に参入しようと試みる。その結果が具体的な詩ではないだろうか。

あれはいつの頃だったか。まだ大きな書物を書く力がなく、雑誌のコラムや埋め草のような短い文章ばかり書いていた時分のことだ。一面識もない清岡卓行さんから、いきなりドカンと詩集を贈られたことがあった。

清岡さんは著名な詩人であり芥川賞作家である。もちろん名前は知っている。彼は満洲国の港町での青春の追憶を、『アカシアの大連』という美しい小説に結実させた。だがどうしてその清岡さんがわたしに自著を贈ろうと思われたのか。わたしの映画コラムの何を読まれてそう考えられたのか。わたしは人から詩集を贈られるということの意味をまったく理解していなかった。自分で詩を書いたことがなかったからだ。

理由は今でもわからない。ただいえるのは、わたしがその詩集を繰り返し読んだことだ。わたしの気がつかないところで、それはわたしの詩に影を落としているはずである。清岡さんはもし生きていらしたら、今年で百歳である。どこかでご挨拶ができただろうに、失礼なことをしてしまった。

わたしはとくに親しい詩人というのもいないし、同人誌や流派、派閥に属しているわけでもない。詩人のパーティというのも一向に縁がない。そんなわたしが、ときおりご高齢の詩人からぶ厚い詩集の恵投を受けることがある。「全詩集」と銘打たれている。若い頃の過激な詩から最近の、大河のごとく悠々とした趣(おもむき)の詩までが、そこにはすべて収録されている。もう書きたいことはすべて書いた。詩人としてのわたしの人生はこのとおりです。そういった声が、達筆で記された献辞の背後から聴こえてくる。

気持ちがいいなあ。生涯の終わり近くになって全詩業を纏めるなんて、何とすばらしい生き方だろう。わたしは虚心にそう思う。自分も一生懸命、詩を書き続けていれば、こんなことができるのだろうか。しかし、それを読んでくれる年少の詩人たちがはたして存在しているのかを考えると、ひどく心もとない気持ちがする。

2

多くの人は、詩人というのは中原中也やキーツのように波乱万丈の人生を送り、若くして死んでしまうとか、宮澤賢治のように聖人君子のようであると勘違いをしています。しかしわたしの知っているかぎり、詩人とは表向きごくごく普通の人で、ただ頭のなかで突拍子のないことを考えている人でした。たとえば日本で一番おっかない詩を書いてた人は三好豊一郎といって、八王子の煙草店の主人でしたし、一番エロい詩を書いている人は吉岡實といって、神田の出版社にいる勤め人でした。わたしの人生だって、普通の人よりも少々映画をたくさん見ているという点を別にすれば、凡庸きわまりないものだと思います。

詩というのは言葉と約束を交わすことです。それが日本語でもフランス語でもスワヒリ語でも何でもいいのですが、言語との契約なのです。

目の前にある真っ白な紙とかボードを睨みつけている詩人は、ピアノの前に坐って、さあどんな風に弾いてやろうかと考えているピアニストに似ています。ただし詩の場合、鍵盤の数は桁外れに多い。何千あるのか、何万あるのか、見当もつきません。いいかい、きみたちのなかから好きなものを取り出して、好きな風に並べてみせるからな。覚悟しておけよ。それが言語との契約です。ピアニストが自在に鍵盤を叩きながら、自分でも考えてもみなかった音楽をその場で作り上げていくように、詩人もまた言葉という鍵盤を叩きながら、詩を作り上げていくわけです。

ピアノというのは、初めてピアノに触れる人でもちゃんと音が出ます。トランペットやチェロとはそこが違います。メチャメチャに鍵盤を叩くと、メチャメチャな音の連なりが生まれる。ただ、それは長くは続きません。メチャメチャは息が続かず、弾いている人も飽きてしまいます。

詩にも似たところがあって、何も考えずにメチャメチャに言葉を書き連ねていくと、最初はそれなりに面白いものができます。とりわけ若い人がそれを試みると、少なからぬ人が面白がってくれます。けれどもそれだけだと長くはもたないのです。そのとき、いろいろと他の人が書いた詩を読んでいる人は、思いもよらぬところでその記憶に助けられることがあります。自分を超えたところにある旋律やリズムが、気が付かぬ間に自分を助け導いてくれる。自分だけの言葉というのは存在しません。言語というのはつねに他の人の言語で、それを借り受けることから本当の詩は始まるのです。

けれどもこれ以上、立ち入った話はしなくともいいでしょう。わたしは単純にこう考えています。

詩とは、たとえお金がなくとも背筋を伸ばし姿勢正しくいられる、もっとも簡単な方法なのです。

3

日は高し　みどりの園生
雲はゆく　はてしなき空
みのお川　音なく流れ
さかんなり　木々の芽吹き

わたしが最初に暗誦した詩である。六歳のときだ。正確にいえば「詩」ではなく、「詞」と綴るべきかもしれない。大阪府箕面市立南小学校の校歌の冒頭である。

箕面南小学校は一九五二年、箕面小学校の分校として出発した。翌年、南小学校の名のもとに独立校となった。いわゆるベビーブームで、後に「団塊の世代」と呼ばれるようになった子供たちを通わせるため、阪急沿線箕面線桜井駅の近くに設けられた学校である。

わたしは一九五九年四月に七期生として入学した。木造の三階建て校舎がいくつも連なる学校で、暗い廊下にどこまでも靴箱が並んでいる。同級生の半分は農家から、残り半分はサラリーマンの家庭から通学して来た。

入学してまもなく美智子さんの結婚式があった。放課後に帰路に就こうとすると、学校を出てすぐの空地に人だかりがしていた。人だかりといってもすべて子供である。香具師が鉛筆を並べて売っているのだった。

この鉛筆は今日しか売らない、特別の鉛筆だよ。

香具師が手に掲げた鉛筆の背には金色の文字で、「皇太子殿下御成婚記念」と記されていた。子供たちは争って鉛筆を買っていた。

校歌の歌詞には耳に覚えのない言葉がいくつもあった。「ソノウ」とは何だろうか。「サカンナリ」とは何だろうか。一番が終わり二番になると、意味不明の言葉はさらに増えた。

風かおる　世界のまなか
山は冴ゆ　学び舎の窓
野の泉　ゆたかにあふれ

つぶらなり友のまなざし

「ヤマハサユ」「マナビヤ」「ツブラナリ」どれも六歳のわたしには理解できない言葉である。だがわたしはそこに、何か威厳あるものが隠されていることには気が付いていた。意味も解らないままに起立して合唱することが続くと、しだいに歌詞は知らずと口を突いて出るようになる。呪文のような力を持つようになる。こうしてわたしは、詩というものは日常に用いない言葉をあえて用いることで作られるという真理を知った。暗誦に耐えうる詩とは死語とまではいわなくとも、少なくとも「おやっ？」と思わせる古めかしい単語を含んでいなければならない。

わたしは大阪の北の果てにあるこの小学校に四年間いた。五年目に東京の東横線沿線の小学校に移った。オリンピックの年である。「はじめてくぐる校門に／希望の胸はふくらんで」この小学校の校歌はわたしを幻滅させた。どこにも威厳がないのだ。これは小学生が誇りを持って口にする歌ではない。いかにもどこにでもある言葉をどこのでもあるように組み合わせただけで、TVコマーシャルよりも軽く、いやらしい媚に満ちている。わたしは南小学校の古めかしい木造校舎と難解な校歌を懐かしく思った。東京の小学校の校歌は暗誦に値しないと、わたしは子供心に判断した。

南小学校校歌を作詞したのは小野十三郎である。それを知ったのはつい最近のことだった。わたしは書架から小野十三郎の詩集を取り出し年譜を調べた。南小学校ができた一九五三年、五十歳の小野は戦前の詩集『大阪』の新版を刊行し、大阪市民文化賞を受けている。校歌の作詞を依頼するにはまさに最適の人物だったのだろう。

小野十三郎は翌五四年には大阪文学学校の校長となった。彼の詩の教室から富岡多恵子や金時鐘(キムシジョン)が輩出している。富岡さんはわたしの家から歩いて二分のところに住んでいた。

そうか、そういうことだったのかと、わたしは納得がいった。そこで同じ小学校で少し年少の学年にいた日本文学研究家の佐伯順子にそれを知らせた。

わたしは自分が最初に暗誦した詩が小野十三郎の手になるものであったことに、誇りを感じている。自分で書いた詩のなかで「園生」「学び舎」といった言葉を用いたことはないが、いつかその時が来たとすれば、小野十三郎を読んできたことのあらゆる記憶がわたしを助けてくれることになるだろう。

4

四方田犬彦です。

今回受賞の対象となった『詩の約束』は、はっきりと申し上げて、ジャーナリスティックな書物ではありません。現代詩については、高橋睦郎と高貝弘也のお二人は例外として、ほとんど言及がなされておりません。わたしはこの二人を、すでにゆっくりと古典へと向かって凝固しつつある詩人だと認識しております。現代詩を世代に分けたり、流派に区分したりして論じることは、数多くのキャリアのある詩論家の方々が詩壇のなかでなさってこられたことでして、わたしごとき者があえてそれをたどたどしく真似たところで何もできずに終わってしまうだろうと危惧しております。わたしが詩なるものに向かい合っている姿勢はと申しますと、現下に進行中の忙し気な時間からなんとか身を遠ざけ、時空を超えて、詩の原型とは何かという問いに向き合っておきたいという言葉に尽きます。古今東西の詩を既存の時間秩序から解放し、平たい卓（タブロー）の上に並べ、その構造を見定めようと試みたのだとお考えいただきたく思います。

今書かれつつある現代詩は、書かれたばかりの時点では、まだ小さな時間にしか属していません。それを大きな時間（イエーツのいう「大年」、the Great Year）のなかで検討することは、これまで日本ではあまりに等閑（なおざり）にされてきたのではないでしょうか。わたしはそのような疑問を長らく抱いてまいりました。詩は小さな時間と同じく、大きな時間の申し子でもあるのです。いささか傲慢な表現になるかもしれませんが、端的に申しますと、「現代詩」に、それがまず「現代」である以前に「詩」であることを想起させ確認させることが、わたしの今回の詩論集の目的でありました。詩に太古から伝わっているいくつかの原型的な身振り、たとえば呼びかける、人前で朗誦する、暗誦する、呪う、引用する、音韻を揃える……こうした身振りに、われわれはもう一度目を向け、忘れていた財産を掘り出してみる必要があるのではないかというのが、『詩の約束』の執筆の意図です。

もっともその一方で、本書にはきわめて個人的な主題が散乱しています。訣別する、翻訳する、書き直すなど、こうした語彙は、著者であるわたしの人生と深く関わっています。十七歳のとき、わたしは寺山修司のオーディションにあっけなく落ちてしまい、多くの少年少女がそうであるように、ひとたび詩と訣別してしまいました。四十歳近くになって、もう一度詩を書き始めたという屈折した経歴があります。それからは詩集を刊行いたしました。まあ、わたしが詩を書くというのは、ミック・ジャガーがギターを弾くようなものです（聴衆の笑）。わたしは自分がいかなる流派にも世代にも属しておらず、ただ独りぼっちで詩を書いているのだと、自分では考えております。

では『詩の約束』という詩論集はいかに成立したのか。それは自分の身の上に偶然訪れることになった詩的体験を、自分を越えた大きな文脈のなかで批評的に眺めてみたいという願望があり、それが詩をめぐる原型的身振りの探究ときわめて幸運な形で結合することができたからだとしか、申し上げることができません。

詩を書く者は砂漠のなかを一人で歩いている者に似ています。とりわけわたしのように、同人誌に誘われることもなく、詩について気さくに語り合う同世代の友人もいない者には、それは炎天下をどこまでも孤独に歩き続けるようなものです。今、自分がどの地点にいるのか、目的地への方向はこれで正しいのか。そうした不安に、わたしはつねに捕らわれてきました。わたしはただただ自分の救済のために詩を書いてきましたが、自己の位置を地理的に測定し把握するために、この書物の執筆が必要だったのです。

砂漠の夜にただひとつ頼りとなるのは、漆黒の天空に輝く星座です。けして揺るがぬ星座を信じて、人は無明の砂漠のなかを、孤独に駱駝を進めるわけです。わたしにとってそれはシリアの亡命詩人アドニスであり、萩原朔太郎であり、エズラ・パウンドでありました。より身近なところでは、「星の決まっている者はふりむこうとしない」と、戦時中に自作に加筆を決めた鮎川信夫でありました。わたしが書いたのはこうした星座を前にした沈黙契約に他なりません。言説の真偽の識別が困難となり、すべての言葉が浮遊しているように思われる現在、暗天の星座に目を向けることは、けして無意味なことではないと信じております。

　今から申し上げることは自己宣伝になるようなのでいささか心苦しいのですが、もし可能でしたら、ここにお集まりの皆さまに理解していただきたいことがあります。実は『詩の約束』は、単独で成立している書物ではありません。二〇一八年、わたしはこのエッセイ集を上梓するかたわらで、詩について二つの探究を行ないました。ひとつはタイの同世代の詩人、チラナン・ピットプリーチャーの詩集ใบไม้ที่หายไป（バーマイティハイパイ）をタイ語から翻訳したことです。幸いにも「港の人」が出してくださいました。日本語の題名は『消えてしまった葉』です。チラナンさんはこの翻訳のためわざわざ来日して、朗読と講演をしてくださいました。

　チラナンは一九七〇年代にタイ・ラオス国境の森に潜伏し、八年間にわたり、タイ国軍に対して武装闘争を行なった女性ゲリラでした。その後、彼女はバンコクに戻って、山岳ゲリラの日々を回想する詩集を刊行し、高く評価されました。わたしはこの詩集を、同じ一九七〇年代に冬山に入り、悲惨な末路を遂げたわたしの同世代の者たちに、またその惨劇のほどを知る方々に、手に取って読んでもらいたいと思い、翻訳の筆を執りました。この作業はわたしにとって、元日本赤軍最高幹部、重信房子の歌集『ジャスミンを銃口に』を英訳していたことと相補的な関係にありました。

わたしが昨年に行なったもうひとつの作業とは、一九六八年から七二年にかけて、世界中が学生運動と反戦運動に明け暮れていたころ、日本語で書かれていた多くの詩作品のなかからアンソロジーを編むことでした。これは筑摩書房が出してくださいました。この時代の前衛的な実験は、七〇年代の文化的退潮と八〇年代の大衆消費社会成立の喧騒のなかで、まったくといってよいほど忘れ去られています。言及を回避されてきたといえます。しかしわたしはこの時代に書かれた詩には、時代に固有の歴史的エクリチュールが宿っているという確信に立って、少なからぬ詩の採録、つまりは掘り起こし作業に専念いたしました。

この二冊の書物は、一見したところ対照的な性格を持っています。ひとつは東南アジアへの空間的拡がりであり、もうひとつは一九六八年という歴史的（あるいは神話的）時間への遡り（さかのぼり）です。とはいえわたしの内側では、エッセイ集『詩の約束』を含めて、この三つの試みがトロイカ、三位一体を形成しています。それらは強い必然のもとに、同時になされた仕事なのです。それは一言でいうならば、目下書かれつつある現代詩に、他者と直面する機会を与えるということでした。ナルシスティックな内壁のなかで微睡んでいる日本語に、外部の世界で生起している言語の事件を思考させる契機を与えることでした。

わたしが「外部」というとき、それは空間的にはアジアを、時間的には五十年前の一九六八年の時期を意味しています。いずれもが今日の多くの現代詩人から忌避され、隠蔽され、あたかもそのようなものなどなかったかのように、忘却のはてへと追いやられてきた詩的実践でありました。わたしはこの二つの作業、つまり翻訳とアンソロジー作成をあえて批評と呼び、『詩の約束』との連続性において認めいただきたく思います。わたしの『詩の約束』を非歴史的な、原形論的な書物であると非難なさらないでください。それは詩をまさに現代史の時間のなかで捉えておきたいという、他の二冊の書物と、まさに相補的な関係にあるからなのです。わたしにとって幸運だったのは、いずれの場合にも福間健二、櫻田智恵という、わたしが敬意を抱いている詩人、研究者と共同作業ができたということです。

古代ギリシャ人は、名誉と栄光につねに不信を抱いておりました。ひとつにはそれは神々の嫉妬を怖れてのことでもありました。しかしより重要なことは、突然に思いがけず与えられた名誉について、自分たちが心中の均衡を喪失してしまうのではないかと疑い、その危惧を恐れていたという事実です。

名誉と栄光というのは若い頃に与えられてこそ、その者の周囲を輝かしく飾り立てるものです。人生の後半にさしかかった者が不用意にそれを手にすると、いたずらにグロテスクな功名心に駆られてしまい、他人隣人への嫉妬や罵倒を重ねて、醜く破滅してしまう。また自分のそれ以降の作品に現れるべき善良なる部分を、残酷にも大きく歪めてしまう。わたしはそのような例を、身近に少なからず見てまいりました。マルクスが説くように（といっても、わたしの場合それはカール・マルクスではなく、マルクス・アウレーリウス皇帝のことですが)、自分に与えられるものはすべて歳月のもたらす果実であると見なして、それを虚心に受け取ることにしたいとは思います。とはいえ心がけておきたいのは、それによってわたしの心が乱され、心の奥底に押しとどめていたはずの功名心や嫉妬、不自然な野心が身を擡げ、わたしを誤った方向へと連れ出していくのではないかという懸念であります。鮎川信夫の最晩年の禁欲的な、人を寄せ付けない生き方は、こうした凡俗の野心と功名心を許さなかったように、わたしには思われます。

「貯金は定期普通預金合わせて七百万に足りない ……一緒に寝た女の数は／記憶にあるだけでも百六十人」 五十六歳でこんな詩を書いてしまう詩人の名前を冠した賞を受け、これから経歴を問われるたびに鮎川信夫という名前を口にすることになってしまったことは、けして荷が軽いことではありません。敵は予想以上に手ごわく、その絶望に見合うだけの言葉をこちらが準備するにはやはり覚悟が必要なのです。以上を自戒としてここに申し上げることで、わたしは受賞の挨拶の代わりにしたく思います。

ご清聴、ありがとうございました。

犬について

少し前のことだが、わたしは造本家の女友だちから小さな水晶と硫化鉄を贈られた。水晶は透明な砂糖菓子のようで、手に取るとひんやりとした感触がした。硫化鉄は一センチに満たない立方体だが、それでもしっかりとした質量を持っていた。地球という星が何億年という歳月のもとに創り上げげた秘密が、今、自分の掌の上にある。そう思うと嬉しい気持ちになった。と同時に予想もしなかった後悔と悲しみの念に襲われた。あの鉱物たちはどこに行ってしまったのだろう。

あの鉱物たち。そう、九歳のわたしは小さなオパールの原石を持っていたはずだ。すっかり摩滅して丸くなっていたが、緑に白い筋が走る蛍石も持っていた。記念切手と交換して手に入れた真黄色の硫黄の塊も、磁鉄鉱も、手に取ると捲れそうな雲母も持っていた。近くにある水晶山という山の中腹で見つけた、いつまでも赤土の汚れがとれない石英の塊も持っていた。

わたしのコレクションはどこへ行ってしまったのだろう。

何も思い出せなかった。すでに半世紀以上の歳月が流れている。わたしはやがて鉱物に関心を失い、捨ててしまったり、人にあげてしまったりしたのだ。だがその記憶さえなかった。蛍石も、オパールも、硫黄の塊も、まるで香水瓶のなかの液体が蒸散してしまったかのように、時満ちてわたしの前から姿を消してしまったのだ。

わたしの家には生まれたときから犬がいた。

身近に犬を見ない時期はなかった。わたしはすべての犬の名前を憶えている。だというのに一匹だけ、どうしても名前の思い出せない犬がいる。コッカスパニエルで、デパートのペット売り場から到来し、病気に罹っていると判明したので、十日間ほどで引き取ってもらった犬だ。わたしはあるとき母親に訊ねた。あの犬の名前は何ていったのだっけ。母親は憶えていなかった。

犬はどうなったのだろう。ペット売り場に戻されたあと、きちんと治療を受けることができたのだろうか。それとも商品にならないと判断され、「処分」されてしまったのか。わたしの家にいた代々の犬の記憶のなかで、その犬のところだけが空白になっている。もう永遠に遠ざかってしまい、どれほど努力しても到達できない欠落だ。想い出す。わたしが鉱物の小さな標本を集め出したのはその頃だった。そして今のわたしは、その頃に夢中だったコレクションのどれひとつとして持っていない。

わたしには人生があったのだろうか。わたしの人生とは、もはや喪失の記憶さえなくなってしまった喪失ではないだろうか。

わたしは多くの前衛芸術に魅惑されてきた。前衛を標榜する芸術家たちが次々と開示していく未知の世界に心躍らせたこともあったし、彼らが既成の「堕落」しきった芸術を裁断する場に居合わせたこともある。血気盛んな彼らがささいな意見の相違から分裂し、罵倒の応酬を重ねるさまを目の当たりにしたこともあった。

わたしはしばしば前衛を擁護し、前衛的なるものに期待をかけてきた。とはいうものの、自分ではけして前衛たりえないことを、ある時期から確信するようになった。わたしの記憶があまりに多くの喪失に満ち満ちているからだ。

前衛主義者はノスタルジアを認めない。すべては白紙還元（タブララサ）された地点から開始されるべきだと確信している。だがわたしはあまりにも喪われたものの記憶に足を取られ、彼らのように跳躍をすることができない。わたしは多くのものがすでに滅んでしまったことを知っている。しかも困ったことに、それを深く愛しているのだ。わたしとは前衛を見つめ、前衛に憧れながらも、結局のところ、自分がそこから運命的に排除されている存在であることを、悲し気に認めなければならない。

ボードレールは書いている。J'ai plus de souvenirs que si j'avais mille ans. わたしは千年生きてきた以上の思い出を持っている。どんな抽匣（ひきだし）よりもたくさんの秘密を持っている。「思い出」と書いたのは原文では souvenirs だ。スヴニール。スーベニア。この言葉には互いに重なり合ういく通りの意味があり、それがいっせいに響き合うと、いかにも懐かしい音楽が聴こえてくるような気がする。

スヴニールは記憶だ。けれども同時に思い出でもあるし、もっと具体的にいうと、お土産でもある。ボードレールの詩句はこんな風にも訳すことができるだろう。あちらこちらに旅行をして人生を過ごしてきたおかげで、わたしの家は千年分、それ以上のガラクタのお土産でいっぱいだ。壁にだって抽匣にだって、過去の時間の残滓でいっぱい、もう空白がない。

わたしの家には生まれたときから犬がいた。それはスピッツだったり、ヨークシャテリアだったり、ワイヤーフォックステリアだったり、さまざまな犬だったが、基本的にテリアだった。テリアは好奇心が強く、ひどく頑固である。もともとが猟犬であったこともあって、探究を開始すると、どこまでもそれを止めず、飼い主をくたくたにさせてしまったりもする。わたしが現在飼っているのもウエリッシュテリアである。いや、飼っているという言葉は、犬に関するかぎり適当ではないかもしれない。犬は育てるものだからだ。

わたしは犬を「蘇鉄丸」と名付けた。植木屋さんが家に蘇鉄を運び込んできたちょうどその日に、わが家にやって来たからだ。やがてその名前は呼びやすく簡略化された。今では犬は「ソテ!」と呼ぶと、尾を振って飛んで来る。

犬は死という観念を持っているのだろうか。自分が今死のうとしていることを自覚したり、飼い主の生命が危機に瀕していることを認識したりできるのだろうか。動物学者たちの考えはまちまちであり、意見の一致を見ていない。ただひとつ確かなことは、死の直前になると、犬たちがこれまでにない、独自の眼差しを見せることだ。

わたしは十歳のとき、家で飼っていたスピッツが死にいこうとしているのを、玄関でほとんど一晩中、眺めていたことがあった。彼はわたしを弱々しく見つめ、何かをいおうとしてそれができずにいた。わたしが家のなかに入ろうとすると、哀願でもするかのようにわたしをさらに見つめた。それから眼を落とし、どこか遠くの方を眺めるような眼差しを見せた。息遣いが感じられた。息遣いは弱くなっていった。

夜が更けてきて冷気が感じられたが、わたしはその場を去ることができなかった。気が付くと、玄関の扉に凭(もた)れかかって眠っていた。わたしの意識が途切れている間に、犬はいつの間にか死んでいた。


木漏れ日のなか、母鹿と小鹿が森を歩いている。突然、遠いところで銃声が聞こえ、母鹿が地面に倒れると、それきり動かなくなる。小鹿にはそれが理解できない。なぜ今までいっしょに歩いていた母親が急に動かなくなったのかがわからない。母鹿の顔に自分の顔を擦り付け、いっしょに行こうと促すのだが、何の反応もない。

もう一度、銃声が聞こえる。小鹿は激しい痛みを感じ、落葉のなかに倒れる。

動物たちは死を知っているのだろうか。自分が死にゆく存在であることを認識しているのだろうか。言葉を持たない動物たちは、死という観念を思考することができない。だとすれば、彼らは死を恐怖することもないはずだ。つねに死に脅えている人間たちよりも、はるかに幸福であるはずだ。
だがそれでは、犬たちが今際の際に見せたあの遠い眼差しは、いったい何に起因しているのだろうか。わたしは子供の頃に見た、死に赴こうとしているスピッツの最後の姿を忘れることができない。

犬の幸福と喜悦は純粋なものだ。人間のように、私欲や利害、社会関係のしがらみとは無関係である。犬は人間よりもはるかに幸福そうに見える。なぜならば、死という観念を知らないからだ。われわれはつい、そう信じようとする。
しかし、そう断言してしまっていいのだろうか。それはただ、人間の側で勝手に犬に投影しているイメージに過ぎないのではないか。わたしはそう考えないわけでもない。えてして人間は人間界に絶望した分だけ犬に愛情を注ぐ。幸福さのイメージを読み取ろうとする。
考えてみよう。動物たちははたして死を知っているのだろうか。

リルケは『ドゥイノの悲歌』で書いている（第8歌　富士川英郎訳）。

死に近いとき　ひとはもはや死を見ず
じっと外を見ているのだ　おそらくは大きな動物の瞳で

動物にはただ単に外界の風景を眺めているだけで、自分の考えというものがない。考えを持って世界を眺めているのは人間だけだ。西洋は長い間、そうした考えを抱いてきた（ちなみに「西洋は」とわざわざ書いたのは、仏教やヒンドゥー教はまったく異なった動物観を持っているからである）。

詩人リルケは別な風に考えている。動物にも固有の世界があり、それはとうてい人間が到達できそうにもない、深い、真実の世界なのだ。もっとも人間は傲慢で、なかなかそれに気がつこうとしない。人間は死を前にして、ようやく動物がたずさえていた智恵に気付くばかりなのだ。彼らはものもいわず、じっと何かを真剣に見つめている。

死が間近に迫ってくるようになると、犬たちの仕種には独特の変化が現れる。堅固であった独立心がいつの間にか綻び崩れ、飼い主への依存心が急速に強くなってくる。わたしが飼っていたワイヤーフォックステリアがそうだった。

兎吉（うさきち）はひどく頑固な犬だった。色が白くていつも飛び跳ねているように見えることから、そう名付けられたのだが、兎吉は散歩に出るとなると、家を出たときから自分の行く方向を決めていた。別の向きに連れて行こうとしても頑として抵抗し、動こうとしない。それがあるときから、わたしがリードを手に先導しないかぎり、動こうとしなくなった。白内障に罹ってしまい、ほとんど眼が見えなくなっていたのだ。以前であったら雪のなかで飛び回っていた犬が、同じ雪のなかで方向感覚を喪失し、いつまでも立ち止まっているのを見るのは辛かった。

わたしが二階の寝室で眠っていると、兎吉はいつもの寝所である一階から苦労して階段を上って、二階にやってくる。翌朝、わたしが寝室から出ようとすると、犬はいつも扉を開けたところに寝ていた。寝室には入れないので、二階の廊下で待機しているうちに眠くなってしまうのだろう。冬場の板の間で一晩を過ごすほどに腎臓に悪いことはない。わたしは一階の床全体に暖房を入れ、犬を寝かしつけようとしたのだが、これは無駄に終わった。兎吉は必死の力を振り絞って扉をこじあけ、何が何でも階段を上って二階の廊下で眠ろうとするのだった。こうしてひと冬が、奇妙な格闘のうちに過ぎた。

春になってわたしは一年をパリで過ごすために、犬に別れを告げた。旅支度をしているわたしを見て、兎吉は何かを察したようだった。どうしてもわたしについて行こうとし、玄関先で激しい抵抗をした。自分が置き去りにされるのが耐えられなかったのだろう。わたしは犬用のビーフジャーキーを廊下の奥に放り投げ、犬がそれに気をとられている隙に、家の外で待っているタクシーに飛び乗らなければならなかった。

その年の秋、兎吉は死んだ。わたしはパリにいて、横浜の家族から毎日のように状況を知らされた。犬は刻々と死に向かおうとしていた。その死が告げられたとき、わたしは理由のない後悔に見舞われた。自分が兎吉の延命のため何もしてやれなかったことの無力が苛立たしく感じられた。自分が異国にいて、犬のそばに付き添っていることができなかったという事実に罪障感を覚えた。一階の温かい床を蹴って、不自由な眼で薄暗い階段を上り、二階の廊下、つまり少しでも飼い主に近いところで眠ろうとしてきた犬に対し、自分は何も応えてこなかったではないか。そう考えると、自分の非情さをどう扱っていいのかがわからなくなった。落ち着いて考えるならば、どんな犬にも寿命があることは周知の事実である。犬の寿命は人間のそれと比べ、ひどく短い。だが、ただちにこうした冷静な認識に到達することはできなかった。三か月後、犬用の小さな骨箱を受け取ったわたしは、それを八ヶ岳の山荘のわきの森に埋めた。

人類が生まれて以来、犬は実に多くのものを人間に与えてきた。だが人間ははたしてその見返りをしているだろうか。犬に何を与えてきたというのか。

人間はしばしば犬を見捨ててきたが、犬は人間を見捨てたためしがなかった。

人は人間に絶望を感じている分だけ、動物に愛情を注ぐ。デ・シーカの『ウンベルト・D』を観ていると、よくそれがわかる。これは人生に絶望するあまり、犬までを見捨てようとする老人の物語だ。

「お前の犬とはお前のダルマなのだ。」

インドの古代叙事詩『マハーバーラタ』の結末部にある言葉である。

長きにわたる戦争によって、二つの偉大な王家は疲弊の極地に到る。最後に人類のすべてを殺戮する武器が使用され、数限りない犠牲者が出る。敗北した王家は滅亡するが、勝利した王家にしても深い後悔と虚脱感から自由になることができない。やがて歳月が流れ、王国の継承者、ユディシュティラ王は妻と弟たちを引き連れ、世界の中心に聳えるメール山へと向かう。もっとも聖山の登攀は厳しく、彼らは次々と脱落。ユディシュティラ王一人だけが生き残って山頂を目指す。いつしか王のかたわらに正体不明の犬が現われ、いかなる険しい途（みち）をものともせず、彼につき従う。

ユディシュティラ王が高山の頂に達したとき、インドラが馬車を仕立てて迎えに現れる。王は犬を連れて馬車に乗ろうとするが、インドラは犬を叱り飛ばし、同乗を許そうとしない。天国には犬のための場所など存在していないからである。ユディシュティラ王はこれを不服とし、もしこの忠実な犬を置き去りにするのであれば自分は天国には赴かないと宣言する。インドラは大いに怒る。王はすでに不死と至福の喜悦を得たのであるから、どうして犬に感（かま）けることがあるというのか。いかなる高貴な贈り物も、供儀も、聖火への献酒も、ひとたびそこに犬がいたならば悪鬼（ヤクシャ）に功徳を掠め取られてしまうのだと、王を説得する。だがユディシュティラ王は、自分に忠実なこの犬を見捨てることはできないと、頑強に主張する。

このとき王とインドラの前で、犬が突然に変身を遂げる。犬はダルマ神の化身だったのだ。ダルマは王の慈悲心を讃美し、彼がインドラの試問をみごとに通過したことを祝福する。こうして二神は王を馬車に乗せ、天国へと駆け上る。

ダルマとは漢訳では「法」と記すことが多いが、わたしはそれを「規（のり）」と訳してみたい誘惑に駆られている。それが意味してるのは、ヒンドゥー教の根本概念としての、正しい行動規範である。もっとも世俗の法的な意味をはるかに越え、真実と義務、倫理、さらに自然の法則までを含み込んだ言葉である。最後に『マハーバーラタ』は、ユディシュティラ王もまたダルマの化身であったと説く。どこからともなく現われ、彼につき従った犬とは、彼の規範としての分身であり、人生においてはたすべき義務であり、同時に彼の守護神でもあった。もしユディシュティラ王がインドラの言葉を受け容れ、犬を見捨てていたならば、彼は人間としての徳のすべてを失い、地獄へと転落していたことだろう。

わたしが現在、飼っている犬、蘇鉄丸は、あるとき突然に眼を患った。五回にわたる外科手術の甲斐もなく、右眼はとうとう義眼となった。左眼もこころもとない。左眼の視力を保つためには一日に三回、四種類の目薬を差し、朝と晩に三種類の薬を与えなければならない。それがいつになるかはわからないが、いずれ完全なる失明に陥ることは目に見えている。

隻眼となって以来、蘇鉄丸は散歩を億劫がるようになった。とりわけ夕方以降は、物怖じして外に出て行こうとしない。これまで仲のよかった近所の犬が近寄ってきても、積極的に反応を示そうとしなくなった。犬としてみれば、どうして突然に視野が狭くなり、事物の距離感が把握できなくなったのかが理解できないのだ。そこが人間と違うところで、言葉で説明しても仕方がないところが不憫である。

しかしこの蘇鉄丸こそわがダルマではないかと、あるときわたしは気が付いた。眼の不自由な犬のケアはひどく面倒くさく、ときに執筆中のわたしがそれを煩わしく思わないといえば嘘になる。だがあるときわたしは、この犬こそが自分にはふさわしい「規」であり、なすべき義務であると思い当たったのである。もしそうであるとすれば、わたしは自分の徳高き分身を、どうして放りっぱなしにしておくことができるだろう。

わたしは考える。蘇鉄丸は死をいかに迎えることだろうか。それがいつになるかはわからないが、今度こそわたしはその傍らにいて、犬の最期を看取ることにしようと思っている。

おそらくもう犬は何も求めないだろう。ただ、わたしがいっしょにいるだけで、満足していることだろう。わたしはわたしのダルマが消えていくのに立ち会うことになる。犬の終焉を看取ることは、人間のそれへの予行演習であるという人もいるかもしれない。だがわたしには、少し違うような気がしている。わたしが死に赴こうとするとき、傍らに誰かがいるという保証はどこにもないのだから。

犬はつねに孤児である。ブリーダーの手によって幼くして親兄弟から引き離され、飼い主をただ一人の存在、いうなれば天蓋を支配する造物主として成長する。飼い主を崇めながら毎日を生きる。世界とは飼い主と自分だけなのだ。犬は体験によって学習こそすれ、未来という観念を持たない。ひとたび飼い主が玄関の扉を開けて出て行ってしまうと、もう二度と逢えなくなるのではないかと思い込み、いつまでも待ち続ける。人間のなかには平然と犬を見捨てていく者が存在しているが、人間を見捨てるという犬は古来より存在したためしがない。犬を置き去りにするとは、自分のダルマを置き去りにすることだ。だがダルマはどこまでも人間から離れようとはしない。ダルマが孤独であるとは、人間が孤独だということだ。

大人は子供に気楽にプレゼントを与える。だが深い心なくお土産を与えてはならない。眼の前に突然に現われた未知の贈り物が、その子供の人生を大きく変えるということがあるからだ。

ヴェネツィアのゴンドラの模型を与えられた子供は、その後、どのような人生を送るだろうか。子供は航海への憧れを膨らませ、工学の勉強へと向かうかもしれない。イタリアの都に魔術めいたイメージを持ち、やがてイタリア語を学んでサン・マルコ寺院の前に立つかもしれない。あるいは美術史の学徒となるかもしれない。

わたしにとって大きな意味を持った贈り物は、父方の伯母から餞別に与えられた一冊の書物である。十歳のとき、大阪の北にある田舎町から東京へ越すことになったわたしに、彼女はジュール・ヴェルヌの『海底二万里』を渡してくれたのだった。わたしはこの驚異的な物語をいくたびも繰り返し読んだ。潜水艦の小さな窓から眺めることのできる海底の不思議な光景に魅惑され、夜の荒海に出現する巨大な蛸に驚き、海底に沈んだアトランティス文明の痕跡に心躍らせた。この小説は（といっても、わたしに与えられたのは、「少年少女」向きにやさしく書き直された版であったが）確実にその後のわたしの生き方に影響を与えていると思う。四十年ほど後に映画祭に参加するためナントを訪れたわたしは、上映の合間を縫ってヴェルヌの博物館を訪れ、この空想航海記のさまざまな版の展示を前に、自分が幸福であることを確認した。もし小学生としてこの書物に廻りあうことがなかったとしたら、わたしは大海原のさなかで眺める夕陽の美しさを目の当たりにしたいとは、一生思わなかったかもしれない。紅海も、インド洋も、カリブ湾も、訪れることがなかったかもしれない。

贈り物についていえることは、ペットについても同じことがいえる。死んだばかりのペットを手にして悲嘆に暮れている子供は、もっとも神に近い存在である。みだりに揶揄ったり、茶々を入れてはならない。その子供は今、世界の破滅を前にして、どうしていいのか、当惑のさなかにあるからだ。自分にとって親友であった犬が最期に、自分に向かって見せた、予期もしなかった眼差しを、どう受け取っていいのか、思案に暮れているからだ。

「わたしの犬」と書いてきたが、わたしが飼っていた犬を、はたしてわたしは真に所有していたといえるだろうか。実をいうならば、わたしの犬は「わたしの犬」ですらない。彼らは敏感な嗅覚と聴覚、そして独特の直感を通して、わたしが知らない世界に知悉しており、その世界の法に従って生きている。誰に教えられたというわけでもないのに、わたしの知らない作法を取得し、さまざまな吠え方に通じ、犬どうしで意思を通じ合っている。約めていうならば、犬はわたしの他者なのだ。

犬の他者性が顕わとなるのは、彼らが群れをなして出現したときである。

カイロの町外れに千年以上にわたって塵埃が捨てられてきた広大な荒地があり、現在ではそこに散乱する陶器の砕片を採集するため、国際的な規模で考古学者たちによる発掘が行われている。現場を訪れたわたしは、そこが夥しい野犬の跳梁する場所でもあることを知った。発掘スタッフの一人によると、犬たちは昼間は発掘現場を遠巻きにしているが、夜ともなると群れをなして襲いかかってくる危険があるらしい。ときに危険のあまり、作業が中断を見ることもある。不用意に歩かないでください。犬たちを刺激すると危険ですからと、彼はわたしに語った。

荒地の向こう側から突然に出現し、人間に向かって襲いかかってくる無数の犬たち。このイメージはわたしを恐怖させる。複数と化したとき、動物はまったく異なった相貌を見せる。だがわたしの傍らにいる犬もまた、同じ眷属（けんぞく）の一員なのだ。彼はただ人間の家庭で育ち、他の犬たちを知らないままに生きてきただけのことで、何かの偶然で野性に回帰し、獣としての自覚に目覚めることがないと誰がいえるだろう。それはかつてジャック・ロンドンが小説の主題とした事態でもある。

そう、犬はわたしのダルマにして他者なのだ。

犬はわたしといっしょに走っている。彼はわたしが自分ほどに速く走ることができないと知って、どう思っているのだろうか。ダルマはわたしを導くが、わたしがときおり付いていくことに疲労し、歩みを緩くしたとき、どのような眼差しをわたしに向けるのだろうか。

幸運と若干の後悔

この章でわたしはこれまでの人生を振り返り、運がよく達成できたことと、たまたま機会を得ず、不運のままに達成できなかったため後悔をしていることを、偽らず、思いつくままに書き出してみようと思う。

つらつら想い出すに、わたしにとってもっとも重要なことは、考え抜いたあげくの選択などではなく、まったくの偶然によって生起した。そうでもあり、そうでもなかったかもしれないという次元で、事が進行したのである。したがってわたしは、自分が決断において聡明であったか愚昧であったかを、自分に問うてみたいとは思わない。ただ霧が晴れて、これまで曖昧にしか見えてこなかった周囲の風景が、少しずつ見えてこようとしている。この時節を待って、自分がはたして運命の女神フォルトゥナータの寵愛を得ていたかどうかについてだけ、考えを廻らせてみたいのだ。

幸運1　冤罪事件に巻き込まれなかったこと

わたしは身に覚えのない罪に問われ、警察に連行され、長期にわたる拘留の末、取調官に誘導されるままに調書に拇印を押し、裁判所へ引き渡されてしまうといった体験を持たなかったことを、幸運なことだと思う。

日本の法廷ではひとたび起訴されてしまうと、たとえその内容がいかに事実無根であったとしても、九割九分まで、ほとんど例外なく有罪が確定してしまう。警察と検察はけして事実誤認を認めようとせず、自分たちの面子だけを考え、強引に罪を捏造し、被告人の人生を修復不可能なものにすることに何ら躊躇しない。一度、捕まえてしまえば、よほどのことがないかぎり、釈放しようとはしないのだ。こうした事態はしばしば国際的に非難の対象となっているのだが、日本国家は聞く耳を持たず、現在に到っている。火のないところに煙はないという俚諺があるが、煙のないところに無理やりに煙を捏造し非を咎めるというのが、司法当局の常套である。

狭山事件から松本サリン事件、東電ＯＬ殺人事件まで、冤罪事件は枚挙に暇がない。そのたびごとに無実の者が突然に連行され、長期にわたって人権を無視した扱いを受ける。たとえ万が一、無罪が証明されたとしても、そのために費やした時間と精神的消耗は回復できない。生涯の終わりまで人さがない噂がつきまとう。日本人は猜疑心に満ちているため、ひとたび徴付きと認定された者は額に烙印を押されたのも同様の身分に落とされ、共同体のなかで培ってきた人間関係を修復することは至難の業である。

わたしは冤罪を疑われることがなかったことを幸運に思う。もっともこれは単に偶然のことにすぎない。他人の身に起こることは、やがて自分の身にも起こるだろう。病気であれ、経済的破綻であれ、わたしはいつからかそう考える習慣を身に付けるに到った。自分だけは法的権力のブラックボックスに落ち込まないでいられるなどという確信を、誰が保証してくれるというのか。

聖パウロは『ローマ人への手紙』（第七章）のなかで語っている。

「法（ノモス）は罪なのか。絶対にそうではない。しかし法を拠りどころとしなかったとしたら、わたしは罪を知らなかっただろう。つまり、もし『貪ってはいけない』と法が命じなかったなら、わたしは貪るということを知らなかっただろう。それなのに戒めがあるおかげで罪は機会を得た。わたしの内面に働きかけ、あらゆる貪りを起こさせた。法がなかったならば、罪は死んでいたはずだ。わたしは以前、法などなく生きていたのだが、戒めが到来することになって罪が生き返った。わたしは死んだ。戒めは人を生命に導いていくはずのものだったのに、わたしを逆に死へと導いたのだ。罪は戒めによって、わたしを欺く機会を得た。戒めによって、わたしを殺したのだ。」

聖パウロは若き日にはサウロという名前であり、ユダヤ教徒としてイエスの使徒と信者を弾圧する側にいた。あるとき突然失明し、神のお告げによって自分の過ちを知った。彼はキリスト教に改宗し、それ以来、熱心な布教活動に従事した。キリスト教徒になれるのはユダヤ人だけではない。全世界の人間がイエスさえ信じればキリスト教徒になれるのだと説いて、キリスト教が民族宗教から世界宗教へと発展する道筋を作ったのは彼である。

わたしのなかでパウロはしだいに大きな位置を占めようとしている。彼の遺した手紙をこれからも読み続けなければならない。

後悔1　競馬の快楽を知らずにいたこと

生前の寺山修司は、いつも何かをしていないと落ち着かない人物だった。合田佐和子の回想によると、彼は「五分間でも空いた時間があると、どうしていいのかわからないから、忙しくしているのだ」といっていたという。自転車を漕いでいるのと同じで、立ち止まった瞬間に転んでしまうのだ。

寺山は詩集歌集を含め、生涯に二百四十冊もの書物を書き、芝居を演出し、映画を監督した。そしておびただしいエッセイを執筆し、対談や共同討議に参加して、四十七歳の生涯を終えた。彼はまた傑出した競馬評論家であった。

わたしは彼のことを羨ましく思う。わたしがついに接近することのなかった情熱を体験していたからだ。わたしは馬が好きだし、その存在のあり方に高貴なるものを感じている。にもかかわらず競馬場に足を運んだこともないし、いわんや馬券を買ったこともない。

年長の友人である植島啓司は、競馬とはスルものであると説いている。人は競馬で必ず負ける。だがそれは実人生における敗北の軽いシミュレーションにすぎず、人はこのシミュレーションを重ねることで、より深刻な敗北に対する処し方を学ぶことになるのだ。

おそらく植島の考えは正しいのだろう。彼はそれだけの代価を支払っているからだ。だが、賭け事をめぐっていかなる代価も支払ったことのないわたしには、それに和すだけの資格と権利がない。

「凶行(まがごと)の愉しみ知らねばむなしからむ死して金棺に横たはるとも」

春日井健はかつてそう詠んだ。競馬を知らずに生きたことは、わたしの後悔のひとつである。

後悔2　ロシア語に挑戦して、そのたびごとに挫折したこと

最初にロシア語の辞書を手にしたのは高校生のときだった。それ以来、わたしは少なくとも四回、ロシア語を学ぼうとして挫折している。もっとも最近のものはつい数年前のことで、モスクワの学会で発表した後、当地の大学に客員教授として招かれる可能性が急に浮上してきたときだった。わたしは書庫の奥から、一昔前に買い求めた教則本をふたたび読みだした。もっともその途中でロシアのウクライナ侵攻が開始されてしまい、すべての期待は灰燼に帰した。

もし二十歳代でロシア語を学び、ロシアのテクストを自在に読めるようになっていたとしたら、わたしの書くものはずいぶん異なった方向に伸展していったはずである。それは、オーケストラにオーボエやティンパニーの奏者が新しく参加するといった事態に比較することができるだろうか。どうも違っているような気がする。わたしはいまだに東ヨーロッパについては、貧しい、非体系的な知識しか持っていないが、キリル文字がスラスラと読めるのであったら、文筆家としての活動範囲、守備範囲は、現在とは比較にならないほどに拡がっていたことだろう。

大学院で論文の準備をしていたとき、わたしのヒーローはマリオ・プラーツであった。まだイ

タリア語が読めなかったので、『肉体、悪魔、死』という彼のロマン主義文学論には、『ロマンティック・アゴニー』という題の英訳を通して親しんだ。プラーツは十九世紀のヨーロッパの詩人・小説家の作品を次々と引用していくのだが、フローベールはフランス語で、ダンヌンツィオはイタリア語で、スウィンバーンは英語でと、それぞれが原語で引かれている。そこにはヨーロッパ文学を全体として把握しようとする、強靭な意志が感じられた。

このような規模の書物を死ぬまでに一冊でも書き上げることができたならば、比較文学者としては本望のはずだ。わたしはそう思いながら、辞書を引きつつこの大著を読んでいた。ところがあるとき、それがプラーツが三十五歳でフィレンツェ大学に提出した博士論文であったと知らされ、一瞬ではあったが心が動揺した。イタリアに生まれて文学を志すとはそのようなことなのだ。だがそれでは、出発点からしてすでに大きく差を付けられている。日本人がいかに競争心を抱いたとしても、かなうわけがないではないか。

その後、プラーツの自伝的回想を読むにいたって、わたしはふたたび驚かされることになった。この大学者は個人的にはロシアが大好きで、かなり遅くなってから独学でロシア語を習得し、教職を退いたのちは、毎日ロシア語の書物を二時間ずつ読んで、午前中の時間を過ごすのだという。イタリア美学史において記念碑的な書物を数多く著したばかりか、数多くのイギリス文学をイタリア語に翻訳し、秀逸なるプルースト論の著者でもあるプラーツが、一日のうちで最上の時間をロシア語に割いている！　わたしはここでも、かなわないなあという気持ちを抱くことになった。

日本でも碩学で知られた林達夫が、やはりプラーツ同様、ロシア語に強い憧れを抱いていた。

英仏独伊の言語で記された書物を自在に読むことのできた林は、晩年の病褥にあって、ラジオのロシア語講座を聴くことを最後の愉しみとしていた。プーシキンやトルストイを原語で読むことのできる日を、心待ちにしていたのである。

わたしは今執筆中の本書とほぼ時を同じくして、大泉黒石という大正期に活躍した小説家の評伝を刊行しようとしている。ロシアの外交官と日本のロシア文学愛好家の女性の間に生まれ、レールモントフやゴーリキーを翻訳しながら、混血児としての自分の生まれ育ちを饒舌なる戯作調で語り一世を風靡した人物である。わたしがもしロシア語に堪能であったとしたら、執筆のためにより多くの資料に目を通すことができただろう。わたしはこの書物の刊行を機縁として、もう一度ロシア語に挑戦できないものかと、機を窺っている。

ロシア語のなかには、どうしても他言語に翻訳の不可能な単語というものが少なからず存在している。非学なわたしはそのうちの二つしか知らない。

ひとつは **пошлость**（ポーシュロスチ）で、わたしはこれをナボコフのゴーゴリ論のなかで知った。この言葉を最初に用いた作家の一人が、ゴーゴリであったらしい。「ポーシュロスチ」はあえて解説するならば、安っぽいもの、凡庸な偽物であって、汚れて悪趣味のものとなるようだが、ここには美学的判断のみならず、性的な含意を持った強い道徳的糾弾の意味が込められているようだ。おそらくそれはロシア人たちの早口のお喋りのなかでしか、浮かび上がってくるものではないような気がする。

ある時期のクンデラはよく「キッチュ」という言葉を口にしていたが、ポーシュロスチの背後にはもっと強い軽蔑と絶望が控えているような気がする。モスクワに住まないかぎり、わたしはその雰囲気を垣間見ることはできないだろう。わたしはかつて大学で同僚であった西洋美術史の女性教師や、若者のリベラルな代弁者を演じている、もと「新左翼」の前衛小説家に、「キッチュ」か「ポーシュロスチ」のどちらかの称号を与えてやりたいと考えているのだが、どちらがより適当であるかをまだ判断できないのである。

もうひとつのロシア語は Бесовщина（ベソフシチナ）という言葉で、これは悪霊を意味する Бес（ベシュ）の派生語である。『ウラジーミル・ダーリ』なる大字引に当たってみると、「悪魔的な強迫観念、魅惑的な幽霊、現象。あらゆる種類の熱狂、狂乱、狂乱の散歩。庶民は自分の理解できない現象を魔術や悪魔と呼ぶ」といった説明がなされている。「ベシュ」は複数形となるとドストエフスキーの長編の題名になる。「ベソフチシナ」はその悪霊によって引き起こされた集団的狂気の状態で、破壊的情熱に基づく現象であると一般的に理解されている。もっともロシア人はどうやらそれを民族の永続的な宿痾であると考えているらしく、もしそうだとすると、簡単に外国語で読み砕いて了解しようとするのは無理だろう。ロシアの社会のなかにどっぷり身を浸かってみて初めて理解できるといった類の言葉であるはずだ。わたしはこのような言葉を考案してきたロシア語とロシア人に、畏怖に似た気持ちを抱いている。

幸運2　セレブにならなかったこと

あるとき人は人身御供のようにセレブの階段に引き揚げられ、そのまま戻ってこない。われわれとの交信は断たれる。セレブはセレブとしかつきあわず、われわれとは没交渉となってしまう。

セレブは偉人や英雄ではない。大衆の集合的好奇心が投影されるスクリーンに映し出された影である。わたしは身近に、セレブの世界へと拉致されてしまい、メディアに消費され、若くして亡くなってしまった人間を何人か知っている。名前こそ揚げないが、彼らは充分に野心家であり、時代のイデオロギーを担う役目を進んで受け入れた。彼らがその時点でいずれ到来する破局を予見できたかどうかを、わたしは知らない。

わたしはセレブにならなかった。それを望みもしなかったし空想もしなかった。バルザックの「驫皮（あらかわ）」のように、栄光と富裕の代償に生命を摩滅させることもなかったし、メディアによって珍妙なステレオタイプを宛がわれることもなかった。三島由紀夫に、有名になったらエロ本が買えなくなるといったたぐいの名言があったが、わたしはときおり同世代のセレブの人たちがどのような暮らしをしているのだろうと考えるのだ。いったい彼らは地下鉄に乗るのだろうか。中学校時代の友人とばったり会って焼鳥屋に入ったとしたら、勘定を払うのはどちらなのだろうか。エロ本をどうやって手に入れるのだろうか。

だが逆のこともいえるかもしれない。わたしはセレブにならなかったがゆえに、凋落の悦びを体験したことがない。口さがない醜聞を立てられ、誰もかもに見捨てられ、糊口を凌ぐために名前を変え、かつての仲間たちの目から隠れて屈辱的な仕事をするといったことをしたことがないのだ。

パゾリーニのインタヴューから引用しよう。

「あなたは以前、歳をとれば幸せになれるといってましたよね。どうしてですか?」

「……未来が、希望がだんだん少なくなるからですよ。」

「もう希望をお持ちでない?」

「まあね。」

「その日その日を生きてるというわけですか?」

「そうですね。希望というのはアリバイですから、もうそんなものは持ってないのですよ。成功だって何ごとでもないですし。」

「あなたにとって成功とは?」

「成功は何でもない。ひどい目に逢うことの別名です。最初は気分が高まって、ちょっとした満足を感じるかもしれませんが、いったん成功してしまうや、ただちにわかってしまうのです。それは人間にとって恐ろしいものだってね。」

幸運3　ドラッグと無縁でいられたこと

これはわたしが十三歳で小児喘息を患っていたことと、生来の注射嫌いが幸いしていたのかもしれない。わたしは高校時代に気取って煙草を吸うことを試みたが、ただちにそれが自分に似合わないことに気付いた。蚊取り線香の煙が部屋に漂っているだけで、咽喉が痛くてしかたがないという体質であったためである。マリファナを手に持たされたことは、モロッコでもニューヨークでもいくたびかあったが、煙をどう吸い込んでいいのかがわからず不興を買ってしまい、せっかくの機会を逸してしまった。

もっともわたしはマリファナが有害だとはさらさら思っていない。それが高齢者の鬱病対策に効力をもっていることを、亡くなった精神科医のなだ・いなだはいつも説いていた。マリファナは諸外国ではどんどん解禁されている。これは世界的趨勢だろう。日本でもいくら取り締まりを強化して芸能人を見せしめに逮捕したところで、全国の中学生や高校生がこっそりと自宅菜園で麻を栽培しているのをすべて摘発することはできないはずだ。

マリファナ所持が罪であるというのはたかだか日本の国内においてという問題にすぎず、それは国家なるものの本質を証立てている。国家とは約めていうならば特定の法律の通用範囲ということにすぎず、そこには神聖なるものなど微塵もないということだ。国境や州境を越えてしまえばもう有罪ではなくなるという行為がいくらでも存在している。日本人が進駐軍ご推奨の西部劇映画から学んだもっとも大きな教訓とは、そのようなものではなかったか。

私見では、マリファナは解禁になった直後に、かつてのヘアヌードと同様、流行遅れとなってしまうような気がしている。

もっとも煙のつきあいということでいうと、わたしに例外がなかったわけではない。ハバナでは葉巻を満喫した。紙巻き煙草の体験がほとんどない者の感想にどれほどの価値があるのかは心もとないが、これほど人を優雅な気持ちにさせてくれるものも数少ないのではないかという気持ちになった。わたしが口にした葉巻は、煙草の大きな葉をただくるくると巻いただけのように見え、ほとんど作為の跡が見られなかった。それを口に咥え、火を点ける。ただちに生暖かい煙が喉に舞い込み、気持ちがひどく落ち着いてくる。しばらく吸っていないと、葉巻は消えてしまう。ときどき思い出しては火を点けてやれば、ただ咥えているだけで、一日中愉しむことができる。

だが、それで終わりだった。日本に戻り、お土産に買ってきた葉巻を友人たちに配り終えてしまうと、もう葉巻のことはさっぱりと忘れてしまった。煙の味を覚え、煙草に手を出すということは、絶えてなかった。

わたしはドラッグに対し、特別の偏見を抱いているわけではない。それが充分に管理され、適度に処方されることで、際限ない苦痛に満ちた人生の上に快楽の滴が少しでも垂らされるものであるならば、それはそれで悦ばしいことではないかと考えている。ただ個人的には、もの心ついたころに、一生に何本の注射を打たなければならないのかと悩み、指折りその数を調べようとするくらいで、注射という義務に尽きせぬ憎悪を抱いていた。コカイン患者が震える手で自分の腕に注射針を刺すといった光景を日活映画で観るたびに、恐怖に苛まれた。わたしがドラッグから遠いところにいたのは、もっぱら注射嫌いであったからにすぎない。

もっともこれにも一度だけ例外があった。三十歳を少し過ぎたころのことだったが、南仏のアヴィニョン演劇祭を訪れたとき、トルコやペルシャの楽師たちと知り合いになり、彼らが屋外に張っているテントで一泊したときのことである。翌日はすばらしい快晴で、熱を帯びた大気が糸杉の葉をゆらゆらと動かしているような熱気となった。まさにゴッホの絵のごとし。わたしは二人の楽師に誘われ小高い丘に登った。彼らはそれがいつもの習慣であるかのように懐から小さな容器を取り出し、なかにある黒いペーストを指で少し拭うと、鼻の内側に塗り付けた。それからわたしにも、どうだいと誘いかけた。

黒いペーストがいったい何であったのか。コカインだったのか、それともモロッコでよく用いられるマジューンだったのか。今もってわたしにはわからない。とはいえそれを鼻孔に軽く塗りつけ、息を吸い込んだ瞬間、わたしはとんでもない爽快感に見舞われた。あたかも鼻の奥に巨大な穴が開いて、頭の後ろ側へと抜けてしまったかのようだった。楽師たちはにこやかに笑っていた。彼らはわたしが初めてこの薬物を用いたということを知らなかったのだ。

もしこのときの爽快感が忘れられず、日本に帰国した後もこのペーストを探究していたとしたら、わたしはひょっとして破滅していたのかもしれない。南フランスの熱気のなかで垣間見た体験にわたしは確かに快楽を感じてはいたが、それに恐怖を感じていたわけではなかった。楽師たちにとってそれは日常のことであり、そのかぎりにおいて彼らがみごとに節度を守り、歓待の掟を遵守していたからである。わたしにはこの薬物に執着することはないだろうという自信があり、事実その通りだった。

幸運4　何人の優れた文学者、思想家、映画監督、さらに音楽家と時代をともにし、彼らの最新の作品を発表の時点で知ることができたこと　また直接に彼らの謦咳に接することができたこと

わたしの著作のなかにはひとつの明確な流れがあり、それは個人的に深い影響を受けた芸術家、思想家について論じたモノグラフの系譜である。大島渚、白土三平、中上健次、土取利行、ピーター・ブルック、ポール・ボウルズ、ジャン＝リュック・ゴダール、ピエル・パオロ・パゾリーニ、さらにタデウシュ・カントルとビートルズ、エドワード・サイード。彼らをめぐるわたしの著作や翻訳は、いうなれば感謝の表現である。

わたしは幸運なことに、ここに掲げた人たちと時代をともにしていた。彼らが新刊を刊行したり、新しいフィルムやシングル盤を発表するたびに、わたしはただちにそれに接することができた。彼らの成し遂げた作品が、ほど遠くない日に古典となることを、わたしは信じて疑わない。わたしはそれをまだ評価が固定される前に、ときに毀誉褒貶が喧(かまびす)しい最中において知ることができた。こうした作者たちが作者として生成途上にある時代にあって、同じ空気を吸い、同じ天蓋のもとで生を営んできた。大島渚は、映画監督としてどのような人物になりたいと思うかと尋ねられたとき、その人物と同時代であったことを人が誇りうるような監督になることが理想であると答えたことがあった。わたしはまさに大島がその通りの存在になったと思う。

ここに掲げた人たちについて、さすがにビートルズだけは無理であったが、他の人たちには謦咳に接することができた。わたしは充分に幸運だった。彼らについて、批評家として、また研究者として振舞った。白土三平や大島渚、パゾリーニについては単独の研究書を、ボウルズとサイードについては翻訳書を刊行した。ブルックとカントルは来日時に快くロングインタヴューや対談に応じてくれ、わたしはそれをもとに長い論考を執筆することができた。もっとも深い親交があったのは中上健次であり、わたしはその生前にすでに作家論を発表し、死後には全集の編纂に関わった。いずれ近い将来、わたしはこれまで半世紀近く書き散らしてきたゴダール論を纏め、一冊の書物として上梓することだろう。

こうして書き出してみると、こうした人々の多くは一九六〇年代から八〇年代にかけて大きく、かつ決定的な仕事をしていることがわかる。とりわけ一九六八年から七六年にかけて、およそ八年の間ほどの短い時期に、芸術家として絶頂にあった人が目立つ。大島とゴダール、パゾリーニは、この時期に過激さの極にあった。ビートルズ解散直後のジョン・レノンにしてもしかり。白土三平は『カムイ伝』を封印して神話伝説を素材とする作風に転じ、サイードは『オリエンタリズム』を世に問うた。

わたしはつねづね前世紀の文化芸術を眺めてみると、二つのピークが存在していると考えてきた。ひとつは一九二〇年代であり、この時期にはダダイズム、シュルレアリスムから未来派、表現派といったぐあいに、ヨーロッパのあちこちの都市で前衛芸術運動が出現し、リオ・デ・ジャネイロから東京まで、その影響が世界の裏側にまで及んだ。もうひとつは一九六〇年代後半で、学生たちの異議申し立てが全世界を席巻し、それに呼応するかのように芸術の分野でも過激な実験が行われた。もっとも最初の高揚期は三〇年代にファシズムとスターリニズムの台頭によって弾圧され、二番目のものは七〇年代に成立を見た大衆消費社会のなかで無残な形で資本に回収されてしまった。ときには誇大妄想的とも思えた実験芸術は、ミニマルで保守的なスタイルに取って代わられてしまった。

わたしが幸運だったのは、この第二の文化的高揚期、つまりそうした時期に高校生であり、大学生であったことだ。わたしは『ホワイト・アルバム』や『アビー・ロード』のＬＰを、日本発売と同時にレコード店で入手することができ、『ウイークエンド』や『サロ』（邦題『ソドムの市』）を封切りで観ることができた。ブルックとカントルの劇団が、それぞれ初来日して『真夏の夜の夢』と『死の教室』を東京で上演したとき、運よくそれに居合わせることができた。いうまでもないことであるが、そうした作品を当時の自分がはたしてどこまで理解できたか。それは覚束ない。だが理解できないままにも、わたしは確実に深い衝撃を受けた。そしてあたかも地に眠った種子が時を得て発芽するように、十年、二十年後に、そのときの衝撃が契機となって、わたしの内側で芸術観を築きあげるのだった。

ここでわたしは考える。こうした偉大なる芸術家や思想家のリストのなかに、どうして一九九〇年代や二〇〇〇年代の者たちがいないのだろうか。この時代の作家や映画監督たちが、かつてのゴダールやパゾリーニのようにわたしを驚嘆させ、モノグラフの執筆を決意させることがないとすれば、それはどこに原因があるのだろうか。ポストモダニズムの名のもとに文化が緩慢な停滞状態に陥り、前衛的実験なるものがアナクロニズムと見なされるようになったため、わたしの驚嘆に足る芸術作品が生まれなくなってしまったのだろうか。それとも年齢を重ねるに応じてわたしの精神が知らずと硬化し、感受性の幅が狭小となって、新しく未知な価値観を体現している作品を識別することができなくなってしまったのだろうか。

わたしには何とも判断ができない。柄谷行人や大川隆法などといった現代思想の人々の書いたものを、もう三十年以上も読んだことがないからである。わたしはユーミンの音楽を一度も聴いたことがないし、河瀬直美のフィルムを十年以上も観たことがない。彼らは偶然にもわたしの同時代人であるのだが、わたしとはまったく異なった時間に属しているのだ。

後悔3　性的に早熟であったこと

早熟であるとはそれだけ幻滅も早く到来したということである。それ以上のことは、ここでくだくだしく書いても意味がないだろう。性的なことを書こうとするたびに、人はつねに凡庸さの罠に嵌ってしまう。だから書かないにこしたことがないというのが、わたしの信条である。

幸運5　もっとも若い頃に韓国に一年間、滞在したこと

これは『戒厳』という長編小説のなかですでに書いたことであるから、詳しくは繰り返さないが、大韓民国に外国人教師の職を見つけ、一年を首都ソウルで過ごした。といっても大学で研究テーマに韓国を取り上げたとか、韓国文学を専攻していたといったことではない。すべてはまったくの偶然で、大学院の同級生がソウルの大学での教職に戻るというので、のこのこ付いて行ったという話である。それはわたしが最初に訪れた外国だった。

韓国については何も知らなかった。だが普通二年で書き上げるはずの修士論文がなかなか終わらず、結局三年かけてようやく書き終えたときには、もう英語やフランス語を見るのも嫌だという気分になっていた。そこで軽い気分転換のつもりで、ヨーロッパとはまったく違う世界に行ってみたいと思っただけのことだ。オックスフォードに留学する話を少しずつ始めていたのだが、解放への衝動にかられたわたしは、躊躇なくそれを蹴ってしまった。

到着してみて、これは大変なところに来てしまったとわかった。ハングルは合理的な文字なので、読めるようになるにはそれほど時間がかからず、その点では問題はなかった。わたしが直面したのは、これまで考えたことのなかった数多くの問題である。軍隊とは何か。植民地侵略の歴史とは、民族差別とは何か。つまるところ、日本人であるとは何を意味しているのか。

韓国とは、戦後の日本人が何とか回避しておきたいと思って目を逸らしてきた国だった。北朝鮮については「地上の楽園」だと賞賛しておけばすむ。だが韓国、つまり「南朝鮮」について日本人は、軍事独裁政権下にあって恐ろしい貧困と反日主義が支配しているというステレオタイプの認識しか抱いていなかった。誰もが韓国という問題は、できればなかったことにしておきたいと無意識的に思ってきたのである。

ソウルにはそれなりに日本人社会が存在していたようである。だがわたしは賄い下宿に入り、日本人とはまったく交際のないままに一年を過ごした。その間に朴正熙（パクチョンヒ）大統領が暗殺され、全国に非常戒厳令が発布された。わたしは大学の前で兵士に銃を突きつけられ、ＫＣＩＡ本部に連れていかれ、夜間通行禁止令に違反して留置所で一晩を過ごした。

これがわたしの最初の外国体験だった。いうなれば、衣服を脱ぐ暇もなく、いきなり熱湯の煮えたぎる風呂に突っ込まれたようなものである。わたしはその後、ニューヨークとボローニャに留学生として長期滞在することになったが、ソウルでの体験はそれとは強度においてまったく異なっていたといえる。一度、徹底して熱い風呂に入ってしまうと、その後はどんな湯に浸かろうとも楽でいいやと思ってしまうものだ。韓国ではひとたび下宿の外に出ると、たちまち自分が日本人であり、それゆえに日本という物語をつねに背負って歩いているのだと意識させられた。おそらくこの体験がなかったとしたら、わたしは批評の書物を書くこともなく、どこにでもいる英語を教えるだけの退屈な大学教師となっていたことだろう。

そうそう、わたしの発作的な韓国行を不運なことだと同情してくれた人たちが存在したことも、ついでだからここに書いておいてもいいかもしれない。わたしがせっかくスウィフト論、つまり英文学の論文を完成させ、英文学の業績を積んだというのに、それを生かそうとせず、韓国のことを書いたり、映画批評の本を出したりしているのは軽率な振舞いだと、わざわざ「忠告」してくれた人たちがいた。わたしは彼らの期待に沿えなかったのである。わたしは彼らの助言を苦笑して聞き流していたが、要するにオックスフォードを蹴ってソウルに赴くという人間を理解できなかったのだろう。

ある大学が助手を募集しているというので履歴書を送ったところ、最終審査の時点で強烈な反対意見が出て、採用が見送られたということがあった。金日成思想に傾倒している教授が人事審査教授会の席上で、わたしのように「南朝鮮」で教鞭を執ったような危険人物がキャンパスをうろうろとしていると、学生たちに悪影響を与えることが懸念されると、大演説をぶったのである。わたしがこの経緯を知ったのはそれから長い歳月の後であったが、今さらにして日本の知識人の北朝鮮崇拝の頑強さを知り、呆れ返る思いがした。

もっとも現在のわたしは、自分のあの発作的な選択を、たまたま同級生に韓国からの留学生がいたという偶然の産物だとは思えなくなっている。韓国体験を契機としてポスト植民地の問題を自覚するようになり、コロンビア大学でサイードの講義を受けたり、そこから発展してイスラエルの大学で教鞭を執りつつパレスチナの地を訪れることになった。そうした自分の一連の行動を振り返ってみると、最初の韓国滞在が実はあらかじめ設定された、必然的なものであったような気がしてくるのである。偶然で始まったことが、後になってみると必然であったのだ。

ヘミングウェイは若き日のパリでの生活を回想した『移動祝祭日』のなかで、たとえどんなに貧しくとも、若き日をパリで過ごした者は、どんな人間でもそのパリを一生、肩の上に背負って生きていくものだと書いている。その伝でいうならば、わたしは現在にいたるまで若き日のソウルを背負っている。それがわたしにとって書くこと、思考することの原点となったことは、日本人の文筆家として幸運なことだと、今のわたしは考えている。わたしが大学で、また大学院で出逢った者たちの多くが、韓国から目を逸らせながら西洋の文物の学問的研究をしているさまを、わたしは遠目で眺めてきた。彼らについては何もいうまい。何も期待すまい。だが彼らは昨今の日本での韓国ブームのなかでも、懸命に目を伏せているのだろうか。

後悔4　これまでに深刻なアビューラを体験しなかったこと

「アビューラ」とは宗教的な意味での棄教、突然の撤回という意味のイタリア語である。カトリックではきわめて厳粛に、「異端誓絶」と訳している。もう絶対にしないと誓いますという意味である。

わたしが三十年にわたって研究してきた詩人・映画監督のパゾリーニは、このアビューラの名人（？）であった。彼は人間にとって禁忌である人肉嗜食や近親殺害を主題に、ブルジョア社会の秩序を侵犯するフィルムをしばらく撮ったかと思うと、こうした「作家」の映画を撤回した。そして中世ルネサンスや中近東の説話を脚色し、おおらかに人生の悦びを謳い上げる作風に移った。かと思うと突然それもまた撤回し、もうこのような作品を撮っていても仕方がないと宣言した。いかに秩序を攪乱させる力を持っていた作品でも、やがてその過激さが受け入れられてしまうと、権力に利用されるばかりである。人は自分に似たようなものを期待するだけだ。であるならいっそのこと、そうした過去の作品を公然と捨ててしまった方がいい。これがパゾリーニの基本的立場である。

パゾリーニと親交のあったロラン・バルトはどうだっただろうか。彼はブレヒト主義から記号学へと転身し、さらに日本滞在を契機に記号学から明確に距離を置くようになった。もっともその手つきはあまりに優雅であって、パゾリーニのような荒々しい戦闘主義的アビューラとは対照的である。バルトは自分の転身を「漂流」dérive と呼んだ。そしてその快楽を、ニーチェに倣って道徳的に説いた。というより漂流という行為そのものを文学的主題として生きた作家といえる。彼はパゾリーニのように、転位に苦悶と苛立ちを覚えることはなかった。

バルトの傍らには騒々しいソレルスが控えている。ヌーヴォーロマンから毛沢東思想へ、さらにカトリックへと、忙し気に転向を繰り返した作家である。才気煥発にして知的流行を次々と創り上げるという点では興味深い存在かもしれないが、知的大衆の好奇心を演出しようという姿勢が目立つばかりで、とうていパゾリーニのような真摯さが感じられない。パゾリーニにとってスキャンダルとは、望まざるにもかかわらず降りかかってくる厄難であった。しかしそれはソレルスにとっては、みずから進んで身に纏うべき仮面でしかない。

わたしに不運があるとすれば、それはパゾリーニのように過去の作品を大掛かりに否定し、人跡未踏の地へと大きく足を踏み入れるといった体験ができなかったことだろう。わたしは小心にして保守的であり、文筆家として過去への絶縁を宣言するといった勇気からはほど遠いところを歩いてきた。

あえて強引な方向転換を自分の人生のなかに探し求めてみるならば、十七歳のときの詩作の断念がそれに当たるのかもしれない。高校でのバリケード騒動の後、二年間にわたって一生懸命に書いてきた詩、というか詩のごときものを、わたしはさっぱりと見捨ててしまい、銀座裏にあるケーキ工場に臨時雇いとして雇われたのだ。もっともこれがアビューラの名に値するかどうか。わたしはそのときの自分の心境を、現在うまく再現することができない。わずかに高校の文芸誌に掲載された詩を読み直してみると、稚拙きわまりないものだと判明する。そもそも高校生の詩作ということ自体が、麻疹のようにで誰しもが体験する凡庸な行為であり、それを止めたとしても、流行り病が去って熱が退いたという程度のものだったのだろう。わたしはその後、四十歳の頃に、もう一度、今度は真剣な気持ちで詩に向かい合うことになった。遅まきながら詩作を再開し、現在に到っている。

強烈なアビューラの不在は、わたしにとって幸運であったのか。それとも不運であったのか。それを見定めるにはいまだに時期が早いような気がしている。ひとつだけ確かなのは、わたしが書くという行為をめぐって、一度も失調したことがないという事実だろう。

「才能」という言葉がある。わたしの辞書にはない言葉であるが、以前に一度、あなたには才能があったからというういわれ方を知らない人からされたことがあった。そのときにはどう答えていいのか、返答に迷った。才能だって？　人のことは放っておいてほしい。わたしはこれまで青息吐息で何とかやってきただけのことであって、わたしの書いたものを読んでもいないのに、気楽にそのような言葉を使ってわたしのことを理解したつもりになどならないでほしい。これがわたしの本心である。

わたしが想い出したのは、誰から聞いたのかは忘れてしまったのだが、長唄の世界での、こんな話である。

長唄のお稽古事に通っている男がいる。とりたてて見栄えがするわけでもなく、声が小さい上に、いつまで経っても上達しないので、周囲から「どうせ向いていないのだから、もう止めたらどうだろう」などと、嫌みな言葉を投げかけられたりしている。ところがこの男、いっこうに止める気配がない。自分はここにいてずっとお稽古をしているのが好きだからといいながら、いつまでも部屋の隅に留まり、他の弟子たちが自分を追い抜いて上達していくのを機嫌よく眺めている。

一方、男と同じころに稽古に通い出した者で、顔立ちがよく、若いくせに貫禄があって、声も堂々としているという男がいる。この男はたちまち脚光を浴び、長唄界の寵児となってしまう。人々は彼の才能を褒めそやす。先の男はというと、いっこうに気にすることなく、十年一日のごとく下手な長唄を続けている。

　かくするうちに歳月が経過し、この男にも老いが訪れる。いつしか彼は独特の声調に独特の節回しで話題にされるようになる。歌い方にも不思議な瘤のようなところがあり、容易に他の者が真似ることができない、独自の個性が現れている。どうしてそんな風に唄うことができるのか、そんな変わった声が出せるのかと人が問うのだが、彼はうまく答えることができない。下手は下手なりにずっと修業をしていたのだが、その蝸牛のごとき歩みに気が付いた人がいなかっただけなのだ。やっぱり才能があったのですねえと、誰かが褒めていう。だが、彼はとんでもないといって、それを否定する。わたしはただ止めずに続けてきただけなのです。だって他に何もできることがないものですから。

　ずいぶん昔に人から聞いた話であるから、話の細部はすっかり脱落、というか（わたしの好きな言葉でいうと）摩滅してしまい、わたしが知らずと単純な物語に引き戻してしまっているかもしれない。とはいえわたしはこの話がひどく気に入っている。自分はとてもこうした忍耐心を持つまでに到っていないとは思いながらも、他に何もできることがないものですからという男の言葉に共感を覚えないわけにはいかない。いつか人前で同じ科白を口にすることができればどれほど気持ちがいいだろうと、たわいない想像をしてみたりする。

　しかし本当のことをいうならば、その通りなのだ。わたしが四十年以上も文筆稼業を続けてこられたのは、一貫した高邁な理想に導かれたからでも、名誉心に突き動かされてきたからでもない。ただその場その場を何とか切り抜けながら、いつまでも止めずに書くという場に留まってきたからにすぎないのだ。わたしは才能などというものは微塵も信じたことがない。これしか出来ないから、それを愚直に続けてきただけなのだ。

わたしの周囲を見回してみると、若い頃に研究や批評を志し、わたしよりもはるかに先を進んでいるように見えた者たちが、とうに書くことを止めてしまっていることに気付く。おそらく彼らは充分に聡明であって、文筆を手にすることが（これもわたしには使い慣れない言葉ではあるが）コスパに合わないという真理に、ある時期に覚醒してしまったのだろう。それは彼らにとって、アビューラといえる撤回点だったのだろうか。

危機的なアビューラがいくたびとなく、あたかも津波のようにわたしに襲いかかってきたとしたら、ひょっとしてわたしは今よりもいいものが書けていたかもしれない。不運にして、それはわたしを襲うことがなかった。わたしは凡庸な文筆家に留まり、おそらく凡庸な文筆家として終わるだろう。だが現在のわたしは自分の宿命であるこの凡庸さを、感謝の気持ちで受け入れている。

シニシズムとは曇天のもとに生きることだと、かつて坂口安吾は喝破したことがあった。猛烈な太陽崇拝論者であった安吾にとって、事物を真正面から直視することを避け、つねに斜（はす）に構え、冷笑的な言辞を吐く人物とは、それ自体がデカダンスに他ならなかった。重要なのは、肯定されるべき生は、いかなる場合にも強烈な光と熱という象徴法の下にあることだった。彼は書いている。

私は生活に疲れても、熱狂に疲れる時はないであろう。私の熱狂は白熱する太陽となって狂い輝くことはあっても、停止する不可能となって低迷することを好まない。

「谷丹三の静かな小説」

安吾は、太陽から見放された者は、「自慰的な優越」であるシニシズムの不毛から抜け出すことができないと断言する。シニシズムを嫌って、「お前が太陽であるならば、お前はきっといつも日蝕の中にいるのだろう。」と、激しい罵倒の言葉を投げかける。生きるとは人間の権能を越えた光線に身を曝すことに他ならない。

わたしは安吾先生のように激しく鼓動する心臓こそ持ち合わせていないが、これまで自分が一度もシニシズムの徒とならなかったことを幸運なことだと思っている。冷笑とは精神の弱さの徴であり、エネルギーの枯渇を意味している。人が気弱になったとき、ついシニシズムに身を任せてしまうとしたら、それが老いというものの残酷な副作用なのだと認めざるをえない。わたしの周囲の同年齢の者たちが、かつてあれほどまでに野心に満ち、あるいは希望に満ち、陽気な歌を歌っていたのに、今では憂鬱な冷笑家に転落してしまったことを見るにつけ、わたしは安吾の強烈な人生を思い、彼が小説のなかで描いた、たくましき女性たちを想い出すことにしている。

後悔5　これまで一度として俳句や短歌を試みたり、連歌の集いに参加しなかったこと

わたしは俳人についても歌人についても、しばしば乞われるままに文章を綴ってきた。とはい

うものの、みずから進んで実作に赴こうとはしなかった。わたしが情熱を傾けたのは、一般的に「現代詩」と呼ばれるフリーヴァースだった。

詩を書くという行為はまったくの無目的、無償の作業であり、書き上げた原稿を商品として雑誌社や出版社に納入することとはまったく違う。一時期、それはわたしにとって、いかにも軽薄な散文や退屈な書式の学術論文を執筆していることに対する、心理的補償作用であった。年を経るとワインの瓶の窪みにどうしても澱が溜まってしまうように、アカデミックな論文ばかりを書き続けていると、心にも澱が溜まってくる。メディアの註文を受け、最新流行のフィルムについて、いくたびも似たようなコラムばかりを書いていると、いくら家賃を払うためとはいえ、つい仕事を等閑(なおざり)にしたくなってくる。詩はそのようなとき、わたしの心の慰めとなった。わたしの詩はわたしの論文やエッセイと少しも似ていない。こうしたジャンルがどうしても掬いあげることのできないものだけを煮詰め、ひどく凝縮した形に纏めて提出したものだからだ。

とはいうものの日本語で詩を書いていると、日本語という言語の抱えているさまざまな問題に突き当たらざるをえない。最大の問題は、この言語には超越的なエクリチュールが不在であるということである。ヘブライ語における『律法(トーラー)』やイスラム教の『クルアーン』に相当する、絶対的な言語の基準なるものが、日本語には存在してない。

ブレイクが詩のなかで the Earth という言葉を口にしたとき、そこにはすでに二十六通りの意味の含みが隠されている。英語で詩を書くという行為は、キリスト教の『聖書』という〈偉大なるコード〉を前提として書くということだ。このコードは絶対に揺るがない。たとえジョン・レノンがいかに瀆神的な言辞を吐いたとしても、あるいはそれゆえにコードはみずからの権能を確信する。日本語で現代詩を書く場合、人はそのような超越的コードが不在のままにペンを走らさなければならない。これはその不在に耐えてといい換えてもいい。言語という言語の根底にある絶対的な根拠をもたない言語の内側にあって、無限に浮遊するシニフィアンを摑み取っては、覚束ない手つきで展翅板（てんしばん）のうえにピン留めしなければならない。現代詩が耐えなければならないのは、戒律の不在である。

わたしを俳句や短歌から遠ざけた原因のひとつは、この戒律の存在に関わっている。こうした文学ジャンルは、短くない歳月のなかで戒律を遊戯と見なし、それと積極的に戯れることを根拠とするに到っている。それは無戒の荒野に置き去りにされたまま、無限に散らばっている塵埃（ごみ）のなかからまだ使用に耐える言葉を拾い出すといった現代詩人からは、ほど遠い行為のように思われる。わたしを苛立たせるのはこの戒律の自明性だ。あるコードを絶対的な約束ごととして共有し、それゆえに意図的にそこからの逸脱が持て囃される。こうした洗練された遊戯は、もとより戒律も大コードも不在の場所から出発した現代詩の世界ではありえないことだ。

俳句と短歌、さらに連歌をめぐる人間関係は、想像をしただけでわたしを当惑させる。狭小な共同体のなかで交わされるさまざまな阿諛追従（あゆついしょう）。讒言と羨望。儀礼と位階。これは定型という戒律を遊戯としてわが身に引き寄せてしまったことへの懲罰ではないかと、わたしは長い間考えていた。もっともそれは、現実にわたしが敬愛する何人かの俳人や歌人、たとえば三鬼や耕衣、岡井隆や葛原妙子、山中智恵子の作品が、わたしを言語をめぐる尖鋭な思考へと導き、しかも心の慰めを与えてくれるという事実とは、まったく無関係なことである。わたしが真に向かうべきなのは俳句や短歌の周辺に泡粒のごとくに発生する塵埃に気を留めることではなく、本来的に戒律の不在を抱え込んでしまった現代詩のなかに、その代替物をいかに創造していくかということに尽きる。

書くという行為に対する情熱は消えない。だが体力気力がともに衰亡していったとき、わたしはこれまでのように長いエッセイや小説のごときものを書くことができなくなるだろう。そのとき詩だけは残るのではないかという一抹の期待が、わたしのなかにある。一篇の詩を纏め上げるため、それほど多くもない言葉という言葉を凝集させる力だけは、何とか確保しておきたいと願う。おそらくわたしの最後の詩は、詩の中断という形を取るだろう。辞世の句や歌というものは、まずわたしの場合、考えられない。最後に人が手にするのは、戒律のないままに中途で放棄された詩の断片であることだろう。

幸運6　一九五九年ものののシャトー・ディケムを呑むことができたこと　しかも続けて二本

ワインは呼買が効かない。素人はひとたび買ってしまったら、後はそれを抜栓して呑むしかない。絵画や骨董ならオークションに持ち出して売りさばくこともできようが、ことワインに関するかぎり、どのような場所にどのような状態で保存されていたかが重要な案件となる。だが外見からそれを判断することは、よほどラベルが傷んだり瓶が汚れていないかぎり、まず不可能である。だからワインは購入するとただちにセラーに入れて保存し、頃合いを見計らって呑むしかない。

　わたしはフランス文学者で作家の出口裕弘さんから、いろいろなことを教わった。テイスティングの際の極まり文句やら、グラスの揺らし方やら、最後に空になったグラスを持ち上げ、残った澱を見上げて口にする科白やら、彼はワインに関するさまざまに優雅な作法をわたしに教えてくださった。いくたびものパリ滞在が彼の一挙一動を、みごとに堂に入ったものにしていた。もっともこの出口さん、酔うときまって澁澤龍彦か太宰治の話になった。シブサワが生きていたころはまだ日本では本格的なワインブームには程遠く、「おい、出口。ワインには赤と白があるんだぞ。」と彼が威張った顔で話していた時代が懐かしいと口にしていた。「ヨモちゃん。俺たちがここでこんなボルドーの何年物がどうのこうのって、生意気なことをいいながら呑んでるなんて、シブサワに申し訳がないよお。」

　いいワイン、それなりに市場価値のあるワインを呑むには、それなりに気を使わなければならない。テーブルワインであれば、普通にコロッケを揚げたときに気楽に抜栓してもいいだろうが、なまじヴィンテージのあるものだと、何かお祝いごとでもないかぎり、不用意に開けてはいけないような気がしてしまう。年少の友人が結婚の挨拶に来るということも、誰か身近が賞を受けることも、昨今は絶えて久しい。結局のところ、大昔の買い求めた「偉大なる」瓶がいつまでもセラーの上方に残り、気楽に呑めるエコノミックな瓶が次から次へと開けられていくことになる。

　大学で教鞭を執っていた頃には、ときおり学生たちが大挙してわたしの家に到来することがあった。彼らは旧約聖書に描かれたイナゴの大群である。庭先でバーベキューの煙に目を細めながら、ワインをジャバジャバと紙コップに注ぎこみ、缶ビールのように平らげていく。とてもではないが、年代もののワインを出す気にはならない。

では職場の同僚、つまり大学の教員たちはどうかというと、彼らはほとんどがワインに無関心であった。あらかじめ時間を決めて抜栓をし、デキャンティングしておいたワインを食卓に出したとしても、銘柄に関心をもって尋ねてくる者は誰もいなかった。

ワイン愛好家と呼ばれる人たちはどうだっただろうか。わたしはしばらく彼らの何人かとつきあったことがあるが、彼らはまったくのオタクで、イギリスのパーカーがこのワインのこの年には何点を付けていたとか、この値段でこの年のこのシャトーのものが入手できるとは奇跡だとか、グラスを傾けながら、一時間でも二時間でもそのような話に終始しているのだった。

彼らを眺めていると、もう三十年も前のことであるが、ボローニャの大学に勉強に行ったときのことが想い出された。ゼミが開講された日、わたしは何人かの学生とともに、指導教授の家に呼ばれた。最初にワインで乾杯することになったが、学生の数を考えると一瓶では足りそうにない。すると教授は『マタイ福音書』でイエスがどういったとか、何かごにゃごにゃと文句を呟きながら、躊躇うことなくワインを水で割り、全員に分配した。そしてテイスティングをして、さすがに薄め過ぎたかなあという顔をすると、今度はスプーンで砂糖を入れた。かくして乾杯がなされた。和気藹々とした雰囲気だった。日本でワイン通と呼ばれている人たちは、はたしてこんな大胆なことをさりげなくできるだろうか。イタリアではワインは単に呑むばかりではない。肉を煮込む前日にワインに漬け込んでおくのは常識だし、肉を焼いた後にフライパンに残った肉汁をソースに仕立てあげるのにもワインが必要だ。それはトマトソースと並んで、調理に欠かせることのできない食材である。もちろん年代物のワインを用いることなど、ありえるわけがない。スーパーの片隅に並んでいる、ペットボトルの赤ワインを買ってきて、それをジャバジャバと寸胴鍋のなかに注ぎ込んでいる。

シャトー・ディケムの一九五九年ものを呑んだというのは、まったくの偶然からだった。ある出版社が吉田健一の選集を刊行することになり、わたしは月報にエッセイを依頼された。著者が物故してちょうど二十年の歳月が過ぎたときのことだった。

選集が無事に完結したとき、吉田家の令嬢暁子さんが、月報執筆者と担当編集者、それに装丁用の版画作者の労を気遣って、何人かを今はなき神楽坂の吉田邸に招いてくださったことがあった。わたしは一も二もなく招待を受けた。吉田家の地下蔵にあるワインとシャンパンをこの眼で確かめてみたかったのである。

ひょっとしてまだシャトー・ディケムが何瓶か残っているということがあるだろうか。というのも、生前の吉田健一は『定本　落日抄』のなかで、この「最高級と見做されてゐる」貴腐ワインを若き日にどこかの高級西洋料理店で口にした思い出を記していたからである。

場所はおそらく日本ではない。おそらくはパリかローマ。傍らには日本大使であった父親がいた。まだ幼かった吉健は、誰かが父親をいくぶん旧時代的なレストランに招待したとき、それについて行ったのだろう。彼は、生牡蠣といっしょに出てきた、この「上等な西洋梨の匂ひがする甘い酒」に驚き、違和感を覚えたようである。もっともこれは現代のように、生牡蠣にはキリリとして辛口の白ワインを添えるという習慣の方が戦後の新風俗であって、フランス料理史の書物を紐解くならば、両大戦間のヨーロッパでは甘いソーテルヌを前菜に添える、あるいはそのまま前菜として供することが珍しくなかったようである。ほどなくして吉田健一はこの組み合わせに慣れ、シャトー・ディケムの味がわからなければ「葡萄酒通とは言へない」などといった口吻を漏らすようになる。

ディケムはおよそ記録にあるかぎり、ボルドーでもっとも古いシャトーである。ここが醸造するソーテルヌは厳密に貴腐の葡萄からなり、そのため恐ろしく高価な値段がつけられている。第二次大戦後、人口甘味料で味付けされたワインが市場に出回ったとき、このシャトーは一時的に困難を迎えたが、現在はみごとに持ち直し、ソーテルヌの王者として世界的に評価されている。

はたして予想したように、吉田家の地下蔵にはシャトー・ディケムがあった。というより、ほとんど整理もされていない薄暗い空間には、埃だらけの瓶が雑多に並んでいたり、転がっていたりといったありさまだった。シャンパンと思しき瓶を一本取り出し、手拭いで汚れを拭った後にラベルを確かめてみると、すでに銘柄の部分は脱落して読めなかったが、微かに残った紙片には色褪せた数字で、一八＊＊と記されていた。十九世紀に製造されたと解釈するしかなかった。

わたしたち、つまりその日の招待客は、懐中電灯を頼りに地下蔵から何本かの瓶を取り出した。いや、発掘したという表現の方が、この場合ふさわしいのかもしれない。そのなかにシャトー・ディケムは二本あった。推測するに吉田健一の父君吉田茂が大磯に隠遁していたころ、誰か戦前から縁故のあるフランスの外交筋の人物が一ダースの箱ごと贈ったものではないだろうか。オールド・パアの愛飲者である吉田茂がそれに手を付けないまま没し、ワインは箱ごと、子息である健一が相続した。しばらくは来客のたびごとに開けていたのかもしれないが、すべてを呑み終えないうちに彼は他界してしまった。令嬢の暁子さんはワインに関心がなく、地下蔵に足を向けることもなかった……。

だがこの推理には大きな間違いがあった。ディケムは二本とも、一九五九年と銘打たれている。吉田茂が亡くなったのは一九五四年であるから、これでは計算にあわない。それでは健一が私費で箱ごと購入したかというと、失礼ながら彼の書きものから判断して、ちょっとそれだけ豪勢な経済力を誇っていた風にも思えない。謎は深まるばかりである。

ともあれわたしたちはその晩、ディケムの一本を開けた。三十四年の眠りから醒めた貴腐ワインは、いささかも力の衰えを見せていなかった。黄金なすその色を眺めていると、秋の山を歩いていてふと疲れを覚えたとき、紅葉する茂みの向こうに清麗な水を湛えた湖を見つけたときのような気持ちがした。なるほど甘美である。だがその甘美さを通り抜けて、澄み切った意志がグラスの内側で揺蕩(たゆた)い、表面で戯れているようだ。口に含むとそれが香りと化して、舌先から喉元へとゆっくり伝わってくる。

わたしたちはもう一本のディケムをお土産に受け取り、吉田家を辞した。これでもう一回、酒宴ができるぞと、誰もが意気揚々だった。いや、お土産はそれだけではなかった。十九世紀のシャンパンという余剰(おまけ)がついてきた。これはどうやったら呑めるのだろうと、わたしは思った。担当編集者がいった。手軽な安い発泡酒を準備して、泡だけはこの若いホストから借り受けながら御大をそっと抜栓すれば、きっと呑めるはずですよ。往年の大女優が両脇を若い美青年に抱えられながら、堂々と舞台挨拶をするのだと思ってみればいいのです。

ワインについてこうした恩寵ともいえる体験をしたわたしではあったが、茶についてはまったくの無知に留まっている。台北で、香港で、わたしは茶について一家言ある脚本家や映画監督に連れられ、名高い茶芸館を訪れたことがいくたびかあった。そのたびに、天文学的ともいうべき銘茶の存在を知らされ、仰天したことがある。いかにもいわくありげな茶を小さな杯に注がれ、口に運ぼうとしたところで止められたこともあった。このお茶は飲むのではなく、注がれた後に捨て、杯に残る微かな香りを味わうためにあるのだと説明されたこともある。日本人は茶道と称してひたすら歓待の掟と儀礼的な側面を茶の本質と考えているが、華人は茶の風味と香り、つまり感覚的な妙にその本質を見ているのだ。これはもう前提からして大きく異なっている。

もっとも茶について門外漢であったことが不幸であったともかぎらない。もし本気になって茶の道に深入りしていたとしたら、わたしはおそらく途轍もない蕩尽をしてしまったかもしれないからだ。華人の世界には全財産を茶のために使い果たし、零落してしまったという者たちの列伝が存在している。自分にそのような大事ができる度量があるとは信じてはいないが、茶にはそれだけ人を魔道へ引き込んでしまうだけの魅力があることは認めざるをえない。おそらくそれはワイン道楽の比ではないような気がしている。

幸運7　好きなものと嫌いなもの

さて、ここらでわたしは自分が好きなものと嫌いなもののリストを作成しておこう。これは唐代の李商隠から清少納言、ニーチェ、さらにロラン・バルトまで、歴代の文学者・哲学者が機会あるたびに行ってきた作業であり、彼らの顰（ひそみ）に倣いたいと思う。といっても理由や原因を尋ねられたところで、答えようがない。好きなものとは理由もなく好きなものであり、嫌いなものについても合理的に説明がつけられるものではない。

わたしが好きなものは、たとえば細やかな凹版印刷の施された切手である。夜遅くに映画館から外に出たときの、人通りのなくなった街角。コツコツと時間をかけて調理された食べ物。スノードーム。マーク・ロスコの絵。南イタリアの質素な街角。ボードレールを読んでいる中学生の少女。大衆食堂の壁に貼られた、単純な品書き。茄子と胡瓜。関係や所有が成立する以前に、偶然に成立して瞬時に消滅してしまう性的な関係。マリア・シュナイダーの顔。モルトン・フェルドマン。初めて訪れた外国の都市での、時差ボケを含めた最初の夜。ドライ・マティーニ。マルクス兄弟。

わたしが嫌いなものは、まずコンビニエンス・ストアで売られている食べ物。ギター伴奏による「フォークソング」。仮定法による謝罪。イヤホンをつけて音楽を聴いている若者。「させていただく」という表現。鉄条網（イスラエルで一生分見た）。長々と料理の説明をするレストランの給仕。日本の稚拙な旅行案内書。ひらがなで記された、日本人の固有名詞（きっと中学校に通っていなかったのだろう）。あらゆる場所で用いられるマスク。小林多喜二の小説。「愛」「感動」

「民主主義」「平和」といった単語。ブロードウェイ・ミュージカル。美術館や海水浴場の監視員（時間給はいくらくらいなのだろう）。

後悔6 演劇と少年愛

この二つはわたしの人生に欠落している。わたしは演劇に魅惑されてきたが、実際にはわずかに制作と演出を一度ずつ試みただけで、舞台と本質的な関係を持つことがなかった。ましてや舞台に俳優として上ることなど想像したこともなかった。

わたしの演劇への拒絶は、高校時代に寺山修司のオーディションに落ちたことが原因であったと、わざわざわたしに代わって説明してくれる人がいる。はたしてそうだろうか。今のわたしには、もうその当時のことがわからなくなっている。

ただひとつだけ確かなのは、演劇の舞台では映画や文学にない極度の緊張感が要請されることだ。きっと反復不可能なテクストに対する警戒がわたしのなかにあるのだろう。演劇において初日が来るまでに精神的緊張や、無事に千秋楽となったときの安堵感というものに、わたしは耐えられないような気がしていた。もっともそのことは、わたしがブルックに、また彼とは正反対なメソッドをもつカントルに感嘆の気持ちを抱いていることと矛盾はしていないと考えている。

少年愛に関していうならば、わたしが深く感動を覚え批評の筆をとったり翻訳をした人物の多くは同性愛者であった。ポール・ボウルズ。中上健次。三島由紀夫。パゾリーニ。ジャン・ジュネ。折口信夫。オスカー・ワイルド。四谷シモン。高橋睦郎。ブロンズィーノ。デレク・ジャーマン……。

どうしてだろうか。わたしは彼らがゲイであったがゆえに論じたわけではない。またジェンダー研究の一環として、彼らのゲイネスに特に照明を当てて論じたわけでもない。ただ、こう名前を書き連ねてみると、わたしは自分が一貫してゲイの芸術家に魅惑されてきたことに気付く。これは個人的には自分の内面に、同性愛的な傾向をまったく認められずにいることを考えてみると、いかにも奇妙なことである。

ひょっとしてわたしは、自分の無意識のなかにあるそうした欲動を抑圧してきたのだろうか。それとも単に、これまでの人生において、ぞっとするような美少年に出逢わなかったという偶然の結果なのだろうか。トーマス・マンの『ヴェネツィアに死す』では（というよりヴィスコンティによるその映画化では）、アッシェンバッハなる初老の作家（作曲家）がたまたまヴェネツィアでタッジオなる美少年に遭遇し、思いもよらなかった性的衝動に駆られて破滅する。これからもわたしにもそのようなことが起きるだろうか。まず、それはありえないだろう。

わたしは同性愛を知らないままに同性愛者たちの芸術に心奪われるという矛盾を、これからも生きることになるだろう。それは演劇に憧れながらもそれに深く関わることを警戒してきた自分、あらゆる意味でのドラッグに接近することをみずからに禁じてきた自分の像に重なり合っている。わたしこそはこの〈倒錯〉の張本人だという気がしないでもない。

だが、もう自分の矛盾をあげつらうのはやめることにしよう。わたしは矛盾の塊である自分自身を弁解しようとは思わないし、その矛盾によって生きることを充分に愉しんできたからだ。自分が考案した生真面目な原理に基づいて生きるのではなく、その原理をたやすく無視して、とはいうものの、アビューラ（カトリックでいう異端誓絶）などという厳粛な儀礼とも縁がないままに、その場その場を凌いできたというのが、他ならぬわたしだからだ。わたしには死後の評判などどうでもいい気がしている。生きている間に、つまり世俗のこの時間の持続のなかにいる間、何とかやりくりができればそれで充分ではないか。

アウグスティヌスは、ゴート族が西ローマ帝国に侵入し、城市を包囲して殺戮を続けているときに、『神の国』を書き続けた。彼はこの大きな書物を書き終えたとき、今度は何をするのですかと尋ねられ、後は死ぬのを待っているばかりですと答えた。わたしにはこの神学者の晩年がかぎりなく羨ましく思われる。

スープと復讐

あるとき新しい雑誌を出すからという触れ込みで未知の編集者が来て、自分の好きな言葉を十点選んでほしいといった。雑誌の巻頭に毎回掲げるらしい。そこで日ごろから好きだった言葉を、思いつくままに羅列してみた。詩歌もあれば、映画の科白もある。諺もあれば、新宗教の教祖のご託宣もある。まさに多様なのだが、この多様さが自分の世界観を築き上げてきたのだと思うと、あえて纏めずに、そのまま提出してみた。

我帰る路いく筋ぞ春の艸(くさ)　蕪村

幸福というものは、どう定義したらいいでしょうか。ある人にとってそれは金銀財宝であるでしょうし、別のある人にとっては無病息災のことでしょう。だがわたしは江戸時代のこの俳人にならって、散歩をしていて、ふと帰り道がいく通りもあることに気付いたような、そんな心の状態だと呼んでみたいのです。

天気はいい。手には傘も何も持たないで、出てきてしまった。そのまま真っ直ぐに家に戻ってもいいけれど、もう少し回り道をして、断崖の上から春の海を眺めたり、レンギョウの花のあたりを歩いてみてもいい。何も心配はいらないよ。どのように道を選んでみても、どっちみち家には辿り着くのだ。多少、道に迷ったとして、どうしてそれが苦になることがあるだろう。……これこそ幸福の定義ではないでしょうか。

スープと復讐は熱いうちに

イタリアの諺（ことわざ）です。昔、フィレンツェのお料理学校に通っていたときに聞いたのか、それとも何かの料理書に載っていたのか、忘れてしまったのですが、強烈な言葉です。「復讐」という言葉からマフィアを連想する人もいるかもしれません。もっとも諺の重点はスープです。アスパラガスと米のスープ。南瓜のクリームスープ。豚の足とカリフラワーのスープ。南北に長いイタリアには実にさまざまなスープがあります。でも、どのスープであっても、食卓に運ばれたら、冷めないうちにすぐに口に運ばなければおいしくない、という意味の言葉です。

我等（われら）が住家（すみか）は花の園、生れは忉利天（とうりてん）、父をばくはん國の王や金包太子なり、我等が住家は華（はな）の上。

『梁塵秘抄』

平安時代が終わり、鎌倉の武士たちが政治を担うようになった頃、後白河法皇という人物がいました。権謀術策に長けたとんでもない古狸でしたが、なぜか今様歌、つまり今でいう流行歌が大好きで、わざわざ宮中に芸人たちを呼んで演奏してもらったり、いっしょに歌ったりしていました。『梁塵秘抄』とは彼が編纂したソングブックです。飢餓と疫病が蔓延する時代にあって、庶民が仏教を通してユートピアをどのように想像したかが、よくわかる歌詞ではないでしょうか。

わたしはさまざまな情熱を生きたが、
それを知る者は少ないと知った。
パゾリーニ「掘削機の涙」『グラムシの遺骸』

パゾリーニはイタリアの詩人で小説家、日本では映画監督としての方が有名かもしれません。少年愛の徒でありながら、マリア・カラスと結婚直前まで進み、共産主義者だと自称しながら、『マタイ福音書』にもとづく美しいフィルムを撮りました。そして五十三歳で殺害されました。矛盾だらけの人生でしたが、一人の人間が一生かかってすることのできる何倍もの人生を、濃縮しながら生きた人です。二十歳代が終ろうとするころに書きつけられたこの詩が、はからずも彼のその後の人生を予言しているように思えるのは、翻訳者であるわたしだけではないと思います。

俺は逃げてるんじゃない。生きてるんだ。

宍戸錠『拳銃(コルト)は俺のパスポート』

宍戸錠は日本映画のなかで、ハリウッドのスケールを持った稀有の俳優です。「A(エース)の錠」と呼ばれ、世界で二番目の早打ち野郎として、長らく日活映画の顔でした。この科白は一九六七年に彼が主演した、おそらく最高傑作であるアクション映画のなかの科白です。錠はプロの殺し屋で、ひょんなことからギャングの親分の情婦（小林千登勢）と絶望的な逃避行をすることになります。「逃げるのに疲れたの。あなただってそうじゃない？」という彼女に対し、彼がはっきりとそれを打ち消すときの科白です。わたしはいつか宍戸錠の名セリフ集を注釈つきで刊行したいのですが、まだその夢をはたすことができないでいます。

わが手に入るなら、切り裂いて
心よ心、汝が何色か見たいもの
バーバー・ターヒル・ウルヤーン（黒柳恒夫訳）

イランの映画監督と話していると、会話のなかにさりげなく古典詩の一行を引用するのが嗜みだとわかります。テヘランを訪れたときにも、書店の店頭に平積みにされている新刊の詩集を客がいきなり手に取り、朗々として読み上げて、いかにも納得したかのようにレジに向かう光景を目撃しました。詩はつねに大変な敬意をもって遇されています。

ウルヤーンは十一世紀ペルシャの詩人で、遊行僧として国々を放浪しながら、現世の虚しさと宇宙の神秘を歌いました。これはまさに星澄める夜に、露台に出て朗誦されるべき詩行です。ちなみに続く二行は次の通り。「心よ心、汝は獅子かそれとも豹か／心よ心、汝はいつもなぜわれと闘う。」

おお　月よ、僕のピンナップ！

エズラ・パウンド『キャントーズ』84歌

二十世紀最大の詩人とは誰でしょうか。ウンガレッティ？　オーデン？　あるいはジュンザブロー・ニシワキ？　人によって違うかもしれませんが、わたしはパウンドだと思います。パウンドは英語に飽き足らず、文字通り世界中の言語を同時に用いて詩を書こうとした人物でした。百二十篇の長編詩『キャントーズ』には、ギリシャ語やら漢字やらが、いたるところに登場しています。

十九世紀までの詩人たちが謳った、慈しみと悲嘆に満ちた月のイメージを、パウンドはあっけらかんと変えてしまいました。この一行は、彼が第二次大戦ののち、アメリカ軍によって逮捕され、ピサで屋外の独房に入れられたときに執筆されたものです。

わたしが一番きれいだったとき

街々はがらがら崩れていって
とんでもないところから
青空なんかが見えたりした

茨木のり子「わたしが一番きれいだったとき」

茨木のり子は東京世田谷区にあった海軍療品廠で、敗戦を迎えました。学徒動員のさなか、十九歳でした。もう日の丸の小旗を手に出征兵士を見送ることなど、しなくてもよくなったのです。彼女は女学校に戻り、薬剤師の免状を取得します。それから詩を書き始めました。もっともこの詩の後の方にあるように、「まわりの人達が沢山死んだ」し、「だれもやさしい贈物を捧げてはくれなかった」。

歴史とは単なる事実の積み重ねとは違います。それは無視され、報いられなかった美しさの記憶です。女性が立ち会ったすべての戦争の体験が、歴史として記憶されなければならないのです。

大ばくち　身ぐるみぬいで　すってんてん

日本の敗戦と時を同じくして満洲国が崩壊したとき、甘粕正彦が読んだ辞世の句です。一九四五年八月のことで、この帝国は十三年しか続きませんでした。

甘粕は表向きは満洲映画協会の理事という肩書でしたが、実はこの国の闇の帝王であるとの噂でした。多くの日本人官僚がしばらく滞在すると帰国してゆくなかで、彼はただ一人、満洲国に骨を埋める覚悟をしていました。帰るべき国を、とうの昔に喪ってしまっていたからです。

理事長室の黒板にこの句を書き付けた二日後、甘粕は青酸カリを呷って自死を遂げました。後には巨大な謎だけが残り、それは今でも解けていません。とはいえ終末を前にしてかくも自分を笑ってみせるとは、何と見上げた人物だったでしょう。

三千世界一度に開く梅の花

竹は百二十年に一度、花を咲かせるという。竹林の全体が同時に開花し、その後枯れていってしまう。それでは梅はどうでしょうか。世界中にある梅という梅がいっせいに花を咲かせたとすれば、その後にいったい何が待っているのでしょう。この壮絶な美の光景はわたしを恐怖させます。

この句は、正確にいうならば俳句として差し出されたものではありません。作者は貧困ゆえに教育の機会を与えられず、文字を読むことすら覚束ない年配の女性であり、長らく監禁状態に置かれていました。原文はほとんど平仮名で記されています。

出口なお（一八三七〜一九一八）は丹波に大工の娘として生まれました。宮大工と結婚して十一人の子供をもうけたのですが、長男は失踪、長女と三女は発狂。彼女は筆舌にし難い悲惨を体験しました。もとより信仰に篤く、神憑り的なところがあったのでしたが、五十五歳のときに自分は「艮の金神」であると宣言。狂気と認定され、座敷牢に監禁されてしまいます。すると憑依した神に促され、牢内の柱に釘で文字を刻み付け始めました。半紙と筆を宛がわれると、休みなく金神様のメッセージを書き出したのです。後に「お筆先」と呼ばれるテクストです。なおは八十一歳で逝去するまでに、半紙にしておよそ一万巻の文書を遺しました。

なおは村の火災を予言し、日清日露の戦争を予見しました。そればかりか、もうすぐこの世の「立て替へ立て直し」が起きると宣言。「三千世界」のこの句の後には、「艮の金神の世になりたぞよ」と言葉が続きます。もうすぐ現世が転倒し、まったく新しい世の中になるぞという革命思想です。家族と村人はなおの異常な言動に恐怖を感じましたが、そこに後に出口王仁三郎を名乗ることになる青年が出現し、彼女を教祖として教団を組織します。有名な大本教です。王仁三郎は「お筆先」を漢字混じりの文に直し、聖典『大本神諭』として公にしました。

永田耕衣に、「母の死や枝の先まで梅の花」という句があって、なおの句に奇妙な対応を見せています。はたして野老翁は「お筆先」のことをご存知だったのでしょうか。生前に耕衣師を明石に訪ねたとき、思い切って聞いておけばよかったと、わたしは後悔しています。

「母の死」の句を、息子の側から彼岸を垣間見ようとした句だと解釈してみましょう。「三千世界」の開花を説くなおは、論理的に世界全体の母親の側を引き受けることになるでしょう。祝祭を司る母親であると同時に、世界に死と破壊をもたらす母親でもあります。なおの説く三千世界の開花に対して、耕衣は自分の母親の死を契機として、現世に生きる者の側から慎ましい返答を寄せたという気がしてなりません。

もう一度行きたい、外国の街角

二〇二〇年から全世界はパンデミック状態に陥り、人は気楽に集まってお喋りをすることも、芝居や映画を観て愉しむことも難しくなった。海外に出かけるなんてもっての外（ほか）という時期が続き、人を見たら感染者と思えという不幸な時代となった。『影を失くした男』のペーター・シュレミールのように世界中を廻っていたわたしは、蟄居を命じられた江戸の洋学者のように、鬱屈した気持ちを抱えていなければならなかった。せめて空想のなかだけでも、かつて訪れた異国の街角のことを思い出してみたいと書いてみたのが、以下の文章である。

1

ニューヨークに行くのだと思うと、とたんに身が軽くなるような気がする。若い頃に勉強に行ったことがあるので、この都市の中心地マンハッタンなら、だいたいどこを歩いていても見当がつくからだ。

たちまち、たくさんの思い出がよみがえってくる。

チェルシーにある、ものすごく古いアパートメント。グランドセントラル駅で汽車を待っている間、時間潰しに入る理髪店とオイスターバー。日曜日には誰もがおめかしをして出かけるハーレムの教会。初日のチケットを買うと、幕間にただでシャンパンを出してくれるオペラハウス。地下鉄のなかで、隣に座った人に一生懸命、ブッダの功徳を説くアフリカ系の若者。「フレンチ・キス」という名前の、映画ポスター専門店。前日の夜にパーティで知り合った人から突然にかかってくる、来週のパーティへの招待。セントラルパークの傍の博物館に展示されている巨大な恐竜……。けれどもニューヨークで一番面白いのは、人と人とが簡単に会えることだ。

あるときわたしは、作曲家のジョン・ケージに会いたいと思った。それを知り合いのアート関係者に話すと、簡単に電話番号を教えてくれた。電話をかけると、すぐに本人が出た。これは驚いたなあ。ミスター・ケージですか、とわたし。ジョンと呼んでくれたまえ、と彼。しばらく話しているうちに、じゃあ、もうすぐ誕生日のコンサートがソホーの画廊であるから、そこに来てくれたまえと、いきなり誘ってくれた。行ってみると、本当にジョン・ケージがいて、話をすることができた。日本ではとても考えられないことだ。いろいろな人に紹介状を書いてもらったり、挨拶をしたりしなければだめだろう。

ニューヨークがいいのは、アーティストとして功を遂げた人は、公的に振舞うことを求められることだ。夏の夕暮れになると、セントラル・パークやグランド・ステーションの構内でボランティアでダンスをしたりする。無償でことを行なうというのが、ひとつのステイタスなのである。ああ、また行きたくなってしまった。

2

アンツェラナ、アンチラブ、アンブブンベ……マダガスカルの地名は、どうして「ア」で始まるものばかりなのだろう。おまけに会う人の姓名がひどく長い。どうしても憶えられない。アンタナナリボに到着してしばらく経ったころ、わたしはそんなことを考えていた。

アンタナナリボはこの国の首都だ。もっとも誰もが簡単に、「タナ」と呼んでいる。きっとお互いどうしの名前も、親しい間では短くして呼んでいるのだろう。もっともわたしは十日ほどしか、この国に滞在しない。そこまで親しい友だちを作るには、ちょっと短すぎる。

マダガスカルはアフリカ大陸の東南に位置する、巨大な島である。世界地図を拡げてみると、巨大な大陸の絶壁から落っこちてしまった岩の塊のように見える。この国には、いわゆる黒人はいない。住んでいるのは古代に大海を渡ってきた海洋民族の人たちで、先祖を尋ねると、台湾の先住民やフィリピンの人々と同じだという。空港に降り立ったその夜、現地の日本人からそう教えられた。ここはアフリカではなく、インド洋の国なのだ。

タナを訪れたのは、日本映画祭を開くためだった。この国では日本映画など、誰も見たことがない。そこで大使館が中心となって、黒澤明の時代劇や宮崎駿のアニメを上映しようという話になり、解説役がわたしに廻ってきたのである。これは大成功だった。上映の二時間前から行列ができ、誰もが真剣にスクリーンに見入っている。生活のリズムはとてもおっとりしているのに、こんなに早くから行列……というのが解せなかったが、それだけ日本の文化によせる期待が高いからだと、あとで判明した。とはいえ困ったのは、すでに普通の映画館がなくなっていたことである。しかたがないから、フランス文化会館とマダガスカル大学で大きな部屋を借り、映画を上映した。

映画の上映というのは、人が考えるほど難しいことではない。大きな壁と真っ白いシーツがあれば充分だ。大学では黒板の上に白い紙を貼り、即席のスクリーンを作って上映した。誰もが大満足だった。

映画祭が無事に終わったので、打ち上げに、車に乗って温泉に行った。廃墟のような建物のなかに壊れかけた浴槽があって、湯はとても熱い。そうか、熱いお風呂が好きなのは日本人だけではないのだと、わたしは奇妙に納得していた。

3

そうだ、ルルドに行こうと決心したのは、十年ほど前である。大病から回復したわたしは、休暇をとってパリでブラブラとしていたのであるが、やはり約束通り、この聖地に巡礼しようと思ったのである。

入院しているとき、お見舞いに小さな瓶を持ってきた女性がいた。叔母さんが熱心なカトリックで、ルルドのお土産に泉の水を持ち帰ったのだという。よく見ると瓶の表側には、聖母マリアとそれを仰ぎ見る少女をかたどった、金属製の小さなレリーフがある。これは飲むのですかと尋ねると、いいえ、ただお守りとして持っているだけでいいみたいですと彼女。そこでわたしはマリア様に誓った。病気が治ったら、もう長いことほったらかしにしていた大きな本を、かならず書き上げます。それからルルドにあなた様を訪れ、百ユーロのご喜捨をいたしますと。

ルルドは奇跡の場所である。ピレネー山脈のふもとにある小さな町だ。そこで十九世紀のあるとき、薪(まき)を拾いに出た貧しい少女の前にマリア様が現れた。はじめは目の幻かと思った。だがマリア様があまりにたびたび現れ、彼女の指さす岩の隙間から清らかな水が噴出するのを見て、少女はすべてを信じた。やがて町中の人々が信じだし、司祭の報告を受けて法王庁が奇跡を認めた。ルルドに行けば病気が治る。そう信じた人々が訪れだした。泉の水を手にしただけで歩けるようになったような人までいた。

ルルドに行くのは簡単だった。パリから直通のＴＧＶで五時間ほど。駅前には不要になった杖が積み上げられている。歩けるようになった人が置いていったものらしい。

文字通り世界中から、実に多くの人々が巡礼に来ていた。だが、すべてがひどく静かだった。ホテルに荷物を置くと、わたしはすぐに奇跡の泉へと出かけた。巨大な岩塊のあちこちから水が流れている。拝観料も何もない。ただ水が噴出していて、人々は好きなだけそれを瓶に詰めることができる。ペットボトルを持参の人までいる。水は無料だった。

わたしはいくつも小さな瓶をお土産屋で求め、水を詰めた。日本に帰ったら誰かにこれをあげなければいけない。人から無償で与えられたものは、直接にその人にお礼をするよりも、誰でもいい、別の人に同じものを与えるべきなのだ。もちろん無償で。わたしは子供の頃、そう教えられた。水は口に含むと冷たく、すがすがしい気がした。

4

大阪の近郊、箕面で子供時代を過ごしたせいか、タコ焼きに目がない。お祭りの縁日でも、高速道路の途中でも、気がつくとタコ焼きの屋台の前にいて、焼き上がったタコ焼きにトンカツソースがかけられ青海苔がまぶされるのを、真剣な目つきで眺めていたりする。海外でも同様で、どんな都市でも散歩をしていると、知らずと盛り場に来てタコ焼き屋を見つけてしまう。まるでタコの吸盤に吸い寄せられるかのようだ。

ニューヨークでも、パリでも、北京でも、タコ焼き屋の屋台に出くわしたことがあった。すごいのは台湾。大きな町ともなると、毎晩のように大きな空地を借りて縁日が開かれるのだが、タコ焼きは「章魚小丸子」とか「章魚焼」と呼ばれ、常連メニューである。もっとも日本と違って、練りワサビをきかせたマヨネーズがどっぷりとかけられている。ワサビというのは、日本を意味する徴(しるし)なのだ。

タコ焼きだと思っていたら違ってがっかり、という体験もあった。ナポリである。

ナポリは文字通りタコの町だ。食堂に入れば茹ダコがサッと出てくる。これは唐辛子の粉をふり、白ワインといっしょに食べる。こいつを片付けて、さて何か別のお料理を頼もうとすると、店の主人から「まだまだ」と制される。タコの茹で汁をスープに仕立てて運んでくるのだ。タコのスパゲッティからタコのフライまで、何でもある。台所の隅では子供がタコを何回も床に叩きつけて遊んでいる。遊んでいるのではない。家業を手伝って、タコを軟らかくしているのだ。

というわけでここには絶対にうまいタコ焼きがあるに違いないと、わたしは踏んだ。路地に入ってみると、何やら若者たちが列を作って待っている。その先には屋台。ガスバーナーの上に懐かしいタコ焼き器が置かれ、小麦粉の焦げる香りがするではないか。うふふ、やはり期待した通りだった。

ところが、である。このタコ焼きは形こそ球形ではあったが、タコが入っていなかった。単に小麦粉に水を混ぜ、型に流し込んで焼いただけのお菓子だったのだ。何ということだろう。名にしおうタコの都で、タコのないタコ焼きを食べることになろうとは！

いつかナポリ人も日本に倣い、タコ焼きにタコを入れるのだろうか。それとも、いたるところタコだらけなので、せめてお菓子にはタコを入れないでおこうという考えなのだろうか。

5

はじめて外国に渡航したのはアメリカでもなければ、ヨーロッパでもない。韓国のソウルである。一九七〇年代が終わろうとする時期のことで、わたしは日本語教師の募集に応じたのだ。たまたま大学院の同級生に韓国からの留学生がいたことから、話がトントン拍子に進んだ。とはいえわたしは何も知らなかった。自分の行先が恐ろしい軍事独裁政権であることも、男子には三年近い兵役が課せられていることも。それからあの〇や棒線で組み立てられた、不思議な文字のことも。

ハングルはすぐに読めるようになった。地下鉄の建設が始まってまもない時期である。主たる交通機関はバスで、その表示はすべてハングルで記されていた。誰かがわたしに、マッチ箱サイズの小さな本をくれた。そこにはソウルのすべてのバス路線が、びっしりと細かなハングルで記されていた。それを一つひとつ読み解き、停留所の前に並ぶことで、わたしの韓国ライフは始まった。バスの窓の向こう、街角には看板やポスターが並んでいる。バスの走行速度に合わせて表記を発音する練習をした。まもなくできるようになった。

バスはいつも満員だった。真っ黒い排気ガスを排出しながら、ノロノロと走る。まだ幼げな顔つきの車掌さんが、甲高い声で次の停車駅を教えてくれる。藍色でテカテカになった、埃っぽい制服。夏の暑い日に交通渋滞にさしかかると、彼女はパッと外へ飛び出して行って、アイスキャンデーを二つ手にして戻ってくる。ひとつは運転手にあげるためだ。

バスのなかにはさまざまな物売りがやって来た。こんなことはもう学校では教えてくれませんよと口上を述べながら、漢字練習帳を高く掲げて説明する老人。自分は孤児で学校に行けないのですと説明しながら、チューインガムを売りつけてくる子供。彼らは満員バスを物怖じともしなかった。バスのなかで日本人を見かけたことは、一度もなかった。

韓国人の誰もが倹(つま)しい生き方をしていた。鞄や重い荷物を持っている人がいると、座っている人がごく自然にそれを自分の膝の上に乗せてあげるという習慣があった。困っている人には親切にすべし。朝鮮戦争が起きて、慌てて避難したときの辛い記憶が、多くの乗客に共有されていたのだ。今でもあの美しい習慣がソウルに残っているのか、わたしは知らない。

6

朝の五時に目が醒めたので、ブラリとホテルの外に出てみた。外は少し暗かったが、ぼんやりとした熱気がたちまち身を包んだ。すでに多くの人が出ている。誰もが笊(ざる)やバッグを手に、通りの両端に並んでいる。とても静かだ。人々は何か厳粛なものが到来するのを、心静かに待っている。

やがて赤とオレンジの衣をまとった僧たちが、遠くの方に現れた。通りをゆっくりと近づいてくる。何人いるのだろうか。五十人？　百人？　いや、もっと沢山だ。大人の僧もいれば、まだ子どもにしか見えない僧もいる。全員が裸足で、隊列を崩そうとしない。観光客がフラッシュを焚いても、彼らはまったく無関心だ。

人々は道端に並び、僧たちに次々と喜捨をしている。手作りの食べ物もあれば、店で売っているお菓子もある。どの僧も陶器の壺のなかに供物を入れてもらっている。人気のある少年僧がいて、抱えられないほどのお菓子をもらっている。

行列は二十分にわたって続いた。僧たちは一言も言葉を発せず、喜捨をする人々も彼らに話しかけなかった。すべては静寂のなかでなされた。僧たちが去ると、緊張が解けた人々の間に話し声が生じた。一日のなかでもっとも大切なこと、神聖にして敬意に満ちた出来ごとが、今朝も無事に終わったのだ。

半世紀前、アメリカはこの国に恐るべき量の爆弾を投下した。少数民族の若者を連行して、無理やりに協力させたりした。社会主義政権が誕生すると寺院という寺院は一時的に閉鎖され、王家の者たちは悲惨な最期を迎えた。多くの国民が飢饉に苦しんだ。

カンボジアやヴェトナムに比べて、ラオスという国が戦争で受けた受難を知る人は少ない。しかし不発弾処理センターの展示は、わたしに衝撃を与えた。玩具（おもちゃ）の少ないこの国の現状を知ったアメリカは、巨大な爆弾のなかに何百もの小さな玩具を詰めた兵器を発明したのだ。何も知らない子どもが手にすると、とたんに爆発する仕組みである。

こうした厄難にもかかわらず、人々は夜明けともなると、僧侶に喜捨を続けることを止めなかった。家族のなかから僧になる少年が出ると、倹しい生活のなかで祝宴を開いた。わたしにはあの厳粛にして静寂に満ちた儀礼が、今でも忘れられない。それが、わたしがかつての王都、ルアンパバハンで目撃したことのすべてである。

7

みんな、どうして北ばかり行くのだろう？

友人や知人が愉しかったよというたびに、わたしは思ってしまう。イタリアのことだ。なるほどミラノにもフィレツェにもたくさんの美術館があり、それを眺めているだけで三日や四日はたちどころに過ぎてしまう。けれども美術館めぐりをしているだけでは、その都市を理解したことにはなるまい。飾られている名画はもう何百年も前のもので、現在イタリアで生きている人たちとは、直接に何の関係もないからだ。

ではどこに行けば、本当のイタリアを知ることができるかって？　答えは簡単。南である。イタリアの半島を長靴を履いた足に喩えてみると、踵のあたりをのんびりと旅することだ。州の名前でいうとプーリア州。大都市はない。小さな町ばかりのところである。

プーリアの町は、どれひとつとして同じものがない。鉄道やバスでちょっと先に進むだけで、まったく違う雰囲気の町に出てしまう。たとえばオスティーノ。ここは家と家が複雑に重なり合い、どこに行こうにも坂と階段である。おまけにほとんどの建物が白く塗られているので、遠くから見ると、巨大なアイスクリームの塊のようだ。けれども近くのロコロトンドの町は、町全体が巨大な円形の砦になっていて、外敵が絶対に侵入できないようになっている。アルベルベッロの町では、家という家がすべて石造りで尖った円錐状をしている。散歩をしていると、何だか昆虫の巣のなかに迷い込んだ気になってくる。

プーリア州から隣のバジリカータ州に行くと、もっと奇想天外なところがある。マテーラだ。絶壁の上の高台に鉄道駅があるが、何と人々は絶壁に無数に穿たれた洞窟に住んでいるのである。さすがに最近では高台に家を建てる人の方が増えてきたらしく、使われなくなった洞窟は観光客向けのお土産屋になったり、オシャレなリストランテになったりもしている。けれども先史時代からこの方、マテーラ人はずっと穴居を続けてきたのだった。

南イタリアの歴史は古い。古代には大ギリシャと呼ばれていた。今でいうギリシャは小ギリシャである。ではどうやって行けばいいのか。ものすごく簡単。ミラノから寝台車で一晩かければ到着する。見わたせど見わたせどオリーヴの繁みの向こうに、青々としたアドリア海がチラチラ覗いている。

8

モロッコでわたしが一番手こずった都は、フェズだった。

フェズは南と北を山に囲まれた盆地で、町全体が巨大な擂鉢（すりばち）のように窪んでいる。いや、むしろその形状は蟻地獄であり、何も知らずに到来した観光客をたちどころに下方へ引き摺りこむと、不安のなかに置き去りにしてしまう。ガイドブックの市街地図など、皆目役に立たない。ひとたび路地に迷ってしまうと、もう終わりだ。たちまち若者たちに取り囲まれ、あちらこちら引き回されたあげくに、絨毯屋か骨董屋のどちらかに連れていかれてしまう。まるでジガバチが獲物を巣へと運んでいくかのようだ。それにしてもこの匂いはいったい何だろう？　煙草ではないとしたら、この若者たちは今、何を吸っているのだろう？

迷いながら街角を歩いていると、さまざまな音が聴こえてくる。どこかで誰かが鋸を使い、材木を切っている音。荷車が凸凹道を進む音。市場の売り子の甲高い声。重荷を背負わされた驢馬が立てる鳴き声。驢馬はいたるところにいる。狭い路地で一度に何頭もの驢馬に出くわしてしまうと、壁に身を寄せて、彼らが通過するまで待たなければならない。路の半分は泥濘（ぬかるみ）だ。

八世紀にアラブ人がモロッコで最初に王朝を建てたとき、王都に選ばれたのがこのフェズだった。アンダルシアとサハラ砂漠をつなぐ道の重要な中継地であったので、学問と交易で殷賑（いんしん）を極めた。イスラム神学研究のため、アラブ社会において最初に学堂が設けられた。壁面に彫り込まれたアラビア文字の流麗な美しさを眺めていると、さすがに古都の貫禄がある。けれどもホテルへの帰り道がわからない。

モロッコに行かなくなって、もう二十年以上の時間が過ぎてしまった。一時は毎年のようにタンジェやマラケッシュを訪れ、音楽を聴いたり、砂漠にまで足を延ばしたりしていたのに、憑き物が落ちたのだろう。それでも不思議なことに、一年に一度くらいはモロッコにいる夢を見る。

暗い空のとても高いところで、月が煌々と輝いている。広場では羊を焼く屋台の煙が立ち上り、商人が古びた絨毯の上に、たくさんの薬草や鉱物を並べている。ああ、またモロッコに来たんだ。心のなかで誰かがそういっている声が聞えたとき、ふっと目が醒めてしまう。わたしの魂は、フエズに行っていたのだ。

9

ブルキナファソといわれてただちにピンと来る日本人は、それほどいないと思う。サハラ砂漠の南の隅っこ、だけども海に出るには遠いという国だ。

特別な鉱物が採れるというわけでもない。大虐殺ゆえに国際政治の世界で話題となったというわけでもない。そんな国にどうして行ったかというと、首都ワガドゥーグーで五十年近くにわたり、アフリカ映画だけを上映する映画祭が開催されてきたからだ。これは偉大なことである。けして豊かな国ではないのだが、アフリカから新しい文化を発信しようという強い意気込みが窺われるからだ。

飛行機は夜更けに到着した。たくさんの荷物を抱えた乗客たちが、押し合いへし合いしながら、入国審査を受けている。税関を出ると、わっとタクシーの運転手が押し寄せてきた。空港の外は真っ暗闇で、ところどころに赤や白の灯りが点灯しているだけ。夜だというのにひどく暑い。車の前で土ぼこりが舞い上がる。市内に入っても高い建物はほとんどない。高層ビルが立ち並ぶ隣国コートジボワールの首都アビジャンとは大違いだ。

　翌日から映画祭に通う。会場は簡単。シネ・ブルキナとシネ・ファソという、二つの映画館である。けれどもどこに行けばプログラムやカタログが手に入るのか、それがわからない。会場は市場の近くで、大勢の人でゴッタ返している。毎日がお祭りのようだ。でも誰に尋ねても何もわからない。仕方がないから映画館の行列に並ぶ。カタログが手に入ったのは、映画祭の三日目だ。

　ワガドゥーグーの街角を歩いているうちに、少しずつ気が付いてきた。町全体に攻撃的なものがいっさい見受けられない。まず怒って口喧嘩をしている人を見かけない。外国人だからといってモノを売りつけたり、ガイドを買って出ようとする人もいない。人に道を聞くと、まあ、いいから乗れといって、バイクに乗せてくれたりする。ところがガソリンが途中で切れてしまい、悪いけどここからは歩いていってくれよと謝られたことがあった。慎ましやかな人たちなのだ。

　食べ物はだいたいがぶっかけ飯だった。肉の煮込みを米の上にかけ、キャベツのブツ切りを添えてくれる。内陸の地だから、市場には干し魚が山ほど積まれている。ここから二十一世紀の新しい映画が生れてくるのだ。また行くことがあるかなあ。

台湾という国は九州よりも少し小さいくらいの島なのに、行くたびに不思議な多様性に驚かされる。

まずいたるところに廟がある。廟は日本でいえば神社やお寺のようなものだ。立派な廟は大きく反り上がった屋根の上に、絢爛豪華な飾り物が設えてある。いくつもの門を持ち、内側は線香の煙が立ち込めていてうす暗い。真っ黒な顔の神像が、奥にズラリと安置されている。いつも静かで、ひんやりとしている。廟の前は広場になっていて、近所の人が椅子を出してお喋りをしていたり、露店が出ていたりする。写真を撮っていたりすると、かならず誰かが話しかけてきて、お祭りの日は何日だから、そのときにいらっしゃいと教えてくれたりする。

小さな廟はというと、これはもう数かぎりがない。大通りから狭く曲がった路地の隅っこにさりげなく設けられていたり、巨大な樹木の下にあったりする。歩道橋の下にちょこんとあることもあれば、大樹そのものが祠（ほこら）と祀られていることもある。

台湾には女神様が多い。註生娘娘。七娘媽。臨水夫人。城隍夫人……。それぞれを中国語ではなく台湾語で発音してみると、次のようになる。つぅーしん・にょおにょお、ちんにゅうまっあ、りんすぃい・ぷぅうにぃーん、しんほぉん・ふぅうにぃーん。女神にはそれぞれ安産とか恋愛成就とか、専門を持っている。人々はお願いごとに応じて、それにふさわしい女神の廟を訪れる。わたしは女神様のたくさんいる社会は幸福な社会だと思う。台湾はいいなと思う。日本人は困ったときに相談できる女神様が、身近にいるだろうか。

あまたある女神様のなかでもとりわけ一番親しまれているのが媽祖（まそ）様だ。マアツと読む。宋の時代に実在していた女性である。媽祖様は子供の頃から他人の未来を予言したり、病人を癒す力を持った少女だった。とりわけ海事に長けていたので、漁民たちに深く信頼された。二十七歳の若さで亡くなると、それ以後、航海の神様として崇拝されるようになった。

毎年、四月ごろになると、媽祖様を祝うお祭りが新港という町で開かれる。信者たちは北港という別の町から新港まで百キロほどの道を、何日もかけて徒歩で歩く。廟の宿坊や街道筋の民家で休息をとりながら、何十という廟をめぐり、総本山に到達するのだ。その数は二万人とも、三万人ともいう。わたしも数年前に参加したが、これはすばらしい体験だった。名所観光のレベルを越えて、台湾人の深い心を垣間見たような気持ちになった。

秘密について

ラテン語ではあることを秘密にしておくとき、「薔薇の下で」sub rosa という表現を用いた。今でもヨーロッパでは会議室の天井に一輪の薔薇の花が描かれていることがあるが、ここで話されることは他言無用であるという意味である。

白い巨大な薔薇が天蓋となって、それを見上げる者たちに沈黙を命じる。このイメージはなかなか魅力的なような気がする。だがこれは逆にいうならば、描かれた薔薇は、つい今しがたまでそこで秘密が語られていたことを示しているのではないか。咲き誇るその花は、実はすべての秘密の証人なのではないだろうか。わたしはコクトーの『美女と野獣』の原話となった、あの中世の美しい物語を想い出す。美女（ベル）の父親はたまたま無人の豪邸で一晩を過ごし、翌朝に庭園に咲き誇る薔薇の花を一輪持ち帰ろうとして、野獣に秘密の約束を求められたのだった。

ベンヤミンは書いている。

「〈隠す〉とは、痕跡を残すということです。ただし、眼に見えない痕跡を。」
（「正体を明かされた復活祭のうさぎ、あるいは隠し方入門」、浅井健二郎訳）

隠し場所は風通しがよければよいほどいい。人の目に曝されている場所ほど適当なのであって、抽斗や戸棚、寝台の下やピアノの中などのモノを隠すことは、断じて行ってはならない。彼がその例として挙げるのはポーの有名な探偵小説『盗まれた手紙』である。

ある貴婦人が生涯の大事に関わる手紙を、ふとしたはずみに大臣に盗まれてしまう。警察が大臣の邸宅を家宅捜査し、絨毯の裏を調べてみたり、家具を解体して手紙の行方を捜すのだが、一か月が経っても何の効果もない。そこへ噂の名探偵が登場し、あっという間に問題の手紙を発見してしまう。手紙は何と壁に掛けられた紙挿しに、無造作に突っ込まれていただけだった。捜査に向かったあまたの警察官たちは、誰もそのような凡庸な場所に手紙が置かれているとなど、思いつきもしなかったのである。

あることを秘密にしておくためにもっとも効果的な方法のひとつは、その近傍に囮を仕掛けることである。人はしばしばこの手段に訴える。囮は意図的に策略として設けられることもあるが、むしろそのような場合は少なく、多くの場合、ほとんど無意識のうちに実行されることになる。

記憶とはそれ自体として成立しているわけではない。記憶が記憶として残存しているためには、そこに記憶を越えた何ものかの力が働いているはずだ。若き日にフロイトが「無意識」という概念に到達する契機となったのは、こうした不可解なメカニズムに思い当たったからだった。

人はなぜあることを克明に記憶しているというのに、別のあることを完全に忘れ去っているのだろうか。何の価値もない、まさにとるにたらないことの細部をまざまざと思い出すことができるというのに、その後の人生に決定的な影を落とすことになったような、肝腎の出来ごとを忘却してしまうのだろうか。あることが克明に記憶されているのは、同時期に起こった別のことの記憶を隠蔽するためではないか。フロイトはそう疑った。

記憶とは別の記憶の隠蔽を目的として成立するものである、と考えてみたらどうだろう。ある物語が派手派手しく語られているとすれば、それは背後に存在していた真実の物語を、秘密の領域に押しとどめておくための方便だと考えるべきではないか。

人間の心にあって隠すという行為は、それを無意識の暗い領域に放り込み、重い蓋をもって封印してしまうことを意味している。フロイトはそれを抑圧と呼ぶ。抑圧は消去ではない。ひとたび暗黒世界へと追いやられた記憶は、いずれ時期を見てもう一度、地上に現れ出る機会を、耽々(たんたん)として待っている。あるときそれは突然、意識の領野へと噴出することになるだろう。秘密という秘密がこのとき露わとなるのだ。

隠すとは痕跡を残すことだ。それがいかに微小なものであれ、秘密を所持している者は、どこかにそれを示す記号を残してしまう。いや、隠すという行為そのものが、その痕跡である。

わたしの表現は抽象的すぎて、読者を当惑させているかもしれない。「秘めごと」という言葉を姫ごとと読み解いてみたとき、事態はより具体的な様相を帯びることになるだろう。今から十年ほど前のことであるが、『母の母、その彼方に』という書物を書いたときのことを記しておきたい。

わたしの母方の祖父には、祖母以外にもう一人、妻がいた。彼女は日本女子大の第一期生であり、高校大学を通して同級生であった平塚らいてうの「婦人解放運動」に参加し、「女性連盟」の会員であった。この人物は独力で幼稚園を経営したが、若くして亡くなった。だがわたしはこの女性の存在を、『青鞜』の研究者から知らされるまでまったく知らずにいた。わたしの祖母は後妻である。わたしが知らなかったのは、祖母の手前、誰もが遠慮して口にすることがなかったためである。

わたしはこの祖父の先妻の痕跡を辿ろうと、国会図書館をはじめ、日本女子大の同窓会館、四方田家の菩提寺とさまざまな場所を廻った。遠い親戚を訪問したり、大正時代の婦人雑誌のバックナンバーに当たってみたり、さまざまな探究を行なった。少なからぬ事実が判明した。わたしの祖母が頑として語ろうとしなかった家の事実が、次々と浮かび上がってきたのである。

この探究の途上で、わたしは思いがけない事実にも直面することになった。祖父が再婚であったばかりではない。わたしの祖母もまた再婚だったのである。彼女は若くして結婚し、娘を一人もうけたが、おそらくはスペイン風邪であったのだろう、流行の悪疫で娘を失くし実家に戻るという悲痛な体験をしていた。その後、夫はやはり病気で亡くなった。わたしの祖母が祖父と廻りあったのはそれから短くない歳月が経過した後のことである。

わたしの祖父はこうした経緯をどこまで知っていたのだろうか。おそらくほとんど何も知らなかったはずである。わたしの母も同様で、自分に母を同じくする姉がいたことを知らなかった。幼くして死んだ娘はわたしの母と同じ名前だった。祖母は彼女を、失った娘の生まれ変わりと信じて育てたのかもしれない。

次々と明らかになって来る一家の秘密を前にわたしが狼狽をしなかったといえば、それは嘘になるだろう。わたしの祖母は生前、何も語ろうとはしなかった。彼女は美食家で着物に凝り、女中と男衆（おとこし）たちを前に堂々と采配をとった。わたしが幼い頃に聞いたのは、若い頃に凝っていたマンドリンを戦時中に手放したとき、それが思いもよらぬ高値で売れたという話だけだった。彼女は数多くの秘密を抱え込みながら、八十六歳で大往生を遂げた。その死後、二十年の後にわたしが知りえたものは、おそらく氷山の一角だったに違いない。

『母の母、その彼方に』を書き終えたときわたしが学んだことは、四方田家の三代にわたる歴史だけではなかった。女たちは秘密を持つ。男たちは、たとえ夫であっても、それを知ることがないまま人生を終える。祖母の終生にわたる沈黙を通して、わたしはこの真理を思い知らされたのである。

祖母の初婚の経緯を知らされ、わたしの母親もまた驚き、心に動揺を来したようだった。とはいうものの彼女もまた自分の人生に少なからぬ秘密を抱いているはずであり、それはおそらく永遠に封印されたままで終わるだろう。わたしは、それが何であるかを想像することができず、また、それを知りたいとは思わない。知ったとしても、そのことに責任を取ることができるわけもないからだ。わたしは母親が自分のすべての秘密を封印したまま帰天することを望んでいる。秘密を告白することは、すべてを公的な場所に曝け出すことに通じている。本来は個人の私的な領域に属している情報を、顔も定かでない不特定の者たちの前に提示し、究極的には彼らに譲り渡してしまうことである。

わたしはフランス演劇研究家であった佐伯隆幸のことを思い出す。彼はテント芝居の理論的指導者の一人であったばかりでなく、戦闘的な批評家であり、パリの前衛劇の情熱的なる紹介者でもあった。わたしたちはよく芝居小屋の前で行列をしながら出会い、お喋りをした。あるときどうも最近は姿を見ないなあと思っていたところ、共通の知り合いから佐伯さんが先週亡くなったと知らされた。まったく元気そうに見えていたのが、突然に体調が悪化して、それきりであったという。

数か月が経ち、彼を偲ぶ会合が催された。その席でわたしは佐伯夫人から、はじめて事の真相を知らされた。体調が思わしくないので病院に行ったところ、医師から子供の頃に何か強烈な放射能を浴びていますねといわれたというのだ。わたしは彼が松山で育ったのだと、確かに彼の口から聞いていたはずである。いや、わたしの思い違いだったのか。実は彼は広島生まれで、四歳のときに原子爆弾に被曝していた。その後遺症が七十年以上も彼の体内に眠り続け、あるとき突然にその生命を奪ったのだ。

わたしはどうにも納得がいかなかった。ただひとつだけ、十年ほど前に川村毅演出のパゾリーニの芝居をいっしょに観たときのことを思い出した。その芝居では冒頭に、二十世紀を回顧する映像が次々と背後のスクリーンに映し出されていく。ロシア革命。アウシュヴィッツ。広島のキノコ雲。キューバ危機。文化大革命……。芝居が終わった後、佐伯さんがポツリといった。あのキノコ雲の映像だけは余計だったな。ない方がよかった。わたしにはなぜ彼が舞台全体の感想を口にせず、そうした細部に拘泥するのかが、そのとき理解できなかった。だが彼にとって広島のキノコ雲は、前世紀の悲惨をわかりやすく紹介するステレオタイプの映像であってはならなかったのだ。

わたしは納得がいかなかった。佐伯隆幸の突然に死を受け容れられなかっただけではない。彼が被曝者であったことを生涯隠し続けたという事実を、どう受け止めていいのかがわからなかったのだ。

もし彼が最初から、自分は被曝者であるとカムアウトしていたとしたらどうだっただろうか。メディアはただちに彼にステレオタイプの映像を与えるだろう。八月六日になると彼は大新聞に登場させられ、「被曝一世にも演劇の道」とか「広島の希望の象徴」といった見出しのもとに、その談話が掲載されることだろう。彼のライフワークであったフランス演劇の研究と紹介は、「被曝者という逆境」を乗り越えた証拠として、夕刊の文化欄を賑わすことだろう。ではもし彼が犯罪に巻き込まれて逮捕されたとしたら。そのときメディアは彼を「被曝者の面汚し」だと騒ぎ立てるだろうか。彼の弁護人は法廷で、彼が被曝者であることを、情状酌量の理由として主張するだろうか。

だが佐伯さんが生涯にわたって秘密を守ったことを、別な風に解釈することもできる。四歳のときに体験した被曝という事件を、彼は他者に語るに足る言葉を持たなかったのだと。この年齢の子供は、言葉を取得し始めた微妙な時期にさしかかっている。千の太陽よりも強烈だといわれる原子爆弾の閃光を前にしても、それをどう言語で表現してよいのか、いや、そもそもどう認識してよいのかがわからなかったのではないか。

「精神的無関心」psychic numbingという言葉がある。広島で被曝した生存者を分析したアメリカの精神科医ロバート・J・リフトンが提唱した言葉で、人があまりに強烈な暴力や恐怖を体験したとき、みずからを心的外傷から守るため、知らずと心理的麻痺状態を選んでしまうことを示している。思うに四歳であった佐伯さんもこの麻痺状態を招き寄せることで、意味も解らないままに垣間見た深淵から自分の精神を保護することに努めたといえるのではないか。彼は意識して秘密を守ったのではなく、秘密を構成する認識と言語そのものを最初から与えられず、そのため長じてからも、体験を他者に向かって語ることができなかった。そう考えてみると、彼の沈黙がいっそう傷ましく思われてくる。

日本では犠牲者は容易に聖人化されてしまう。大衆に向かって道徳的規範を演じるように期待されてしまう。彼が生涯にわたって被曝体験を秘密にしてきたのは、自分の私的な物語がステレオタイプのもとに作り直され、自分に何の関係もない者たちによって消費されてしまうことだった。「感動をありがとう」の対象とされてしまうことだった。

わたしは今でも佐伯隆幸の死の事実には納得のいかないものを感じている。だが、彼が幼少時に体験した不条理をけして人に語らず、自分だけの秘密として守り続けたことに、ある畏敬の念を抱いている。秘密とはそれを安易に口にすれば、パンドラの匣のように、よりいっそうの不幸を人にもたらすものなのだ。

人はどうして他人の真理を知りたいと思うのか。秘密を口にしようとしない者に対し、非難めいた眼差しを向けるのか。隠された真理を知った後で、それに対しどのように責任を取るつもりなのか。わたしだけではないだろう。人は本来であるならばしばしばこの問いの前に立たされるはずなのだが、それを真剣に考える人はきわめて稀である。だからわたしはもっと明確にいおう。真理ははたして人を幸福にするものだろうか。

公的な情報と化してしまったとき、匿名の者が気軽にそれを語ることになったとき、真理はたちまちその威厳を喪失する。われわれが忘れてはならないのは、真理に接近することはときに危険なことだということだ。危険をめぐる無自覚は、人を容易に道徳的劣化へと導いてしまう。真理はけして情報に還元されてはならず、実存的決意をもってしてはじめて接近が許される何ものかであるという事実に、われわれは無頓着であってはならない。

秘めごととは姫ごとであるというのは、はたして根拠のない言葉遊びにすぎないのだろうか。この言葉の意味を、男性と女性の間に起きるさまざまに秘密めいた出来事のことだと了解して、もう一度考えてみることにしよう。といってもそうした事柄について語ることに熟達していない自分のことであるから、思いがけず無知からなる見当違いを犯してしまうかもしれず、書いていることにけして確信があるわけではない。とりあえず、常日頃の自分の考えを書き出しておきたい。

男性と女性が出会うとき、男性は女性を所有しようとする。オレの女だという得意げな意志表示をする輩の存在は、動物園の猿山をしばらく眺めていると、簡単に観察できるだろう。しかし女性は所有という行為にはさほど関心がない。男性との間には、もっぱら関係だけを求めている。巷でよくいわれるこの俗説には、かなりの程度で真実が含まれているとわたしは思う。それが明確になるのは、当の男性と女性がいくたびの修羅場を掻い潜ったのち、疲労困憊のあげくに離別してからである。

多くの女性は、相手の記憶に纏わるものを平然と捨ててしまう。関係が終わってしまった以上、意味のなくなったものを身辺に置いておく必要などないからだ。思い出の品々をひとつずつ廃棄することで、彼女はより一歩、心の解放に近づく。次の男性と出逢いやすくするためだ。

男性はいつまでも所有という愚かな観念の虜である。そのため、なかなか思い切ることができない。少なからぬ男は過去の女の「聖遺物」を大事に取り出しては慈しみ、無意味な悲嘆に身を委ねてしまう。関係が灰燼に帰した以上、すべてをリセットして、喪失感から心を解き放さなければならないと頭ではわかっていても、なかなかそれをしようとしない。

ある男性とある女性の間にはたして何が起きていたか。これはもう当人たちの間でしか理解できない。しかもそれはひとたび終わってしまうと、当の本人たちにすら理解ができない、遠い彼方の体験と化してしまう。秘密は秘密と認定され、封印された瞬間からいくばくかの歪形と合理化を施されてしまう。

とはいえそれは、いかに厳重に封印されていようともいつしか封印に綻びが見えるようになる。けして完全な形ではないにしても、長い歳月の間に露わにされていく。Sooner or later someone will know とボブ・ディランは歌っているが、まさにその通りで、いかに隠していても、いつかはきっと誰かが気付くのだ。

わたしの考えでは、秘めごとの封印を切るのは圧倒的に女性の側だと思う。もはや男性との関係が終わってしまった以上、秘密を秘密のままにしておく理由が消滅してしまうからだ。グラスノスチ、つまり情報公開を行なうのは女性からである。もっともこのことはきわめて微妙なことなので、断定する前にもう少し丁寧に考えてみたい。

わたしの確信とは次のようなものである。

もし男性が自分は過去に何某なる女性と性的な交渉があったと口にし出した場合、まずそれは真実ではないと疑った方がいい。卑近な欲望が叶えられなかったことの口惜しさが、彼をしてかかる愚かな発言へと向かわせたのだと判断すべきだろう。所有できなかったものを所有したつもりにしておきたいという羨望が、不幸にしてこの人物にとり憑かれている。

たいがいの場合、こうした自慢話を聞かされている他の男たちは、話している当人を馬鹿にしている。というより同性に馬鹿にされるような男性だけが、酒に力を借りて虚構の昔話に耽るのものだということを、わたしは経験的に見聞している。そのような男はどこにでもいるのかもしれないが、一般的に男性はこのような話をすることも、それを聞かされることをも嫌うものだ。仲間うちから卑劣な人間だと軽蔑されたくないからである。

多くの男性は、たとえそれを改まって公言することはまずないだろうが、自分を創り上げている自尊心の根底にある種の道徳を忍ばせている。たとえある女性と過去に事件があったとしても、男性としての品位を保ち続けるためには、それを秘密として心中に保ち続けることが道徳であると考えている。もっともその品位の所在を女性の前で披露することは、まず絶えてないのではあるが……。

女性の場合にはいささか事情が違っていると考えてしまうわたしは、偏見に満ちた差別主義者なのだろうか。著名な女優や芸能人の女性が晩年になって手記を発表し、そのなかで過去に関係のあった男性のことをあからさまに書く。それが週刊誌を騒がせ、世間でスキャンダルと見なされる。こうした例は枚挙に暇がない。わたしはというと、新聞の女性週刊誌の広告を眺めながら、ああ、またやってるなと溜息をつくばかりである。

多くの女性は、生涯にわたって秘密を携えていることができない。人生の真実を封印したままで生き続けるには、大変な精神的エネルギーが必要とされるからだ。だがそれよりも確かなのは、彼女たちが自尊心を保つにあたり、秘密の開示などいささかも関係がないと信じていることだ。

秘密を持つことは人間の能力、いや、より有体にいってみるならば、人間の才能の問題に本質的に関わることであり、その才能を先験的に欠落させている人間には、残念ながらそれができない。ある女性は歌うことができるが、ある女性は歌うことができないとは、オーソン・ウェルズの『市民ケーン』のなかで音楽教師がオペラ歌手志望の女性に向かって、残酷にもいい放つ科白である。秘密に関しても同じことがいえる。秘密を抱えて生きていくだけの力量を持った女性と、その力量を持たずに生まれてきた女性がいるだけなのだ。

セレブたちの口から出る突然の暴露は別にしても、少なからぬ女性はえてして近傍の女性に過去の男性との関係を告げ知らす。悪びれもせず、実にさりげない形でそれを告げる。かつての恋愛が終わり、自分がそれから解放されたことを、他人を媒介として確認しておきたいからである。

もし恋愛関係というものが秘密を創り上げ、その秘密を守り抜くことだとするならば、それを公言することは恋愛の完璧な終焉でなくして何であろう。打ち明けられる相手は、好むと好まざるにかかわらず、その終焉を見届ける任務を強要される。そこにあるのは、自分一人では自分を解放へと導くことのできない女性が、不用意に他人を巻き添えにするといった、慎みのない光景である。

だがこれ以上のことは、わたしもまた口を慎むことにしよう。自分が不得意である分野についてたどたどしい言葉を並べても、「色好み」の達人を自称する人たちからは、白河夜船だと嘲笑されるばかりだろう。ポール・ヴァレリーは『テストさん』の冒頭で、「愚行というのはどうにも苦手だ」と告白しているが、その顰（ひそみ）に倣うならば、男女関係について語ることはわたしの苦手とするところである。わたしにはいかなる男女の間の物語も、たとえそれがいかに倒錯的な作法によるものであったとしても、凡庸なものに思われてならない。それでなくとも人生は多くの愚行に満ちているのだから、自分の凡庸さを他人の前にひけらかすという愚行にわざわざ情熱を向ける必要はないだろう。

秘密は香水瓶に似ている。

それは堅く閉じられているうちは、手にする人にさまざまな夢想を許すだろう。ひとたび蓋を開けてしまうと、もう隠しようがなくなってしまう。不用意にシャツやブラウスに溢(こぼ)してしまうとみっともない染みが残る。かといって蓋の締め方が緩いと、いつしか香りそのものが蒸散してしまい、瓶の内側に何も残らなくなってしまうだろう。香水にとって、大気中に蒸散し無と化してしまうことが宿命であるように、秘密もまたいつしか瓶の外へ漏れでることが宿命なのだ。それはひとたび明るみに曝されてしまうと高貴さを喪失し、どこにでもある俗悪な挿話として消費され忘却されていく。いかなる秘密もそうした運命から逃れることができない。

ひとたび誰かの口に上った次の瞬間から、秘密は神聖さを喪失する。恋愛は誰かにそれを相談したとき、すでに終わりに近づいている。汚れ、乾涸(ひから)び、やがて誰の関心をも惹かなくなった秘密は、それでも香水瓶の底の方に惨めな姿を晒している。かつては高雅な秘密であったといい立てようとしても、もう聴き耳を立ててくれる者はいない。ひとたび両脚を衆人の好奇心の前に大きく展げてしまった秘密は、いつまでも消滅を許されず、残骸を晒し続ける。

心に秘密を携えて生きることは、その孤高ゆえに高貴なことなのだろうか。それとも卑俗の極を生きることなのだろうか。世俗の気遣いに疲れ果て、四六時中、他人の目を気にしながら口を噤むことを強いられている人生は、いかに本来の、無垢であった頃のそれとは異なってしまうのだろうか。

わたしにはどうともいえない。ただ秘密を抱いて生きることは、その分だけ生きることが孤独に近づくことであり、快楽というよりむしろ苦痛である場合がはるかに多いとしかいえない。人はできることなら秘密など持ちたくないと思っている。だが同時に、ひとつの秘密も持っていないと公言する人物に出逢うと、その人物をいくぶん馬鹿にし、暗黙の裡に軽く見るという習慣を持っている。だが心配はいらない。放っておいても秘密は溜まってくる。どんなに若いワインであっても、瓶に詰められ、セラーのなかで長い眠りに就いている間に、いつしか瓶の窪みの底に澱を溜め込んでしまうものだ。秘密とは債務であり、そこから解放される手立てはない。人は死の床にあって、はじめて秘密から自由になることができるのだ。

誰もが好むと好まざるにかかわらず持たされてしまうことになるのが秘密であるとしたら、多くのものはその苦痛から逃れようとして、誤った道を選んでしまう。自分の不運をとりかえしのつかない不幸へと作り変えてしまうのだ。秘密そのものは偶然の債務ではあっても、それ自体が愚かだというわけではない。だが、えてして人が秘密を回避するためにとる手段は、はっきりといって愚行であり、不運を不幸に作り変えてしまう。具体的にいうと、それは秘密を人に漏らすということだ。

秘密を自分独りで保ち続けることに疲れた者は、誰でもいい、身近にいる者のなかに共犯者を見つけようと試みる。誰でもいいのだ。誰かでさえあればいいのだ。自分が過去に行なった忌わしい悪行を、何某の家庭に封印されたきりになっている許しがたい乱脈を、無垢な心を抱きつつこの告白に耳を傾けてくれている人物の、長らく隠されてきた本当の父親の存在を、それがいささかも重要なことではないかのように装いながら、さりげない口調で耳元に囁く。秘密を語り終わった者は、あたかも自分の債務が半分に減ったことに、一瞬ではあるが安堵感を覚える。今、自分の傍らにいる者が、親切なことに残り半分を引き受けてくれたのだ。だが、この安堵感は長くは続かない。秘密は分有されることでその畏怖すべき権能をただちに減価してしまったのだ。ちょうどアルゴ号の乗組員たちが苦労して強奪してきた金羊毛の皮が、ひとたび異国の宮殿に運ばれてしまうとその魔術的な効力を喪失してしまったかのように。

他人から秘密の告白を受けてしまった者は、はたして幸福だろうか。これも一瞬のことだが、彼は空想する。自分は今、眼前にいるこの人物の最大の急所を摑んだことになる。この秘密を手掛かりとして、自分は彼を支配し、思うがまま操作することができるだろう。彼はどこまでも隠しておきたかった秘密を自分に譲り渡してしまったため、もはやわたしを前にしては奴隷のように振舞うことしかできないだろう。だがこの楽天的な人物は、なぜ自分がさしたる理由もないのに隣人の貴重な秘密を知らされてしまったのか、その理由を考えるまでには到っていない。

秘密を共有するというのは、もはや脱会を許されない共同体のなかに無理やりに拉致され、忠誠を強要されることに他ならない。それがいかに偶然の結果であったとしても、わたしがひとたび聞き及んでしまった秘密は、次の瞬間からわたしを呪縛することになるだろう。わたしに小さな秘密を告げた者は、それから次々と関連する秘密をわたしに教え続け、わたしはいつしか身動きの取れない軀となってしまう。わたしは共犯者であることを要請される。背信はもとより許されない。何となれば、わたしはその秘密を根拠として築き上げられている共同体の深奥に軟禁されてしまっているからだ。

他人の秘密を知ることによってその人物を自在に操作できると思い込んだのは、束の間の甘い夢であった。秘密はそれを知ってしまった者を巻き込み、みずからが秘密であることを認知せよと要求してくる。わたしは身に覚えのない債務を背負わされ、操作されることになる。唯一可能なのは誰か別の者を見つけ出し、わたしの肩の荷はいくぶん軽くなるかもしれないという一抹の希望を抱きながら、その者に同じ秘密を背負わせることだ。だが事態は根本的な解決にはならない。それどころかわたしは、秘密なるものが携えている権能がますます強大となり、無実な犠牲者がまた一人増えていくのを目の当たりにするだけだろう。わたしは愚かな債務者であることを越え、積極的な加害者として人類全体の苦痛の総量を増やしてしまうことになるだろう。

秘密はけして根絶のできない感染症に似ている。ひとたびこの病に罹ってしまったとわかったら、その伝染を食い止めるしかない。わが身を犠牲にしてでも沈黙を守り、もうこれ以上、露わにされた真理によって人間が不幸に陥らないように配慮しなければならない。ここまで考えてきてわたしは、友人である原一男が以前に撮った『ゆきゆきて、神軍』(一九八九)というフィルムのことを思い出した。日本の敗戦直後、ニューギニアの奥地でなされた二人の二等兵の銃殺事件をめぐり、九死に一生を得て復員してきた一兵士、奥崎謙三が、どうしても納得がいかないという理由からかつての上官たちの間を訪問し、真相を問い糺そうとするドキュメンタリーである。

衛生兵であった戦友は現在は繁盛する鰻屋を営んでいるのだが、銃殺の背景には飢餓による人肉食事件があったのだと、躊躇（ためら）うことなく話す。元隊長であった老人は横柄な態度で主人公を迎え、いくえにも韜晦（とうかい）を重ねながら責任回避の発言しかしない。彼は、あの二人は原住民を殺し、その肉を食べたから処刑されただけですよと、こともなげに語る。だが奥崎は了承できない。彼はさらに探究を続け、事件の核心を握っている元軍曹の家を訪問する。

元軍曹の証言から、元隊長の発言がすべて偽りであることが判明する。では真相はどうだったのかと、奥崎は元軍曹を難詰する。だが彼はけして口を開こうとしない。奥崎は元軍曹に暴力を振るい、そこに警察が駆け付けてくるが、それでも追及をやめようとしない。最後の最後になって、元軍曹が重い口を開く。二人の兵士は銃殺刑に処せられたのではない。同じ部隊に属する兵士たちによって殺害され、食べられてしまったのだ。これまで奥崎が訪問してきた生き残りの兵士たちは、二人の肉を喰らうことによって生残を果たしたのだった。元軍曹はこれだけを手短に語ると、救急車で病院に運ばれていく。奥崎から受けた傷があまりに酷く、病院での緊急治療が必要だったのだ。その後、主人公は元隊長の邸宅を急襲し、短銃を発砲して元隊長の息子に重傷を与える。奥崎が懲役十二年の刑を受けたところで、原のフィルムは終わっている。

今から三十五年前、まだ木造だった東洋現像所（現在のイマジカ）の試写室でこのドキュメンタリーをはじめて観たとき、わたしの心を捕らえたのはもっぱら奥崎謙三という狂信者の一挙一動だった。だがひさしぶりに観直してみて気になったのは彼ではなく、むしろ元軍曹の方だった。

山田と呼ばれるこの元軍曹は、撮影当時、病気療養中で、ひどく貧しい家に住んでいる。彼は突然に押しかけて来た奥崎に向かい、そのことはどうしても語ることができないといい続ける。奥崎はそれを無視し、体調を崩している山田に悪口を浴びせかけ、殴る蹴るの暴行を続ける。山田はそれでも口を噤んでいる。だが一連の悶着の後、彼は自分のこれまでの奥崎への協力がまったく報われず、また理解もされていなかったことに憤り、奥崎を激しく罵倒すると、とうとう重い口を開く。彼は「さあ、これで気がすんだろう」といわんばかりの絶望しきった表情を見せると、救急車で病院へと運ばれていく。

わたしはこの山田元軍曹の姿勢に感動的なものを感じた。彼は平然と虚言を並べる元隊長とも、語ることの禁忌という考えすらない元衛生兵とも、まったく異なっていた。彼は事の真相を話すことができるのは自分独りであることを充分に認識しつつ、あえて口を閉ざすことで、凄惨な真理を墓の彼方にまで持っていこうと決意していた。沈黙を続けるのは、生き残って帰還した兵士たちの名誉を守るためではない。日本の陸軍兵士が人倫の禁忌を破ったことを世間に知られたくないからでもない。ただ、この忌わしい秘密を知る者は自分だけで充分だ。自分が死ねば、ニューギニアでの記憶という記憶は地上から完全に消滅してしまうだろう。元軍曹の沈黙を根拠づけていたのは、近づこうとしている死を前にした、こうした一抹の期待であったように思われる。

『ゆきゆきて、神軍』の主人公である奥崎は、山田のこうした沈黙への決意を理解していない。というより、理解することを拒絶してきた。彼が探究していたのは、たとえそれがいかに酸鼻なものであったとしても、二人の戦友たちの死をめぐる真実であった。三百五十人にわずか二人という奇跡的な割合で戦場から生還してきた奥崎にとって、真実に直面することの恐怖なるものはもはや存在していなかったのである。山田は生者死者を問うことなく成立している陸軍兵士たちの見えない共同体に帰属していたのだが、奥崎は帰属すべきいっさいの共同体を持たず、文字通り、裸の「神軍」二等兵として山田に向かい合ったのである。山田は人間（じんかん）にあって死者をめぐる黙契を遵守していたが、奥崎はそうした観念のいっさいを拒否する超越性に憑依され、それに導かれるままに真実の探究を行なった。彼は秘密という観念から徹底して遠いところにあったといえる。

この山田という人物はその後、どのような人生を送ったのだろうか。彼は奥崎の暴力に屈して真実を口にしたことを恥と思い、それを後悔しているのだろうか。それとも戦後社会においても軍隊時代と同様、理不尽な暴力が個人の意志を捻じ曲げ、屈辱を与えてきたという事実を前に、より深い絶望を感じているのだろうか。『ゆきゆきて、神軍』というフィルムにはその後の奥崎のことは語られていても、山田への言及はない。

秘密について考えるとき、わたしは世界のいたるところに絶望の芽が潜んでいることに気付かないわけにはいかない。ある王女のことを書いておきたい。

トロイアの王女カッサンドラはアポロンに愛され、未来を予知するという能力を与えられた。

これから生起することを次々といい当てたため、人々は畏怖の目をもって彼女を眺めた。あるとき彼女は、近い将来にアポロンが自分を捨ててしまうことを知ってしまった。絶望した王女は彼を拒んだ。怒ったアポロンはカッサンドラに呪いをかけてしまった。たとえいかなる予言をなそうとも、何人もそれを真に受けず、いっさい信じることがないだろうと、残酷にも宣告した。

トロイア戦争が勃発し、アガメムノンの軍勢がイリオスの城市に攻略を開始する。カッサンドラは市を救うためさまざまな予言を行なったが、狂女扱いされるばかりで、それを信じる者は誰もいなかった。敵方が巨大な木馬を送ってきたときには気を付けよと声を嗄らして語ってみたが、予言という予言はことごとく無視された。

前三世紀のリュコフロンの著した『アレクサンドラ』では、女奴隷が王に向かってカッサンドラの予言を説明する。彼女は「奇怪な、わけのわからない叫びを立て、スフィンクスのように晦渋な、そして荒々しい言葉」を用い、城市の陥落を語ったという。わたしは以前にこの予言を読んだことがあるが、ほとんど理解できなかった。それはおよそ考えられるかぎり、恐ろしく難解な詩句からなっていた。

イリオスが敗北するとカッサンドラは兵士に凌辱され、敵の総大将アガメムノンによって女奴隷の身分に落とされた。カッサンドラは敵国へ拉致されていく途中でも予言を続けた。彼女は血みどろのヴィジョンに襲われながら口にした。アガメムノンは故国に凱旋するや、たちまち妻に殺害されてしまうであろう。そしてそのときは、自分もまた最期を遂げることになるだろう。アガメムノンはこの予言を狂女の戯言だとして取り合わず、そのため妻の愛人の手で殺されてしまった。カッサンドラは絶望の果てに死を遂げた。

数あるギリシャ悲劇のヒロインたちのなかでも、およそアイスキュロスが語るカッサンドラの生涯ほどに悲痛なものはない。高貴な王族に生まれ、美貌ゆえにアポロンに愛されたものの、それが災いして狂女同様の境遇に墜ちてしまう。敗戦国の子女のつねとして強姦され、女奴隷として敵国へ運ばれていく。この不安と屈辱のなかにあっても、彼女は隠された真実を語ることをやめようとしない。だがその言葉は誰からも相手にされない。カッサンドラは孤独と絶望のうちに見捨てられ、死を迎える。

死とは生命が尽きることではない。誰からも見捨てられ、理解されないまま、そこに放置されてしまうことである。彼女は声を限りにトロイア戦争の命運がかかっている重大な秘密を訴え出るのだが、それに耳を貸す者はいない。最後に自分を捕縛し女奴隷の身分に貶めた敵軍の総大将の生命を救おうとして、近づきつつある危機を告げ知らそうとする。危険を冒してまでの行為である。だがこれもまた聞き入れられず、逆に彼女に死を招いてしまう。

わたしが評伝と作家論を執筆したパゾリーニは、まさにこのカッサンドラの人生を送った。最晩年のことであったが、彼は一九七〇年代のイタリアが絶望的な形で爆弾闘争のなかに巻き込まれていくのを眺め、「わたしは知っている」という繰り返し（ルフラン）のもとに、テロリズムを断固糾弾する論考を書き続け、大新聞に発表した。わたしは誰が犯人であるかを知っている。わたしは誰が後ろで糸を引いているかを知っている。わたしはそいつらの名前をすべて知っている。だが証拠がないんだ。具体的に名前をみんな書き出してやりたいのだけれど、法的な証拠がないんだ。

パゾリーニは強い焦燥感に駆られながらこの一文を草し、読む側もまさに隔靴掻痒の思いのもとにそれを読んだ。結局のところ彼は理解されず、いや、より正確な表現を用いるならば、スキャンダラスな風評だけを立てられ、汚辱に塗れて殺害された。犯人たちが極右の若者たちであったことが、今では知られている。死とは文字通り理解されないまま、そこに放置されていることだ。パゾリーニはイタリアの政財界の裏側を丹念に調べ上げ、それをもとにして長編小説を執筆している最中であったが、その突然の死によってすべてが断ち切られた。まさにカッサンドラの生を生きたといえる。

わたしはもう三十年ほど前になるが、パゾリーニの映画のことをもっと知りたいと思い、イタリアのボローニャという大学町に留学したことがあった。大学と古本屋しかないところである。しばらく勉強しているうちに、この人物が単に映画監督であるだけではなく、詩と小説において、政治思想においてとんでもないまでに重要な存在であることがわかってきた。そこで探究の方向を変え、まず彼が遺した二千五百頁の詩を読み解き、それを日本語に直すことを始めた。

翻訳は主だった詩作品を四分の一くらいまでは訳したところで、とりあえず訳した分だけを出版した。翻訳に一段落がついたので、今度はパゾリーニ本人に向かい合い、作品論と評伝を兼ねたものの執筆に向かった。これは十年の歳月を要したが、その途上で書く側の立ち位置に微妙な変化が現れてきたことを書いておきたいと思う。わたしはある時期までパゾリーニに向かい合いながら書いてきたのだが、いつしかパゾリーニと同じ側に立って、パゾリーニの肩越しに世界を見つめることを心掛けるようになった。だがそれはカッサンドラの肩越しに世界を見つめることでもある。

わたしはきわめて脆弱な人間であり、ボローニャの詩人ほどの強健な心臓を持っているわけではない。パゾリーニはカッサンドラたろうとして、極右の青年たちの手で惨殺され、それどころか同性愛者の自己責任といった根拠のない風評を流され、二重の形で惨殺された。自分がとても彼のように、生命の危険を冒してまで真理に殉教しようという勇気を持ち合わせていないことを、わたしは素直に認めておきたいと思う。わたしとは権力の手で拷問にあったり、逆にご馳走攻めにあったりすれば、簡単に順応主義者（コンフォルミスタ）に寝返ってしまうかもしれない弱い人間なのだと、わたしは常日頃から自分にいい聞かせている。

現在の日本社会が構造として見せる寛容の表情には、たちの悪いところがある。わたしが今生きている社会は、天皇制のことを別とすれば何をいっても許される社会である。だがこの場合、許されるとは無視されることと同義である。わたしが政治家の誰を批判しようが、財界とメディアの誰を罵倒しようが、それに耳を傾けようとする者がほとんどいないという状況に耐えなければならない。これは死と同様の事態である。何となれば、死とは理解されないままに、そこに放置されているという意味だからだ。アンデルセンの童話「裸の王様」に登場する子供に広場の大人たちが真剣に耳を傾けた時代は、もはや遠い昔となってしまった。

カッサンドラの運命を知った者は、あるときどこかで、自分もまた同じ運命から逃れうることができないことに気付かされてしまう。何を口走ってもいい。何を予言してもいい。ただ誰もそれに耳を傾けないだけなのだ。人は自分がすでに知っていることしか知ろうとせず、耳にしたくないことは、それがいかに真実へ近づこうとする道筋を示しているとしても、聞かなかったことにするという仕組に慣れている。誰もがすでに誰もが話していることを同じように繰り返しているだけにすぎない。彼らは古代ギリシャのように、囚われの王女を侮辱したり惨殺したりはしない。ただ彼女の異言を微笑しながら迎え、これ見よがしの寛容さのもとに彼女を隔離しようとするだけである。

秘密については、それを口にしたところで誰にも理解されないという悲劇的な状況とはまったく逆に、もうひとつ、残酷なアイロニーが存在している。秘密などどこにも存在していないというのにそれがあると信じ込み、不毛な探究に生涯を費やしてしまうことだ。

もうだいぶ昔のことであるが、わたしは親しい友人が駅のプラットフォームから転落し、到着した列車に危うく轢かれそうになったことを知らされた。その場がひどく混みあっていたことと、彼女が仕事疲れで体力を消耗していたことが原因であった。彼女はただちに救助され駅長室でしばらく休息をとり、飲み物を与えられた後、もう一度、同じプラットフォームから別の列車に乗った。自分はゆっくりと休息をとらなければいけないなあと、つくづく思ったと、後になって彼女は語った。

もし救助が遅れ、この友人が轢死を遂げていたとしたらどうなっていただろう。その場合、わたしを含め、彼女の周辺にいた友人たちは、てっきり彼女が鉄道自殺を遂げたと思い込んでしまう。通夜の席で誰かが、そういえば彼女、昔、『アンナ・カレーニナ』という小説が面白いといってたなあと思い出話をし、いあわせた誰もがその冗談に笑えず、重い沈黙に耽ってしまう。そんな光景がただちに目に浮かぶ。

自殺にはしかるべき理由がなければならない。自殺を病死や自然死から決定的に隔てているのはこの点である。葬儀に参列した者たちの誰もが、彼女の自殺の原因を探ろうとする。いったいどのような秘密があったのだろう。経済的に困窮していたのか。治療の不可能な疾患を患っていたのか。それとも困難な恋愛に疲れきっていたのか。言葉を重ねるのだが、どこまで話しても結論は出ない。それも当然で、この転落死はまったくの偶然の事故であるからだ。彼女の秘密は、いくら考えたところで解けてくれない。そもそももとより秘密そのものが存在していないのだから、探究はいたずらに終わる。いや、探究は終わらない。秘密に到達できない以上、探究には終わりというものがありえないからだ。一年が経過し、十年が経過し、かつての友人たちは再会するたびに、また事件の起きた鉄道駅を通り過ぎるたびに彼女のことを思い出し、秘密を明かしえなかった自分たちの無力に憂鬱になる。やがて誰もが離散してしまう。彼女を見えない核(コア)として成立していた緩やかな共同体は、ありえぬ秘密に振り回されたあげくに消滅してしまうのだ。

もとより秘密など何も存在していないのにそれがあると信じ込み、ありえぬ重責に囚われて疎遠になっていく人々。ありえない秘密、空虚な謎ほどに性格の悪いものはない。それは人を無際限の探究へと駆り立てていくとともに、探究という行為自体が本来的に虚妄であるという考えへと人を導いていく。だがたとえ現実に秘密が存在し、人が長い探究の果てにその実質に触れることができたとしても、いったいそれが真実であるという保証はあるのだろうか。秘密を秘密として成立させているのはもっぱら探究者の探究行為であり、仮に誰一人として探究を思い立とうとしなかったとしたら、秘密は現前する機会を失い、最初から存在していなかったも同然なのかもしれないのだ。探究が困難になればなるほど秘密はより深いものと化していき、われわれの生を憂鬱で不毛なものに変えていくばかりだろう。

わたしは秘密について、何か結論めいたことを語ることができない。オスカー・ワイルドのように、気の利いた警句を口にすることができない。ただ二つのことだけが真実であるように思われる。

ひとつは、何人とて年齢を重ねるにつれ、心のなかに秘密が蓄積していくことを止めることができないという事実である。この点で、秘密は悪性コレステロールに似ているのかもしれない。違いがあるとすれば、コレステロールは人の体内から出ることはないが、秘密には人に感染し、人を同じ病に到らせてしまうという悪癖があることだ。

この厄介な事実から引き出されるのが、次の結論である。秘密に対してもっとも適切な対処法があるとすれば、それは秘密を永遠に秘密のままに留めておくことである。これは（より厳密な言葉を用いるならば）対処法というよりも、礼儀と呼ぶ方がいいかもしれない。すべては沈黙にかかっている。それがいかに軽いものであろうと、重いものであろうと、われわれはいかなる秘密に関しても口を開かず、あたかもそれが存在していないかのように振舞うべきだというのが、わたしの考えである。わたしの秘密だって？　わたしの顔を見てからいってくださいよ。そんなもの、どこにもありませんよ。そう口にするのがもっとも賢明で礼儀に適ったことであると、現在のわたしは信じている。

おそらくわたしは誰もがそうであるように、卑小で凡庸ないくつかの秘密を携えながら、現世に別れを告げるだろう。わたしの死によってわたしの秘密は、永久にこの地上から消滅してしまうことだろう。過去に人類が創り上げてしまった、数えきれない秘密がそうであったように。

病について

今朝、歯を抜いた。左上の第二大臼歯である。たとえ出血があってもそのままにしておけばすぐに止まります。大丈夫ですよと、歯医者はいう。麻酔がよく効いているのか、午後になってもまだ痛みはない。

世界中にあるさまざまな神話は、歯を抜くことが髪を切ることと同じく、象徴的な去勢であると語っている。縄文人は歯が抜けてしまうと死期が近づいてくることを知っていた。同時に若者がひとつの通過儀礼を終えるたびに、健康な歯を抜くという習慣を持っていた。わたしはひどく奇妙な気分だ。このままですむのだろうか。

第三大臼歯は、若い頃に傷んで抜いてしまった。よく記憶していない。第一大臼歯はどうだったろう。これが傷んだので抜き、ブリッジに仕立てたのがはたしていつのことだったのか、あまりに昔のことなので、これもまた記憶がない。たぶん三十年以上前のことだろう。いや、もっと前だろうか。人間とは勝手なもので、痛くならないかぎり歯の存在をすっかり忘れている。歴代の歯医者のことは憶えていても、過去に受けた治療のことは記憶から消えている。

第二大臼歯はすっかり潰れていた。歯医者の言葉によると、わたしには睡眠中に歯を食いしばって眠る癖があるらしい。長い間の圧迫から歯が摩滅し、罅（ひび）が入って崩れ出し、奥の方はなかば溶けていた。いっこうに苦痛を感じなかったのは、とうの昔に神経が死んでいたからだ。

崩壊してしまった歯を抜きとるには、隣接する第一大臼歯のブリッジを外さなければならない。ブリッジは崩れた第二大臼歯にかろうじて付着していた。外れるのは時間の問題だっただろう。抜歯の後、わたしは急に口のなかが寂しくなった気になった。二本分の歯を一瞬にして喪ったからである。その部分にそっと舌を当ててみると、洞窟のように空虚が拡がっているのがわかる。これからしばらくは歯医者に通い、歯の再建計画を相談しなければならない。

わたしは今、つい先ほどまで歯茎に生えていた第二大臼歯の砕片（かけら）を眺めている。五ミリと一センチくらいの大きさの、血に塗れた二つの砕片。本来なら奥歯は巨大で堅固であり、威風があったはずなのに、いつの間にかこんなに小さなものと化していたのか。驚きがわたしの心中に起きた。小さくなったのは、わたしが昼となく夜となく、休みなく酷使していたからだ。

人間の歯は幼少時に乳歯から永久歯へと生え変わる。大臼歯は十二歳から十三歳にかけて、つまりもっとも遅れて生えてくる。ということは、この歯はわたしをほぼ六十年にわたって支えてくれたわけだ。そのあげくに罅が入り、磨り減り、溶け出し、最後にいとも簡単に引き抜かれてしまった。

わたしは感謝の気持ちをもって、血に塗れた二つの砕片を眺めている。

もう二十年ほど前になるが、ある気紛れから事物の摩滅という現象が気になって仕方がなくなり、ついに『摩滅の賦』という書物を書いてしまったことがあった。海岸に打ち上げられた石の表面の滑らかさや、口のなかで溶けていき消滅寸前のドロップ、古い建物の外壁に描かれたため ほとんど消えかかっているフレスコ画といった風に、長い時間の間に表面が磨り減り、識別が付かなくなったオブジェばかりを取り上げ、時間と物質の関係を論じたものである。

この書物は美術史でもなければ紀行文でもない。哲学でもなければ物理学でもない。書店の方ではどの棚に並べていいのか困ったという話を後で聞いた。わたしとしては純粋に、モノが磨り減るという現象について書いてみたかったのである。一番嬉しかったのは、ヘブライ大学のベン＝アミ・シロニー教授の評言であった。これは老いることの悦びについての書物ですね。いつかエルサレムの旧市街の石段の磨り減りぐあいについても、ぜひ書いてくださいと、教授はいってくださった。

そしてついにわたしは、自分の身体が摩滅を抱え込んできたことを知った。おお、偉大なる臼歯よ！　わたしはきみとともに過ごした長い歳月を讃えたいと思う。

さてこの砕片をどうしようか。

これが乳歯であるなら、ひと昔前までは、「鬼の歯となれ」といいながら屋根の上に放り上げたりしたものである。ロシアでも鼠の歯のように頑強な歯が生えてくるようにと祈りながら、わざわざ鼠の巣を探し出して投げ込むという風習があった。永久歯、それも破片と化したものについては何も聞いたことがない。六十年近くわたしのために奉仕してくれた忠実な奥歯を、無碍に捨ててしまう気にはならない。

漢代の説話集『説苑』に「歯亡びて舌存す」という言葉がある。老子が老いたる常摐を見舞ったところ、その口にはもはや歯が一本もなくなっていたが、舌はまだ健在であった。まるでダリが描いたピカソの肖像画のような容貌である。そこで老子は悟った。歯は硬いから傷みやすく消滅してしまうが、舌は柔軟なだけに長く残ることになる。

謎めいた言葉だが、深読みをしてみるならば、これは弱者の政治哲学であろう。現代でも政治的に硬直した大国はいつまでも栄華を保てず、柔軟な構造をもった小国の方がしぶとく生き延びる。老子は敗残の小国の出であったとわたしは睨んでいる。おそらく彼は舌に託して、弱小の民がフレクシブルに乱世を生き延びる術を語っていたのではないか。

病というのは身体の叛乱である。

それはわたしの現実に突然に穿たれた穴であり、裂け目であるように思われる。最初それはただひとつ、局所的に生じた事故のように見える。だがそれはたちまちのうちに複雑系を構成してしまうのだ。

医師が病気を宣告した瞬間から、病院に入院した瞬間から、すべての予定が反故にされてしまう。わたしは現世から滑り落ちる。自分からはもう何もできない、何も企てることができない。この予期しなかった状況に、わたしは有無もいわさず付き合わされることになる。

ひとたび病気となってしまうと、すべての身体の記憶がわたしに襲いかかってくる。これまでに罹ったあらゆる病気の痕跡が、ふだんは身体の奥深くに隠されているというのに、一気に前面へと噴出してくる。医者がわたしに既往症の有無を尋ね、わたしがそれに答えるとき、病は勝ち誇った者のように自己を主張する。過去の病は消滅していたわけではなかった。それはひとたびなりを潜めたものの、いつか回帰する機会を眈々として狙っていた。病気は個々に、独立した形で出現する。だが何の申し合わせもなくそれらは重なり合い、悪計の情報を互いに交換しあい、ひどく複雑な症状を造り上げてしまうのだ。

　病気になるとあらゆることが鈍く緩慢に、不透明に感じられてくる。健康なときには自明のことだと思い、気にもかけなかったことが突然に脅威に感じられてきたり、深刻な障害に思われてくる。考えてもいなかった小さなことが、それができないために危機的な事態を引き起こしたりする。わたしは歯のことを、右手の中指のことを、膀胱のことを、要するにわたしを造り上げてきた身体のことを忘れていた。だが不意に襲いかかってきた苦痛がすべての状況を変える。歯が痛い。指が痛い。尿が出ない。わたしとは歯そのもの、指そのもの、膀胱そのものと化してしまった。わたしを支配しているのは身体である。身体は長きにわたって自分が無視され貶められてきたことの復讐を、今こそ実現しようとしているのだ。わたしは身体に操作される犠牲者である。しかもそのわたしは医師の前で証言者として振舞い、あたかも自分が罪悪を犯した者のように告解を強いられてしまう。

人は病から何を学ぶのだろうか。けして他人には伝えることのできない苦痛と不安を体験することで、はたして以前より聡明になることなどできるものだろうか。

病気は確かにひとつの教訓を与えてくれる。人間が身体をもった存在であること、身体の状況によって精神がいくらでも操作されてしまうことを思い知らせてくれる。精神は謙虚であることを、ほとんど無理やりに求められる。だが他には？　他には何があるというのか。苦痛は避けられないという教訓。なるほど。だが身体の苦痛は、はたして人間をより高い存在へと作り変えてくれるのだろうか。ヒンドゥー教の苦行者のことをいっているわけではない。わたしのようにごくありふれた、凡庸な精神の場合のことだ。

多くの人は苦痛から何も学ばない。最初のうちは苦痛に抗おうとして努力をするが、ほどなくして力尽きてしまう。健康な人間への羨望がもちあがる。ときにそれは憎悪にさえ転じる。自分だけが苦しんでいることの意味を探そうとして挫折した者は、どうして他の者たちが嬉々として生を愉しんでいるのかが理解できない。あのワインを呑み、ダンスをしている人たちを受け容れることができない。彼は自分だけが地獄の苦しみを体験しているのだと思う。だがそれは間違いだ。ダンテを読むと、地獄で同じ壕にいる亡者たちは誰もが平等に悪魔に苛まれたり、煮えたぎる瀝青（チャン）のなかに突き落とされたりしていると記されている。地獄とは皮肉なことに、万人平等の苦痛を媒介として実現された民主主義に他ならない。

病院に滞在する者は、ただちにそこが政治的空間であることに気付く。医師どうしの政治。看護師たちの政治。配膳係までが卑小な政治にとり憑かれている。病院とは学校や刑務所と同様、患者の身体を監視する高度な管理空間である。

わたしは五十六歳のとき、医師から脳腫瘍の宣告を受けた。三センチの大きさまでなら除去できなくもないが、すでに六センチにまで肥大しているから手術はできないといわれた。手術をしなければどうなるのかと尋ねると、三年のうちに視野狭窄が昂じて失明し、五年の間に死ぬだろうと、いとも簡単に宣言された。医師の言説のあまりの率直さに、わたしは感動すら覚えた。わたしは手術を頑強に主張し、結局のところ、十一時間半をかけて困難な手術が行われた。腫瘍は視覚神経に深く絡んでいるため失明する確率がきわめて高いと、手術の前夜に執刀医は告げた。

手術が終わり、集中治療室で過ごしていた間、わたしには自分の視力が失われたのか、回復したのかを確認する術がなかった。判断ができなかった。視界は暗黒だった。わたしを取り囲む空間には光がなかった。数日の後、普通の病室に移されたわたしは、自分がまだ視力を喪失していないことを知った。それからは朝に目覚めるたびに、今日一日は目が見えているだろうと安心するようになった。明日もまた今日のようであればと期待するばかりだった。また映画を観ることができるだろうと落ち着いて考えられるようになるには、さらなる時間が必要だった。

病院でもっとも苦痛なのは見舞客を避けることが難しいことだ。

見舞客は、誰もが例外なく同じ話をする。同じことを尋ねてくる。眼の前にいる病人に向かって、不摂生が病気を招いたのだとか、病気は放埒な生活に対する罰であるとか、そういった愚劣な話題を口にする。彼らは自分がけして同じ病気に罹らないと思い込んでいる。すべては他人事だ。そう確信しているかぎりにおいて、彼らは恐ろしく退屈な存在だ。患者はその退屈さに応えなければいけない。彼らの愚鈍さに耐えなければいけない。それが繰り返されていくうちに、語りの業に熟達し、自分の病気を面白おかしく語ることができるようになる。極端な場合にはそれを自慢したり、習い憶えた知識を得意げに披露してみせたりする。

見舞客は絶え間なく続き、誰もが同じことを尋ねてくる。患者はもう同じ話を繰り返すことに飽きている。しかし他にどんな話をすればいいのだ。彼は現世から滑り落ちてしまった。自分の病気以外のことを、苦痛以外のことを考えられなくなってしまったのだ。たとえいかに飽き飽きしていたとしても、自分の病気がいかに特殊な、選ばれた者にのみ許された病気であるということを、退屈な見舞客に向かって説明しなければならない。彼はわが身に降りかかった事態を不運だと受け容れることができない。それが何かの必然であることを確認できない以上、納得がいかないのだ。だが際限なく訪問して来る見舞客への応対の、どこに必然があるというのだろう。

身体の苦痛は、爛れた世界に遊んできた精神に対する刑罰である。多くの見舞客の口ぶりを聞いていると、彼らが無意識的にそう考えていることが判明する。病人は心中では余計なお世話だと思うが、怒りを口にする気力もなく沈黙せざるをえない。カミュの『ペスト』には、悪疫は人間の悪行ゆえであると説き、悔い改めよと語る司祭が登場する。主人公の一人がそれに対し、強烈な反論を口にする。もし悪行が悪疫の原因であるならば、まだ一度も罪を犯したこともない無垢な幼児が次々と死んでいくのはなぜなのか。カミュの怒りは正しい。実をいうと、人は無垢の度合いに応じて、順番に犠牲となっていくのだ。

わたしはどうして病について書いているのだろうか。十三年前、『人、中年に到る』を執筆していたとき、わたしはすでに困難な脳腫瘍手術を体験していたが、それについて直接に言及することを避けた。この厄難からひとたび解放されて、まだいくらも歳月が経過していなかったからだ。わたしは自分の身に起きたこの事件を受け容れるために文脈を整えることが、まだ充分にできていなかった。病について語る言語を持ちあわせていなかったといえる。幸いにも手術は成功し、わたしはそれ以来、腫瘍の再発もなく平安に暮らしている。自分の体験に基づいて、病について語ることもできるようになった。だがそれは快癒という状態とは微妙に異なっている。快癒などありえないという確信の一点をもって、わたしは快癒から遠い存在となった。

わたしはこの文章を、世界的なウイルス感染が開始されて四年目の中頃に書いている。Covid–19、俗にいうコロナ・ウイルスの勢いは一時ほどではなくなったというが、本当なのだろうか。誰もがもう恐怖することに疲労している。だが先を読むことはできない。わたしはすでに五回のワクチン接種を受けたが、六回目を打つようにという手紙がやがて届くだろうか。

いったい死ぬまでに何回にわたって接種することだろう。もし運よく、これから十年の間生きることができるとすれば、わたしは二十回、いや二十五回ほど、ワクチン注射を受けるだろう。わたしは溜息をつかないわけにはいかない。

わたしが死ぬまでにすべては解決するのだろうか。コロナ・ウイルスを地上から根絶させることと、人類の愚行を根絶させることは、どちらがより簡単なことなのか。そもそも根絶という観念に期待したとき、人はすでに愚行に陥っていたのではないか。思考がウイルスに感染してしまったのではないか。

もしすべてが解決し、ウイルスの猛威が相対的に軽減されたとしても、世界がパンデミック以前の姿に戻ることはありえない。人間は数多くのものを喪失しながら、それにもかかわらず、あたかも傷を抱きとるようにして生きることしかできまい。いつからか、われわれは知ってしまった。生きるということは、次々と失いながら生き延びることなのだ。

ティツィアーノはペスト蔓延のさなかに生きた。周囲の人々が次々と悪疫に感染し、苦悶のうちに死んでいくのを前に、彼は彼らの魂の慰撫のため、大作『ピエタ』に取りかかった。だがこの作品を手掛けているさなかに、息子が感染して亡くなってしまった。父親はキャンバスの片隅に、こっそりと息子の顔を描き入れた。絵画は完成せずに終わった。当のティツィアーノ自身もペストに感染し身罷(みまか)ってしまったからだ。遺骸はゴンドラに乗せられ、墓地の島へと送られた。

想い出してみようではないか。ルクレーティウスが『物の本質について』の最終章をどのように終えたかを、もう一度読み直してみようではないか。

「死はついに神々のあらゆる神聖な社殿に、命を失った死体を充たし、天上の者のあらゆる神域には到るところに死骸が積み上げられていて、神殿番人どもはかかる場処にお客をいっぱい詰めてしまった。もはや神々の信仰も、神意も重んじられなくなり、目前の悲惨が極度に勝ってしまったからである。」

「彼らは肉親の者［の死体］を他人(ひと)の薪を積み上げた火葬椎の上に乗せ、大声の悲嘆をあげて、炬火の火をこれに点火するのであった——死骸を置いて立ち去るよりは、むしろ往々［火葬椎の奪い合いに］多量の血を流して争いながら。……」

（樋口勝彦訳、表記を一部変更）

ルクレーティウスの書物は完結していない。中途のままに放り出されている。最後の部分では悪疫流行のため人々が苦悶しながら次々と死んでいき、いたるところに屍骸の山が築かれているさまが、細かな描写とともに記されている。書物は事態に抗する術を見出せないまま、突然に中断されている。

もはや自分だけが健康を保持しうると信じることなどできなくなった。特権的な病人であることも許されなくなった。コロナの厄難のさなかにあっては、誰もが凡庸な感染者であり、誰もが凡庸に救済されることを期待しなければならない。運悪く感染してしまったのではない。不品行だから、愚かだから感染してしまったというわけでもない。誰もが潜在的に感染者であり、誰もが匿名にして凡庸な患者なのだ。メディアは毎日の感染者の数を報告してくれる。誰もが数字に還元される存在と化してしまったのだ。

いったい誰がルクレーティウスの書物を完成させることができるだろう。誰にもできるはずがない。われわれが目下体験している悲惨は、すでに前一世紀のローマ人の知るところであり、人間はその時代から少しも進展していないのだから。


病のさなかにある者は、自分が健康を回復し、この忌々しい病院を出る日のことを心待ちにする。だが病気に快癒ということはありうるのだろうか。そんなことは気休めにすぎない。人は病気を通過したとき、実はその記憶を刻印されている。身体に留まった痕跡は、ふたたび機会を見つけ跳梁してくることだろう。精神に刻まれた痕跡は、たとえ昼間の世界では姿を隠していても、夜の夢のなかで襲いかかってくるだろう。

あらゆる病気は、たとえそれがいかに軽い、とるに足らないものであったとしても人間を変えてしまう。それを知ったかぶりをして「通過儀礼」だと呼ぶことは、少年少女の時分であるならあるいは許されることかもしれない。だが老年に差しかかろうとしている者にはもはや自分を待っている厳粛な試練などあるはずもなく、労苦を代償として上るべき階段すらもない。病気はただ死への接近にすぎない。病を得て現世から滑り落ちた者は、運よく世界に復帰できたとしても、元の同じ世界に戻ることはできないのだ。ちょうどそれは（希望的に「近い将来」において）世界がもしウイルスの世界的感染から相対的に解放されたとしても、人々がそのとき、世界そのものが根底的に変わってしまったと気付くように。世界に快癒がありえないように、人も快癒に到達することなどできない。人に許されているのは、ただ別の存在へと移行していくことだけである。

わたしは考えている。

わたしはいずれ時間の外側に押し出されてしまうだろう。だがそれは、わたしがこの苦痛に満ちた世界から解放されるということなのか。それともわたしの後もこの世界に留まり続けていくしかない者たちのために、すべてを遺していくということなのか。わたしはこのような醜く愚かな世界を遺していくのか。

わたしは身を廻（めぐ）らせて、知恵と狂気と愚かさを見たと、『コヘレトの言葉』（『伝道の書』）は語っている。わたし風に読み崩して記してみよう。

わたしの後に続く者たちが知者であるか、愚者であるかはわからない。誰にも知りようがない。それなのに、日の下でわたしが苦労し、知恵を振り絞って築き上げてきたすべての労苦を受け継ぐのはその者たちなのだ。たとえ人が知恵と知識と才能をもって労したとしても、その労に値しない者にすべてを遺し、すべてはその者の所有と帰してしまうのだ。だとすれば、日の下で人が労するすべての心労とは何なのか。人はそれで何を得ることがあるのだろうか。

まだ十代でこの一節に接したとき、わたしはそれを理解することができなかった。エデンの園やノアの箱舟の物語を面白おかしく読み進めていくうちに突然に現われてくる、この『コヘレトの言葉』の悲嘆と絶望に当惑し、それを回避して先を読み進めたものだった。本書の別のところでわたしは『詩篇』のいくつかの詩があまりに悲痛なので、いつもその頁を小さく折り、それが目に入らないようにして読んでいたと告白したが、高校生の自分の旧約聖書理解はそのレベルだったのである。

それから四十年以上の時間が流れ、わたしは自分がこの書物に少しは接近できたような気がしている。疲れて家に帰って来た日の夜、その傷んだ頁を捲ってみると、それがこの一節をわたし独りに語り聞かせてくれているように感じる時がある。そこに記されている労苦の虚しさを軽減し、それに意味を与えるのが信仰であることにも、わたしは気が付いている。もし神をその全体において信じることができるならば、『コヘレトの言葉』の語り手の説く悲嘆から解放される契機をそこに見つけることができるかもしれないと、わたしはすでに知っている。

とはいうもののわたしは、自分が神に身を委ねることの歓喜を分かち合う共同体に、どうしても帰属することができない自分をも充分に認識している。わたしには摩滅して砕けた一本の歯しか遺されていないのだ。時間を創造したのがアウグスティヌスの説くように神であったかという議論は、ひとまず置くことにしよう。だがいずれ時間の外側へと向かうとき、わたしははたしてこの欠けた臼歯を携えていくことができるのだろうか。わたしの生の証人であり、多くの労苦を引き受けてくれた砕片を、護符のように携えて虚無のただなかに回帰していくことが許されるのだろうか。

信仰について

荒涼としたところだった。石ころと石炭の屑が散乱しているだけで、生き物がいるようにも思えない。空は昏く、今にも雨が降って来そうだった。鳥の声すらしなかった。うすら寒いなか、わたしたちは何もいわず歩き続けた。

わたしたちというのは、かつて満洲映画協会（満映）で働いていた四人の日本人と、彼らに随行して来た、数人の年少者である。中心になっていたのは八十歳の老女であり、わたしは彼女のカバン持ちとして参加していた。

四人は半世紀以上も前、まだこの地が「満洲帝国」と呼ばれていた頃、映画制作に従事していた人たちだった。彼らは帝国が崩壊した後もあえて現地に留まり映画を撮ろうとしたが、中国共産党の方針で苛酷な日々を送らざるをえなかった。人数は百人あまり。新しい支配者たちは彼らに帰国を許さず、ソ連との国境近くにある炭坑で労働をすることを命じた。理由は説明されなかった。

一筋の河が流れている。極寒のなか、凍てついた河の氷を砕き、半ば沈みかけた船のなかから石炭を掬い取っては陸地へ運ぶという労働である。住居としては、土と藁で造られた、かりそめの粗末な小屋しか与えられなかった。床には丸太が並べられているだけ。食糧はひどく貧しく、朝に目が醒めると、隣りに眠っていた仲間が冷たくなっているということもあった。

岸辺から少し歩くと炭坑がある。沈没船の作業が一段落すると、日本人は炭坑へ送られ、さらに何年か、強制労働を強いられた。ここでも何人かが息を引き取った。

わたしが訪れたとき、炭坑は長い間放置されていたため、ほとんど崩れていて、黒々とした穴に戻ろうとしていた。物故した日本人を弔うため、碑が建てられていた。

団長格にあたる老女はあらかじめ花束を準備していた。彼女が最初に献花をし、三人が後に続いた。わたしを含む年少組は一人ひとり、焼香をした。

どなたか、お経をあげてくれる人はいませんか。老女がいった。

誰も手を挙げなかった。

どなたか、いませんかあ。

誰も黙っていた。一行のなかに僧侶は一人もいない。

どなたか、お経をご存知の方はいませんかあ。老女はなおも繰り返した。

わたしが手を挙げた。人前でお経を唱えるという自信などなかったが、彼女の懸命な表情に突き動かされ、つい碑の前に出て両手を合わせてしまったのである。

「ムシイライ・ホウボウザイショウウショウメツ、コンジンンニイタルヨリ、ブッシンンニイタルマデ、タモチタテマツル・ホンモンノホンゾン、ホンモンノカイダン、ホンモンジギョウ、ハッポンショケン、ジョウギョウショデン、ホンニンゲシュノ、ナムミョウホウレンゲキョウ、ナムミョウホウレンゲキョウ、ナムミョー、ホ〜レン、ゲエ〜キョオオオオ〜。」

わたしは僧侶ではない。ところどころに記憶の脱落があって、間違って唱えているかもしれない。だが、そんなことはどうでもいいような気がした。今、わたしの眼のまえには、ここで非業の死を遂げたかつての仲間たちの供養をしようとしている、真剣な人たちがいる。死者たちのためには誰かがキチンと経を唱え、その冥福を祈らなければいけない。ニセ坊主であってもいいじゃないか。うろ覚えのお経でもいいではないか。わたしはそう覚悟して碑の前に出たのである。

もう何十年も口にしていなかった文句が口から出た。忘れてはいないかと不安だったが、砂漠のなかの涸れ河がときに水を得て、元の流れを復活させるように、言葉は次々と現われ、淀むところがなかった。唱え終わったときには、自分でも驚いていた。ああ、ちゃんと憶えていたのだ。

焼香と読経が終わると、人々は張り詰めていた緊張を解いたようだった。遠路の旅行の目的をぶじ果たせたということで、長い間携えてきた念から解放されたといった感じだった。周囲を見回す心のゆとりができたのだろう。これまで口を閉ざしていた人たちの間から、お喋りが漏れるようになった。いつとはなしに昔話が始まっていた。

その夜宿舎に戻ったとき、人々はすっかりリラックスしていた。夕食の席でわたしは感謝された。老女をはじめとする面々が、一人ずつ感謝の言葉を投げてくれた。今日はほんとうによかった。ありがたいお経まであげていただいてと、彼らは口々にいうのだった。

わたしは少し落ち着かない気持ちだった。修行をしたこともないし、お経の意味もわかっていない自分が、ただ記憶していたというだけでお経を唱えてしまっていいのだろうか。非業の死を遂げた人々の成仏を祈るため、こんな風に軽々しくお坊さんの真似ごとをしてしまって、はたしていいものだろうか。自分はこの人たちを騙しているのではないだろうか。深々と頭を下げられるたびに、わたしには一抹の後ろめたさが残った。

わたしの祖父は本門仏立宗の熱心な信者で、法曹界に生きていたこともあって、宗の顧問弁護士を長らく務めていた。家には八畳ほどの御宝前があり、朝な夕なに読経を欠かさなかった。御戒檀の掃除をするのは幼いわたしの役目だった。

御戒檀は魔法のような建築物である。小さな家、いや、むしろ小さな寺院というべきか。黄金と黒を基調とした扉と柱、欄干が並び、左右に御燈明のための台が設けられている。奥にはご先祖様の位牌。中央に鎮座ましましているのは小さな黒い顔をした像で、かわいらしい着物を着ている。首のまわりには白い真綿が廻(めぐ)らされている。祖父が信仰していた日扇上人の像だった。

法事のときには袈裟を着た僧侶たちが三人ほど到来して、長々とお経をあげた。一族の者がそれに和するように拍子木を叩き、幼いわたしもまたそれに加わった。読経の間いつもわたしは思っていた。お上人はどうして黒人なのだろうか。それから空想した。自分が矮人(こびと)になって御戒檀のなかに住むことができたらどれほど愉しいことだろう。

黄金の壁と柱に取り囲まれ、毎朝、お花とお水、それにご飯までを捧げられひっそりと生きるというのは、どれほど甘美なことか。このなかに隠れてさえいればもう誰からも発見されることなく、外界の不安や恐怖に晒されることもない。一生を心安らかに過ごすことができるだろう。

　わたしが見よう見まねでお経の文句を唱えると、祖父と祖母はひどく喜んだ。ムシイライ・ホウボウザイショウショウメツ、コンジンニイタルヨリ……もちろん意味などわかるわけがない。冒頭の「ムシ」を、わたしは虫だと思っていたのだから。ただ十円のお駄賃が欲しくなると、祖母を呼び出して御宝前に行き、お呪(まじな)いの文句を唱えていただけである。十円は近所の子供たちとのタコ焼き代に消えた。

　満洲で驚いたのは、四十年も前に丸暗記していたお題目を、自分がキチンと記憶していたことだった。もし途中で忘れてしまったら、そのときはムニャムニャと誤魔化してしまうしかない。ところがナムミョウホウレンゲ〜キョウにいたるまでを、スラスラ暗誦できてしまったのだから、自分でもびっくりした。おまけに夕食の席で繰り返し感謝されてしまったのだから、不思議な気持ちだった。

　わたしは大学で宗教学を勉強した。回心についての宗教心理学のゼミに参加したり、新宗教のもぐりこみ調査に加わったことはあるが、日本の仏教について体系的に学んだことはない。要するに無学の素人である。けれども旧満洲でのこの出来ごとのあと、帰国して本門仏立宗のお題目を調べてみた。はたしてわたしが音だけで記憶していた通りだった。

「無始已来謗法罪障消滅、今身ヨリ仏身ニ至マデ、持奉ル本門ノ本尊、本門ノ戒壇、本門事行、八品所顕、上行所伝、本因下種ノ南無妙法蓮華経、南無妙法蓮華経、南無妙法蓮華経。」

　そうか、こういう意味だったのか。そこで村上重良先生の『仏立開導　長松日扇』を読み、仏立宗の開祖について多くのことを知ることができた。村上先生のことは懐かしい気持ちがした。大学時代、先生の靖国神社についての講義を受けたことがあるからだ。

世間ではよく、お経は何をいっているのか皆目わからないからダメだというい方をする人がいる。わたしはそうは考えない。読経とは、たとえそれに立ち会った者たちに意味がわからなくとも、パフォーマティヴな言葉として充分に意味があると考えるためである。言葉にはいろいろあって、日常の言葉の次元に容易に引き戻すことができないがゆえに、それが発せられた空間を厳粛にして神聖なものに変えてしまうといった言葉がある。それで充分ではないか。

おそらく旧満洲の地で亡き同胞のために祈った人々にとっても、わたしのうろ覚えのお経はそれなりに意味を持っていたに違いない。何だか門前の小僧がいいわけをしているようでもあるが、わたしはそれでよかったと思っている。

信仰という行為にとって重要なのは、世の中には信仰を抱いている人間と、信仰に何の関心も抱かない人間の二種類しか存在していないという事実である。ある超越的な対象に向かって祈りを唱える人間と、祈りという行為をそもそも理解できない人間の二種類だといい換えてもいい。とりあえず超越的な存在の呼称はさほど重要ではない。重要なのはその存在を見つめながらまったき自分を帰依するか・しないかの問題である。

「神様」という言葉は日本語にすぎず、いかなる意味でも絶対的な名詞ではない。アドーナイ、エロイムといった古代ユダヤの怒りの神が、イエスの磔刑の後に博愛の神に変身した。ディオ、デウス、デュウ、ゴッド、上帝、ハナニム、神……キリスト教の神の呼称は、世界に存在する言語の数だけ存在している。日本についてだけいうならば、そもそも「カミ」とはカムイ、クマ、コム（韓国語で熊の意）といった単語に連結し、神道における神聖存在を示す言葉であった。この言葉がキリスト教の「でうす」の代替物として借用され、近代日本社会のなかでいい習わされてきたにすぎない。要するに「神」は歴史的形成物でしかない。多くの神々がみずからの普遍性を、全体性を主張する。だがアッラーを別とすれば、どの呼称も狭小な言語圏を超えることができない。

繰り返すことになるが、それがいかなる神に向かうものであれ、人は信仰を抱いているか、抱いていないかの違いしかないとわたしは考えている。だがわたしを魅惑してやまないのは、みずからの精神が危機的な場所に赴こうとしていることを自覚しながらも、つねに信仰と懐疑の両極を見つめてきた者たちの存在だ。

小説のなかで神がいればすべてが許されていると書いたドストエフスキー。神は死んだが、神を殺したのはわれわれだったのだと説いたニーチェ。カトリックの神を深く信仰したのちに棄教し、神などいるわけがないわと痙攣的な笑いをしてみせたジョルジュ・バタイユ。神が不在であるにもかかわらず、その虚無の神を待ち望むのだと宣言したシモーヌ・ヴェイユ。彼らは揺るぎなき信仰に身を置いて、安定した市民生活を送ろうなどとは考えてもいなかった。一歩踏み間違えればたちまち奈落に転落するという場所に身を置きながら、困難な思考を続け、ために精神と肉体が犠牲となろうとも意に帰するところがなかった。わたしはこうした神聖な怪物たちを遠くに認めながら、大学で宗教学を専攻した。

わたしが専攻したのは宗教学であって、神学ではない。神学は特定の宗教の内側に身を置いて、その教義について学問的研鑽を積むことである。宗教学はそれとは異なり、いかなる宗教をも、人間社会における対等な現象であると見なす立場から、信仰とは何かという問題を探究する。もっと具体的にいうならば、聖パウロの時代の原始キリスト教とオウム真理教を、空飛ぶ円盤ファンクラブと国家神道を同一の地平において分析する。宗教研究が新宗教を重視するのは、長い歴史を持つ既成教団よりも、たった今、作られたばかりで、社会的な非難を浴びせられている孤立した新宗教の教団においてこそ、信仰と宗教共同体の本質が透けて見えるのではないかという確信に基づいている。

わたしを社会学や心理学ではなく、宗教学へと向かわせたのは、本来は理性と知性を備えているはずの人間が、なぜ思ってもみなかった瞬間に精神を獰猛な非理性に浸食され、悲惨な事態を引き起こしてしまうのか、その問題を探究してみたかったからである。新左翼のセクト間で惨たらしい殺し合いが続いている時代に大学生活を送ったわたしは、「革命的マルクス主義」を自称する同世代の学生たちをも、新宗教の範疇において理解したかったのだった。彼らの攻撃的暴力の原因をセクトの教説に求めるのではなく、形成されつつある信仰共同体がしばしば示す、自己同一性確認のために援用される、近親憎悪の心理学のもとに了解しておきたかったのである。

神がはたして存在しているのか、していないのか。わたしはこの問いにただちに答えようとは思わない。神の実在を説く側にもさまざまな立場があり、それを否定する側にも、無関心から実存主義者まで、やはりさまざまな次元での立場があるからだ。

初歩的な無神論者とは、これまでの人生にあって神の不在を真剣に思考してこなかった者たちである。彼らは神という名前を耳にするとたちまち声を荒立て、神など絶対に存在しないと頑固に主張する者たちでもあるのだが、わたしにはただ、神の問題をこれまで回避してきただけだという印象しかない。神がいないからすべては許されているのだろうか。それとも神がいるからすべてが許されているのだろうか。ドストエフスキーに発するこうした問いを突き付けられたとき、素朴な自称無神論者たちはどのように答えるだろうか。

少し無神論について考えてみたい。この哲学的な言説のジャンルは、神学を補強的に構成する重要な要素ではないかと、わたしは考えている。もし無神論者が存在していなかったとすれば神学者たちは知的怠惰に陥ってしまい、神学の伽藍はひどく脆弱なものと化してしまうだろう。

無神論というのはキリスト教に特有の現象である。少し強い表現になるが、キリスト教の影、分身だといってもいい。それがキリスト教にのみ可能な言説、立場であることを理解するためには、たとえば無仏論というものを想像してみるだけで充分だろう。

無仏論なるものは、歴史的に存在したためしがなかった。仏教という宗教の性格を考えると、原理的にも考えることが不可能である。仏教は、明恵が法然を教義的に批判するように宗派によって対立することはあるかもしれないが、仏の存在を否定することはありえない。というのも仏とは人間（凡夫）によって到達が可能な生の階梯であって、それ自体は超越的存在ではないためである。仏教徒は神のような超越物を必要とせず、西洋風にいうならば、すでに高度に洗練された無神論の体系である。

仏教の経典には異端による排除はない。仏典は数学に似たところがあって、みずからの論理を伸展させ、どんどん言説の体系を多様で複雑なものへと増殖させていくばかりである。なるほど宗派によって核となる経典は異なっている。浄土教は『般若心経』に言及せず、浄土三部作を核として教義を作り上げ、禅宗は浄土三部作に関心を示さない。さらに唯識の学は、そのいずれからも離れたところにある。とはいうものの、世界におびただしく存在している仏典は、ひとつとしてみずからを唯一の正典として他を排除するということがない。さながら宇宙に無限に点在する星々のように、遠くからお互いを見つめ合いながら存在している。

キリスト教における教義のありかたは、仏教とはまったく異なっている。まずそれは容赦なき一神教であり、つねに異端と正系を峻別し、前者を徹底して排除する。正典のみを掲げ、外典は一顧だにしない。キリスト教徒は歴史的に異教徒に戦いを挑み、自分たちと同じ神を抱くことのない者たちを無神論者だと見なして非難してきた。彼らはローマ帝国で布教を始めたとき、ローマの伝統的な神々への敬意を欠き、その儀礼を蔑ろにしたため、無神論者だと呼ばれて迫害されてきた歴史を、すっかり忘れてしまったのだ。

そう、キリスト教だけが無神論者を生み出し、それに敵対することで護教論を発展させてきた。異端を創り上げ、異端を執拗に批判することを通して、教義をより堅固なものに変えてきた。高度に洗練された無神論とは、実のところ神学の分身に他ならない。

シモーヌ・ヴェイユは「神の体験をしたことのない二人の人間のうちでは、神を否定する人の方が神により近くにあるだろう。」と書いている。『重力と恩寵』にある言葉であるが、ここには神の不在に気づきつつも、なおかつその非在の神を待ち望もうとする、強烈なまでに苦悶に満ちた意志が窺われる。


ルイス・ブニュエルのフィルムは、世俗社会においてわれわれが見聞する、あらゆるタイプの無神論のカタログである。

最初に登場するのは、神を信じていたのに裏切られた。幸福になれなかった。いったい神は自分に何をしてくれたのかと、怒りをもって訴える人物たちである。『ナサリン』に登場する娼婦たちがその典型だ。次に、地上に悪が蔓延(はびこ)り人々が苦しんでいるというのに、神は何もしてくれないではないかと、神に対する懐疑を口にする者たちがいる。『ロビンソン・クルーソー』に登場する「蛮人」フライデイがその典型である。最後に、全能の神になど支配されたくない。自由が欲しいと主張し、神に対する抵抗を口にする者たちが登場する。

ブニュエルはこうして、世俗の人間が唱える無神論を次々とリストアップしていく。だが、彼らが口にする神の否認は低い次元に留まっていると、映画のなかで説いている。『ナサリン』の娼婦は燃え盛る家のなかに聖人の彫像を見つけ出し、聖人像を犠牲にしても、彼が抱いている子供の像だけは引き離して救い出そうと努める。ロビンソンはフライデイの素朴な疑問に答えることができない。

だがブニュエルがもっとも愚劣だと考えているのは、第三のタイプの無神論者である。彼らは「自由」という幻想に囚われているだけにすぎない。人は自由という観念の虜となるあまり、みずからを抑圧し、より不自由な状況へと追い込んでしまうのだ。こうした確信のもとに、ブニュエルはその名も『自由の幻想』というフィルムを監督した。

自分が体現している真の無神論はそのようなものではない。ブニュエルは人に問われるたびに、いつも答えてきた。わたしが無神論なのは、神様のおかげなのです。Gracias a Dios, todavía soy ateo.

この発言をどのように理解すればいいのだろう。最晩年のブニュエルの話友だちはもっぱら若い司祭たちだった。彼は神の存在をめぐって、彼らと延々と議論することを好んだ。対話はつねに和気藹々とした雰囲気のもとに進んだ。善良な司祭たちは、カトリックの教義をめぐって厖大な知識を有しているブニュエルにとって、とうてい敵ではなかった。彼は神という観念を興味津々たる虚構と見なし、それと戯れることが好きだったのだ。

神が存在するかどうかという問題に、わたしはここで急いで結論を出すことはないと考えている。

論理的な神の存在証明は、わたしの心をいささかも惹かない。それはたかだか中学生が数学の授業の合間に同級生と語り合う程度のことにしか思えない。神を全知全能の存在だと定義してみたとする。するとその神は存在していないということはありえない。全能という定義のなかに、存在するという能力があらかじめ含まれているからである。かくして神は存在する。Qued est demonstradum. 証明終わり。

とはいうものの、神の存在は証明によってなされるものではないことを、すでにわたしは知っている。神とは体験されるべき何ものかであって、その体験が欠落しているかぎり、どのように理性と知性を働かせても到達できない存在なのである。

もしわたしが神を必要とするような事態に陥ったとすれば、神はおのずからわたしの前に顕現するだろう。わたしを招き寄せることだろう。必要がないと判断すれば、神はわたしの前に出現しないだろう。

とはいえ神が存在していないとして、また存在しているとして、わたしは同じように毎日を過ごすだろう。厳粛な神がすべてを監視しているからといって、いきなり素行を改め、人々に喜捨を施すわけでもないし、神なる観念が迷妄の産物だと認識したからといって、その夜から放蕩無頼の日々を過ごすわけでもない。神が見ていようと見ていなかろうと、わたしはいつもながらに、日々を謙虚に生きていこうと望むだろう。

『コレヘトの言葉』は、すべての行為にはそれにふさわしい時が存在していると説いている。生まれるのに時があり、死ぬのに時がある。植物を植えるのに時があり、それを引き抜くのに時がある。殺すのに時があり、癒すのに時がある。泣くのに時があり、笑うのに時がある。もしこの伝に倣うならば、わたしが神に出逢うにも時があるはずであり、出逢わないとしても、それに固有の時があるはずである。

今、自分たちは汚れた鏡を見ているように、ものごとを明確に見ることができない。しかしその時が来れば、われわれは顔を向かい合い、互いの姿を見定めることだろう。今は事物を充分に認識することができない。だが、その時が到来すれば、すべてを完全に認識することができるだろう。聖パウロがコリント人に宛てた手紙のなかにあるこの一節は、長い間わたしの導きの糸であった。その時が到来してわたしが神に出逢うのであれば、それで充分ではないか。何もその存在を否定したり肯定したり、知的遊戯に情熱を注ぐ必要はあるまい。

西洋の中世は神の存在証明に拘泥した。近代は哲学から科学までを総動員して、神の否認を証明しようとしてきた。いや、より正確には、神の人格的存在を否認するためにこの二つの知の体系を発展させていったというべきだろう。神が存在するにせよ非在であるにせよ、それは論理的に証明されなければならなかったのである。

しかし現在では神は証明されるべきものではなく、体験されるべきものと化している。神の存在証明がないという事実そのものがすでにその証明だと主張する立場も、ありえないわけではない。もし本当に神の存在が証明されてしまったら、その時点で人間に自由意志などが存在する余地がなくなってしまうのだから、神はあえてそれを曖昧に、未解決の状態に留めているのだという立場である。そうかと思うと、神はほとんど自分に無自覚であり無定形な存在のため、自分を解釈し自分にさまざまな属性を与えてくれる人間たちを必要としている。人間によるおびただしい解釈によって、神ははじめて彫琢を施され、高度な存在へと発展することになるという立場もある。

わたしはこうした議論に興味がないわけではないが、ここではこれ以上踏み込まないことにしよう。現在のわたしにとってもっとも寛容になれる立場とはスピノザのそれである。スペインを追放されたユダヤ人の後裔であるこの人物は、われわれの眼前にある自然が今、このように存在しているということ自体が神であると説いた。

日本人に本当の無神論者は存在しているのだろうか。新旧あわせてキリスト教の信者が人口の1％に達するかも怪しく、遠藤周作の言葉を借りるならば、日本共産党の党員よりもつねに少ないという社会において、はたして無神論を宣言する必要があるのだろうか。また現実に、無神論が真剣な問題として討議される知的文脈が成立しているのだろうか。わたしは多分に疑わしいと思う。

幼少時のキリスト教的な抑圧的教育とそれに対する反抗という、骨肉に達するような体験がないかぎり、なかなか人は神に憎悪を覚えたり、その存在を否定するといった方向へ向かわないからである。日本人が軽々と「わたしは神を信じません」と口にするとき、それは信仰に対する一般的な無知と無関心を示している。カトリックの信仰共同体に対する頑強な拒否のことなど、思想史的に真面目に検討されてきたためしがないという感想を、わたしは抱いている。

宗教は民衆の阿片だという表現がかつて共産主義者によって喧伝され、人々が無邪気にそれを信じていた時代があった。だが、とんでもないことだ。阿片がなかったら人はどのように外科手術に耐えることができようか。

麻酔や投薬の役割とは、人が身体に受けた苦痛を軽減することである。だがそれは、苦痛に意味を与えることはできない。自分が現下に苛まれている苦しみが無意味なものであると判明したとき、人は絶望し、より深い苦しみに苛まれる。人間は意味を糧として生きる者であり、無意味には耐えられないからだ。苦痛に意味を与えてくれるのは信仰しかない。

信仰とは、いつかは生きることの意味に到達できるのではないかという期待である。またその意味を求める欲求でもある。だが、それには果てがない。人は歴史からは解放されることがあるかもしれないが、内面の信仰には解放がない。信仰とは文字通り、無際限なものである。

わたしは人前で平然と自分の信仰を語る人たちを、なかなか信用することができない。この人たちは肩の荷をすべて信仰に預けてしまって、それ以来、神のことにも欲望のことにも思い煩うのをやめてしまったのだろう。何か極上の生命保険にでも加入したというわけで、安心して俗悪な事業に耽ることができるのだろう。けれどももし旧約聖書のヨブの身に起きたような不条理な惨事が彼らを襲ったとしたら、いったいどうするつもりなのか。彼らはあっけらかんと信仰を捨て、神を呪うのだろうか。それとも方向を喪失した信仰エネルギーに困って、わけのわからないカルト集団に入り込んでしまったりするのだろうか。

わたしを苛立たせるのは、仏教であれキリスト教であれ、すべての問題を超越者に任せっきりにして、そのことに何の懐疑も抱こうとしない者たちである。初対面の場で自分がキリスト教徒ですと宣言し、そのことに疑いを抱くことなく、すべてを最初から神に任せっきりの人たちを前にして、わたしはしばしば言葉を失うことがあった。彼らは神を信じているのではない。キリスト教徒という「身分」を自明のものとして受け入れ、その共同体のメンバーになるだけで、神という問題を巧妙に回避しているのではないだろうか。

はたして信仰とは、問題の究極的な解決なのだろうか。わたしは考える。すべての困難な問いは、信仰をしてしまった後に生じてくるのではないだろうか。信仰とは逆に、思いもよらなかった巨大な問いの前に立たされてしまうことであると、わたしは考えている。

あるものを深く信じること。そのものに向かって五体投地でもするかのように、すべてを無償のままに委ねてしまうこと。人はこうした重大な選択を、見ず知らずの者たちを前に平然と口にしてしまっていいのだろうか。自分が究極的に信じているものの真理を、そう軽々と他人に語ってしまっていいのだろうか。わたしには信仰とは何よりもまず秘すべきものであるという考えから自由になることができない。ひとたび信仰を選んだとき、人はつねに信仰している自分を検証し、信と不信との境目にある危うげな場所に自分が立っていることを、仮借なく見つめなければならない。

わたしがそう思うに到ったのは、齢八十を越えた親鸞が著した「愚禿悲嘆述懐」なる和讃を読んだときである。

親鸞は流刑に処せられたとき、もう自分は僧侶ではなくなったと自覚した。だが、そうだからといって俗人に戻ったわけでもない。「半僧半俗」という曖昧な身分として生きていくしかないと決意したのである。彼は欲望を捨てることを願ったが、自分の力だけでそれが実現できるとは思えなかった。そこで阿弥陀仏に頼ったのだが、ときとしてその信心がどこまで本当のものなのかをみずから疑った。八十の齢を過ぎてもいまだに自分の阿弥陀仏への帰依を疑った。彼はみずからを「愚禿」と名乗り、「愚禿悲嘆述懐」という和讃のなかで、自分の罪障を仮借なく糾弾している。

浄土真宗(じょうどしんしゅう)に帰(き)すれども
真実(しんじつ)の心(しん)はありがたし
虚仮不実(こけふじつ)のこのみにて
清浄(しょうじょう)の心(しん)もさらになし

悪性(あくしょう)さらにやめがたし
こゝろは蛇蝎(じゃかつ)のごとくなり
修善(しゅぜん)も雑毒(ぞうどく)なるゆへに

虚仮の行とぞなづけたる

わたしの信仰とは偽物ではないか。わたしは口先では阿弥陀仏の名を唱えているが、それは本心における帰依なのだろうか。いつまで経っても清らかな心になれず、外面だけは利口そうで良心的に見せかけてはいるが、本当は貪欲で、怒りやら悪心、偽りだらけなのだ。心はまるで蛇か蝎のようで、いくら善人に戻ろうと思っても、そこに毒心が混じっているので、結局は無駄な努力になってしまう。

『教行信証』のような大著を著し、多くの民衆の前で浄土の教えを説いてきた親鸞が、にもかかわらず最晩年においてこのような内面を吐露していることに、わたしは感動する。ここには悟りきった高僧のゆとりなど微塵もない。末法の世に、しかも日本という辺土に生まれ、僧籍を剝奪されて生きながらえながらも教説を説い続けた宗教者の究極の姿がここにはある。親鸞は最後まで信仰と懐疑の境界に留まりながら、みずからの悪心を指弾していた。救済をめぐる悲観と楽観の間で揺れ動き続けた。わたしには他力とはおそろしく難行であるように思われる。人は自力の傲慢に留まっている方が、いくらも安逸なのである。阿弥陀仏を信じるということは、究極的にはこの親鸞のように、無限の自己糾弾の行為に身を晒すことではないかと考えている。

どうして何年もかけ、ひどく苦労しながら親鸞について書物を書いたのか。あなたは仏教ではなく、むしろキリスト教の方に親しみを感じていたのではなかったのか。六十歳代の中頃、『親鸞の接近』という書物を著したとき、わたしは何人もの人から似たような質問を受けた。

それに対しわたしは、自分が親鸞の方へ近付いて行ったのではない。時節が満ちて、親鸞がわたしの方へ近付いていったのだという答え方をしたと思う。それからしばらく時が経った現在、親鸞に向かい合うまでの経緯をもう一度振り返っておきたい。

実をいうと、わたしは大学時代、宗教的回心をめぐるゼミで親鸞のことを少し齧ったことがあった。もっともその時は、彼が『歎異抄』で唯円に向かって説いている〈他力〉という考えがどうしても理解できなかった。これから未知の学問の世界に自分の力で参入してみようと決意したばかりの者にとって、すべてを仏に頼り、仏の導くままに生きるという教説は、ひどく場違いに思えたのだった。こんなことを信じてしまったら何もできなくなるとわたしは警戒し、そのまま親鸞を封印してしまった。わたしの、そしてわたしの同級生たちのアイドルは、「いまの人、あるいは五旬六旬および、七旬八旬におよぶに、弁道をさしおかんとするは至愚なり。」（今の人たちは五十歳、六十歳、また七十歳、八十歳になったら、もうこのあたりで勉強はやめておこうなどと考えているが、馬鹿も休み休みいうべきである。『正法眼蔵』「行持」上）といい切っていた道元であった。

わたしの自力礼賛の哲学が少しずつ変化していったのは、五十歳を越えたころである。文化庁の派遣で半年をイスラエル／パレスチナに、もう半年を旧ユーゴスラビアのセルビアとコソボ自治区の大学に滞在し、日本文化を教授するということを行ない、戦争の惨禍と敗戦直後の社会の混乱を目の当たりにしたときであった。わたしの眼に次々と入って来る悲惨は、自分の意志と情熱の無力を徹底してわたしに教えるのだった。いかなる自力をもってしても動かしようのない現実が、そこには展がっていた。

悪は実在する。それは単に善の欠如 privatio boni でもなければ、自分の外側に存在している脅威であるだけでもない。悪はそれを認識する者の内側にも存在する。ではそれをどのように解決すればよいのか。もし赦すことが悪の解消であり、悪の救済であるとすれば、それはどのようになされるべきなのか。わたしを捕らえたのは、それまで一度も真剣に向き合ったことのない問題だった。

赦すことのできる程度の悪人は、赦すことができる。だが赦すことのできない者を、人はいかにすれば赦すことができるか。

謝罪という言葉がある。フランス語では pardonner, つまり赦しを与えてほしい donner un pardon という意味である。謝るというのは赦しを乞うことなのだ。だが赦しを乞われた側は、乞われたからといってただちに赦しを与えることができるだろうか。謝られたからといって、はい、わかりましたと返事をして、すますことなどできない事態が、世の中にはいくらでも転がっている。

あまりに抽象的な表現なので、もう少し具体的に書いた方がいいかもしれない。人間の歴史を振り返ってみれば、どうしても赦すことのできない悪人はいくらでも存在している。たとえばヒトラーやポル・ポトを赦すことは可能なのだろうか。裕仁は生涯を通し、謝罪についても責任についても曖昧な逃げ口上しか口にしなかったが、日本人のみならずアジア人は、たとえ彼が謝罪

（赦しを乞う）したとしても、赦しを与えることができただろうか。

赦すことのできない者を赦すというのは、言葉の矛盾である。だがこの矛盾を重々承知の上で赦しを与えなければならない状況というものが、確かに存在している。わたしを親鸞へと向かわせたのは、彼が大著『教行信証』のほとんど全巻を通して、この困難な問題に取り組んでいるからだった。

インドのマガダ国にアジャセという若い王がいた。別名を「未生怨」、つまり生まれる前から憎しみを抱いてきた者という。

アジャセが生まれたとき、父王は王子がやがて自分を殺害するだろうという、恐るべき予言を聞かされた。アジャセとは未生怨、すなわち生まれる前からの憎しみという意味である。彼は凶悪な性を持ち、幼少時より殺戮を好んだ。激しい心を抱き、つねに怒りと愚かしさに満ちていた。そして王位に就くとただちに父王を幽閉し、死に至らしめた。このアジャセの救済を誓ってブッダが努力するという物語が、『教行信証』に記されている。

仏教では人間の犯しうる最悪の悪行を「五逆」と呼んでいる。ブッダはあらゆる人間を浄土へ導くという誓いを立てたが、いかなる仏典を読んでもこの五逆を働いた者たちと、聖者を誹謗した者、仏の教えを廃壊（はいえ）しようとした者だけは例外で、救済することができないとしている。五逆とは経典によって若干の違いはあるが、父親、母親を殺害した者、聖者を殺害した者、教壇の秩序を破壊した者、仏身を傷つけ流血に至らしめた者である。

親鸞は、にもかかわらず、この五逆と誹法の徒さえもを救済できる手立てはないものかと、次々と仏典を渉猟する。『大無量寿経』は、それは絶対に不可能だと説いている。だが『観無量寿経』は、ひょっとして「善知識」（優れた導き手）に出逢って念仏を懸命に唱えれば可能性があるかもしれないと書いている。親鸞はここだと思い、さらに『大般涅槃経』に到達したとき、アジャセについて最終的な解決法を見つける。アジャセは過去の悪行を深く後悔し、「善知識」であるブッダに帰依することで救済に到達したことが判明する。

親鸞は回り道に回り道を重ね、恐ろしく長い物語の末に結論を語る。どうしても赦すことのできない悪行の者が存在する。だがその者たちにしても浄土に向かうことができるのだ。絶対に赦されない者ですら、赦されるということがありうるのだ。

難解な漢文を読み下した『教行信証』を読み進み、ついにこの一節まで読み進んだとき、わたしはパレスチナとコソボで垣間見た残虐と悲惨について考える枠組みに、ようやく到達できたような気がした。赦せない者を赦すことはできない。しかし彼らを赦さないわけには先が進まないとすれば、どのようにその矛盾する行為を実践することができるのか。アジャセ王の物語の帰結を見届けたとき、わたしは自分が親鸞に呼ばれていると感じた。『親鸞の接近』という書物がそこから生まれた。それはわたしのパレスチナとコソボ滞在の帰結となる書物である。

だがどうなのだろう。われわれはこの論理のもとに、はたして南京大虐殺を、アウシュヴィッツとブッヒェンバルトを、ポル・ポトの大虐殺を赦すことができるのだろうか。済州島（チェジュド）で一九四八年四月三日に起きた虐殺を赦すことができるのだろうか。

あるときわたしは金石範（キムソクボン）に訊ねたことがあった。赦せない者を赦すことはできますか。済州島の惨事を小説で描くことに人生のほとんどすべてを費やした作家はただちに答えた。赦すことはできない。絶対に赦すことのできないものが、この世界には存在しているのだと。

わたしは失語に見舞われる。赦すことができるためには何かしらの信仰に帰依しなければならない。それでは信仰からはるかに遠いところに留まっている者は、赦すことからも赦されることからも放逐されたままなのだろうか。満洲の地でみごとにニセ坊主を演じ、意味も解らぬお経を唱えてみせたわたしの才覚は、どうすればわたしに解決の仕方を教えてくれるのだろうか。

死について

弥勒菩薩が兜率天での修行を終え、五十六億七千万年後にこの地上に如来として到来するという仏典の伝承は、わたしを恍惚とした気持ちにさせる。というのもその数字が、現代科学の最先端の認識とほぼ重なり合うためだ。

天文学は、太陽は五十億年の後に命数が尽きると予測している。この恒星として見れば比較的軽く小さい星は、消滅の直前に赤色巨星と化し、木星軌道の近くにまで膨張する。木星はかろうじて難を逃れるかもしれないが、地球はあっという間に呑み込まれてしまう。極限にまで巨大化した太陽は次の瞬間、急速に収縮して、白色矮星になってしまう。質量こそ重いが大きさはおそらく地球よりも小さく、みずから発する光が弱いため、たとえ観測できたとしても、ただの暗黒にしか見えないだろう。もっともその時、観測者である人類はとうに滅亡しているのであるが。

弥勒はサンスクリットでいう「マイトレーヤ」である。ここでも偶然の一致が見られる。『マハーバーラタ』のような古代叙事詩ではマイトレーヤは太陽神であり、そもそも太陽神ミトラの息子であるとされている。悠久の時間の最期に出現する弥勒とは、ひょっとして赤色巨星と化した、末期の太陽のことではないか。

　五十億年という数字の一致は偶然のこととは思えない。この数字は何かを意味しているのだろうか。古代インドの仏典に記された数字が現代の天文学の予測と重なり合っているという事実は、わたしに無限と有限、滅亡と不死という観念、長い間蔑（ないがし）ろにしてきた観念に立ち戻るように指示しているような気がする。

　わたしは想像する。弥勒がようやく悟りを得、菩薩の身を脱し、仏として顕現を決意したとき、もはや顕現すべき地上は存在していない。彼は無限に続く暗黒のなかにただ独り出現するのだが、もはや地球はおろか、太陽の姿さえも見届けることができない。弥勒の全身から発せられる光明を拝し、手を合わせる者は、誰一人として存在していない。だが虚空に佇むこの聖者にとってさらに悲惨なことは、彼が永生の存在、すなわち不滅を体現する仏陀であることだ。


　人間はみずからが有限の存在、すなわち死ぬべき定めであることに、長きにわたって悩み、悲しみ、それを契機として哲学を造り上げてきた。だが死よりもさらに残酷なことがある。それは不死を宣告されることだ。もし死の機会が、いや、死ぬという能力が失われてしまったとすれば、人はどうすればいいのだろう。五十億年を生き延び、太陽が地球を呑み込んだ直後に暗黒へと収斂していくさまを見届けた後も、さらに未来永劫にわたって暗黒のなかで、独り孤独に存在し続けなければならないとすれば……。これは想像するだに怖ろしい状況ではないだろうか。

　幸いにも人間はこうした宿命から免れている。いかなる悪行を積んでいようとも、死から見放されることはない。不死不滅という劫罰を与えられている存在があるとすれば、それは神だろう。神が存在するのか・しないのかは、この際さほど重要ではない。神とは不滅の別名であり、死という恩寵から見放された存在なのだ。

だが、ひょっとしてこの考えは単純すぎるかもしれない。神が天地万物のみならず時間までを創造した主体であるとすれば、その神は時間の外側に超越的に鎮座していることになり、天地創造の当初から、太陽の消滅など想定できていたはずだからだ。

本書を執筆する前に、いったい十三年前にはどんなことを書いていたのだろうと思って、『人、中年に到る』を書架から取り出し読み直してみた。

正直にいって、これはスリリングな体験だった。わたしはオスロの雪のなかに閉じ込められて書いていた文章を、きれいさっぱり忘れていたからである。

最初、それはほとんど他人が著した書物のように感じられた。だが、少しずつ読み進んでいき、最終章である「死について」と題されたところに到達したとき、その当時の自分の姿がはっきりと浮かび上がってくるような気がした。わたしはその直前に受けた脳腫瘍の手術が成功こそしていたが、死がついそこまで来ていたという危機の感覚を強く感じていたのである。

死を睨みつけ、真正面から向かい合っていても負けてしまうだろう。なぜなら死は後ろ側からそっと忍び寄ってきて、いきなり足を掬ってしまうからだ。それがわたしの実感だった。

「死について」という文章のなかで、わたしは自殺という行為をかなり批判的に論じている。

死とは本来的に、いかなる原因も意味もなく、人間の背後から突然に襲いかかってくるものであるはずだ。自殺には漠然とした不安に始まって、失恋や政治的挫折まで、確固とした原因が存在しており、誰もが近隣者の自殺を前に、それを懸命に捜し出して納得しようとする。これでは死の本質を見誤ってしまうのではないか。死は何人も避けることができないにもかかわらず、何人もその意味を見極めることができないという点に本質が横たわっている。みずから生命を断つ者は、死を取り逃がしてしまうのではないだろうか。

十三年前のわたしはひとしきりこう述べた後に、マルクス・アウレーリウスの『自省録』から言葉を引いている。あたかもオリーヴの実が熟し、自分を育ててくれた樹に感謝しながら大地に墜ちるかのように、人は死を体験しなければならない。死とはいささかも異常な事件ではなく、むしろ季節の廻りによって生じる自然の摂理の現われのひとつにすぎない。これがマルクスの立場であり、かつてのわたしは、このローマの哲学皇帝の言葉に深い共感を示している。もしそのような死を体験することができるならば、それは理想的な死ではないだろうかと、わたしは論を進めている。

マルクスに関してはその後も読み進め、とうとう三年後に『マルクスの三つの顔』という書物を著してしまった。今でもこのストア派の哲学者に対する畏敬の念は、いささかも軽減されることなく、わたしの心中にある。だが本章ではその後の十三年のうちにわたしの身に起こったことを述べ、わたしがさらなる故人の読書から学んだことについて、簡潔に記しておきたい。

死ははたして生を完結させる事件なのだろうか。生がそれ自体が混沌として無秩序なものである以上、死によってようやくその意味が確定すると考えるべきなのだろうか。西洋の文学はつねに死のそうした機能に言及し、死を讃美してきた。

マラルメに「ついに永遠がその人をその人自身に変えることになるような」という詩句がある。「エドガー・A・ポーの墓」という詩篇にある言葉であるが、世俗の卑小な生を終え、悠久の永遠に帰属したときにこそ、真の詩人の偉大さは理解できるものとなるといった意味である。この立場をさらに極端に徹底させたのが三島由紀夫であり、わたしが長らく研究に携わってきたパゾリーニであった。

三島は『葉隠』にある「武士道とは死ぬ事と見つけたり」という警句を、常日ごろから愛好していた。自分のすべての文学と行為は、最後にどのような死に方をするかによって評価されるだろうと公言し、事実、スペクタクルとして派手派手しい自決を遂げてみせた。

パゾリーニは三島の存在を意識していた。彼は詩のなかで、「すべては死のなかで完璧となり、人はひとたび生を喪った後に、それを取り戻す」と書いた。自分が生きているかぎり、人は誰も自分の行動に意味を与えてくれないだろう。生きているとは意味が欠落していることだからだ。死こそが雷の一撃のごとく、生をモンタージュして、その意味を造り上げてくれるのだ。彼はこうした理念に応じるかのように矛盾だらけの人生を生き、今なお不可解な殺人事件の犠牲となって生を終えた。

だがはたしてそうだろうか。死とは生に結論を与えるものではなく、たかだか生の途上に生じる偶然の事件ではないだろうかという思いが、今のわたしにはある。

　どんな人間もひとたび死ねばその人の真の大きさになるという固定観念は、今なお強い。とはいうものの、それは結果論から生じた詭弁であり、換言するならば、どんな人間も死んでしまえばそれ以上活動することができず、他人が安心して語ることのできる存在に変わるというだけのことではないだろうか。いかなる死も停止であり萎縮である。人は死を通して固定され、展翅板にピンで留められた昆虫のように、安全無害なものとしてステレオタイプのイメージを与えられるだけではないか。

　生とは誤解に満ちたものである。人は何か行為をするたびにステレオタイプの表現を与えられ、行為の真実は覆い隠されてしまう。三島やパゾリーニのように醜聞を怖れない、勇気ある行為者たちが、生前から誤解の犠牲とされてきたことは事実であった。死とは誤解されているということだと、パゾリーニは書いている。では、彼らは死へ赴くことで真に理解されたといえるだろうか。わたしには、必ずしもそうだという確信がない。この二人にはスキャンダラスな死を通して、さらなるステレオタイプに真実を隠蔽されるという不幸を招き寄せてしまったという印象がある。

　六十歳代に入ったわたしは、以前にまして自分の親しい人、近いところにいる人の死を見送ることになった。そのたびごとにわたしは自分にいい聞かせてきた。たとえいかなる死が起きたとしても、そのために心が乱されることがないようにと。わたしは常日ごろから、そうした習慣をつけようと努力して来た。だがそれは理想である。ときにあまりに悲嘆が強すぎることがあり、心が平静さを失って深い憂鬱のなかに沈み込むことがなかったといえば嘘になるだろう。

　わたしにとって最大の事件は、友人ジョスリーン・サアブの死であった。

　先に書いたようにジョスリーンはベイルート出身の映画作家である。わたしたちはパリで出逢い、元日本赤軍最高幹部であった重信房子とその娘について、何とかドキュメンタリー映画を撮ろうとして画策していた。その最中に骨髄の癌が発見された。きっと今度のフィルムが自分にとって遺作になるだろうと、彼女は宣言した。自分は、自分にとって長い間の宿敵であった母親と和解するために、母と娘の物語を映画にするのだ。

　ジョスリーンは苦痛に満ちた闘病生活のなかで作品の制作費を捻出しようと腐心しては、そのたびごとに挫折し、未来を断たれてしまったことの不安と焦燥感のなかで、孤独に闘っていた。わたしはただその孤独を見つめることしかできなかった。一年に二度、さらに三度とパリに向かい、ジョスリーンと映画製作の準備作業を続けた。わたしはもうこの作品は実現できないだろうと、あるときから思うようになった。彼女の衰弱があまりに酷かったからである。だがそれを口にすることは憚(はばか)られた。

　あるとき東京に戻っていたわたしは、リヨンに住む友人からジョスリーンの死を告げられた。彼女は凍てつくようなパリの寒空の下で、病院で息を引き取ったのだ。後には映画作品とは別に、たくさんのオブジェ作品が遺された。ジョスリーンは生涯にわたって戦乱のベイルートを定点観測し、大量のスチール映像を撮影していた。幸いにもこれだけはジャン=リュック・ゴダールが製作費の援助を申し出てくれたので、彼女の死の直前にかろうじて出版することができた。

怖れていたことがついに起きてしまった。いてもたってもいられない気持ちで、わたしはベイルートへ向かった。墓所はなかった。彼女は生前、自分の骨は地中海に散骨してほしいと遺言をしていた。

　わたしはジョスリーンについて追悼の詩を書いたが、心はとうていそれだけでは納得しなかった。そこで彼女との出逢いに始まって、ベイルートとパリでのその人生の軌跡のすべてを書いておこうと決意し、『さらば、ベイルート』という書物を著した。日本ではほとんど無名の、アラブ人のドキュメンタリー作家、しかも女性の……。出版社は難色を示した。書物は書き上げたものの、それを刊行することはけして容易なことではなかったが、幸運なことに強い情熱を持ってくれる編集者に出逢ったおかげで、書物は無事に刊行することができた。わたしは書物を書くことが自分の生来の業（メチエ）であることに感謝した。もしジョスリーンについて書くことができなかったとすれば、わたしは自分の心中に蟠（わだかま）る苦しみの感情を、どう処理していいのかがわからなかっただろう。

　現在のわたしは死という事件を、時間の外側に出ることだと考えている。この考えはたぶんにアウグスティヌスに負うところが多いが、わたしは本章では神学的議論に耽りたいわけではない。神という超越的存在がはたして存在しているのかどうかといった問題についてはさておいて、まずはわたしが『告白』と『神の国』から読み取ったものを記しておこうと思う。

　天地を創造する前、神様はいったい何をしていらしたのですか。アウグスティヌスはあるとき人にそう尋ねられ、けしからん、何という愚問であることかと批判している。

神には過去も未来もない。そもそもが時間を超越した存在であり、天地を創造する以前に時間を無為に過ごしていたと考えること自体が浅薄な考えである。天地が創造される以前には時間は存在していなかったのであり、神こそが時間を創造したのである。

時間とは独自に存在しているものではない。物質が存在し、それが運動を開始したとき、はじめて時間が生じるのであって、これは逆にいうならば、すべての物質の運動が時間だといってもよい。

アウグスティヌスはこれに続いて、天地創造はまだ完結していないと説いている。われわれが生きているこの世界はまだ完結しておらず、創造の日の第七日目が今なお続いているのである。『告白』の終わり近くにあるこの一節を読んだとき、わたしが想い出したのは、ダンテの『神曲』であった。ダンテは人生の半ばにして地獄から煉獄、天国へと、三つの世界を訪れ、その驚異的な光景を事細かく描写した。地獄には二日滞在し、さまざまな罪人が懲罰を受けているありさまをつぶさに観察した。煉獄の山を登りきるには四日を費やした。では天国ではどのくらいの時を過ごしたかというと、これは一瞬なのである。もっとも低い天から至高天まで、夥しい天使に祝福されながら階梯を上り、ついに聖母マリアを、そして全能の神の御姿を目の当たりにするまで、旅を続けたのだが、それは地上の時間では測定できない、いうなれば超越的空間における出来ごとだったのである。ダンテは神聖なる存在を仰ぎ見るために、時間の外側に出なければならなかった。

時間とは神の手になる被造物であり、神自身はその時間から超越した存在である。アウグスティヌスのこの教説を導きの糸として、人間における死とは何かという問題を考えてみよう。

わたしは誕生する以前には存在していなかった。肉体を所有していなかったばかりか、魂すら所有しておらず、したがって意識が存在しているわけがない。同じことが死後にもいえて、わたしが死ぬときにはすべてが無に帰してしまうだろう。「わたし」という意識が存在し活動していられるのは、わたしが生きている間の、いうなれば短い時間の現象にすぎない。これは表現を変えてみるならば、わたしが存在しているという事実は、たかだか時間の内側の出来ごとにすぎないということである。わたしとは本質的に時間に帰属している存在である。

物質が存在していないところに時間はない。物質が運動を開始したとき、はじめて時間が発生する。宇宙が開闢する以前には物質はなく、時間はなかった。いや、もとい、「以前」ということすらなかった。

わたしとは時間の内側に生起する現象である。だとするならば、死を定義することはさほど困難ではない。わたしが生まれる以前には時間の外側にいたとすれば、わたしは死んだときには時間の外側に飛び出てしまうだろう。要するに、本来いた場所に戻っていくだけのことではないか。時間の外側とは何か。それは物質の存在しない空間であり、空間さえも存在しない場所である。簡単にいえば無だ。

ここまで書いてきて、わたしは子供の頃に、そして現在もまたときおり繰り返してみる、不思議な儀礼のことを思い出した。わたしは毎晩眠りに就こうとするとき、死とはこのような体験ではないかと、繰り返し自分にいい聞かせるのだった。寝台に横たわりしばらくすると、まるで満ち潮のように眠気が襲ってくる。ああ、こうやって人は意識が遠ざかり、死に赴いていくのだと思いながら、いつしかわたしは眠ってしまう。

少年時代からわたしは不眠症に悩まされてきた。眠ろうとして努力するものの、努力すればするほどに神経が興奮して、ますます眠れなくなるという悪循環に陥ってしまう。だが、今になって思うのは、わたしが実は眠りに就くことに抵抗していたのだった。わたしは意識が消滅するという事態に耐えられなかったのだ。それは幼いわたしには想像もつかない状況であり、その程度さえ軽減されたものの、今なおわたしの意識の片隅に残存している感情である。そして、にもかかわらず、結局のところ、わたしは毎晩、眠りに就くことになる。運さえよければ、おそらくわたしはそれを繰り返すようにして死の眠りに就くことだろう。

わたしが時間の外側に出て行ってしまった後も、世界は存在し続けるだろう。宇宙に存在する物質は、ルクレーティウスが『物の本質について』で説いたように、絶えまぬ運動を続け、時間は豊かに流れ続けていくことだろう。わたしは死んでしまうならば、自分が後にしたこの世界で起きるであろうことを知ることはできないが、それはわたしが生きていた時と同様に、あるいはそれ以上に汚穢と偽善に満ち、苦痛と怨恨に満ちた人々によって担われていくことになるだろう。

時間は過去から未来へと進んでいくわけではない。未来から到来するものである。時間はまだ存在もしていない未来から止めどなく流れてきて、一瞬ではあるが「現在」という状態に達したかと思うと、次の瞬間には消滅してしまう。過去という、もはや存在しないものに属してしまうのである。われわれは結局のところ、現在という須臾の時間しか認識することができない。

ただ、ここで気を留めておかなければならないのは、時間には繰り返しがないという事実である。ひとたび過去となってしまった時間は、もう二度と回帰してくるわけではない。時間の進行は線的である。未来が現在になり、それが過去へと押し流されていく。わたしとはその奔流のなかで狼狽している小さな魚にすぎない。わたしは時間のなかに生まれ落ち、時間のなかで揉みくちゃにされながら、時間を飛び出して死の領域に到達することになるだろう。

死を免れることは誰にもできない。だが時間の認識を切り替えることで、奔流のなかでの自分の位置を、今少し落ち着いたものにする程度のことはできるのではないか。今のわたしはそう考えている。それは時間を線的なモデルで見ることをやめ、円環的なモデルのもとに考え直すことだ。本来は繰り返すことのない時間のなかに反復を持ち込み、それを循環する運動として認識し直すことだ。

六十歳の直前に大学での教鞭から解放されたわたしは、一週間単位で時間を生きる習慣から解放された。小津安二郎の『大学は出たけれど』の科白を借りるならば、「サンデー毎日」の生活である。そしてその分だけ、季節の廻りを意識して生きることが多くなった。

わたしは少しずつ庭仕事が面白いと思うようになった。玄関先とガレージの裏側にある、猫の額ほどの場所に蹲(うずくま)って土を弄(いじ)ることに、愉しみを見出すようになったのである。

　秋の日が短くなる頃を見計らって土を馴らし、肥料を施した上でチューリップやフリージア、クロッカスといった球根を土に埋める。芽が出てくると、ときには藁を被せたりもする。春になってそれらが残らず開花してしまうと、今度はそこに胡瓜や苦瓜(ゴーヤ)、南瓜といった蔓ものの苗を植える。蔓が気ままに伸びていくさまを毎朝確かめるのは悦ばしいことだ。薔薇が咲き終わると剪定をし、感謝の気持ちを込めて肥料を与える。夏草が伸び出すと刈り取りをし、蝶の幼虫が山椒やレモンの葉を食べ尽くさないように気を配る。こうして一年が過ぎると、またしても球根の季節が廻ってくる。

　わたしは農業実習のある中学と高校に学んだ。六月になると授業の一環として田植え実習があり、夏休みの宿題はローズガーデンの設計図を作成することだった。土弄りは懐かしい作業である。長く屈みこんで腰が痛くなるたびに、それが大昔に体験した痛みと同じものだと思い出し、幸福な気持ちになる。

　季節を意識し、季節の要請に応じて生きることとは、すなわち時間を廻り来るものとして受け入れることである。時間が線をなして経過していくのではなく、円環のように繰り返していくものだと認識することである。これはわたし個人の発見ではなく、古代中世を通して農民が携えてきた世界観と時間意識のあり方だった。

　時間には始まりもなければ終わりもない。やがて未来になれば人類は進歩しているだろうという観念は、資本主義が滅亡すれば共産主義の世が到来するだろうという信仰と同様、楽天的なイデオロギーにすぎない。時はただ季節に応じて経廻（めぐ）っていくだけだ。この考えは近代の、産業革命以降の人間の時間意識と正反対のものである。いや、さらにいうならば、ユダヤ教からキリスト教、そしてマルクス主義に到るまで、西洋の文明の発展原理として働いてきた時間意識とも、真っ向から対立している。というのも、こうした宗教的＝イデオロギー的認識は、外見がいかに異なっていようとも、時間には始源があり、やがてそれは終末を迎えるであろうという、目的論的な世界観に基づいているからだ。

　多くの人間は、線的な時間モデルに沿うような形で、自分の人生を考えている。人は生まれ、大人になり、老いて死んでいく。この物語には繰り返しがない。人生のさまざまな段階はあたかも階段を上るように設定され、階段を逆に下りたり、もう一度同じ階段を上るといった行為は想定外のこととされている。だが植物の生育にはこのモデルは役に立たない。どの花々も季節に応じて蕾を膨らませ、花を咲かせると、種子を残して枯れていく。とはいうものの、翌年も、さらにその次の翌年も、同じように蕾を膨らませ、花を咲かせては枯れていく。庭仕事をするとは、こうした植物の持っている時間のリズムを読み取り、それに従って生きることであり、線上に進行する時間とは別の秩序にある時間に触れることだ。

　繰り返しいうことになるが、死から逃れることはできない。だが、死が携えてきた物語を切り替えることはできる。人生には初めと終わりがあり、その間はただ一直線に時間が進行していくばかりであるという思い込みから一歩退き、時間の本質は反復にあるという認識へと進むことだ。土を掘り返して球根を一個ずつ植えこんでいくわたしは、そのたびごとに植物が本来的に携えている再生の力を分有することだろう。枯れて死滅することが生まれ変わることであるという教えを、チューリップやクロッカスから学ぶことだろう。わたしが想い出すのは、ヴォルテールが『カンディード』の最後に書きつけた言葉、「汝の庭を耕せ」である。

先に、人間の生は死をもってはじめて意味が定まるという世界観について書いた。この立場はきわめて魅力的であり、いうなれば自己崇高化の衝動に裏打ちされたものである。とはいうものの、庭の土弄りはこうした死への期待を、一気に相対的なものへと引き戻してしまう。なるほど生は矛盾に満ちているかもしれないが、かといって死という雷の一撃によってその意味が統合され、理解可能なものとなるというわけではないのだ。生はただいつまでも繰り返しの途上にあり、始めも目的も定かでないまま、あるとき偶発的に終わりを告げる。それは時間という秩序からの脱落に他ならないのだが、はたしてその脱落を悦びをもって受け容れることができるかどうかが、これからのわたしの主題だろう。

薔薇を剪り棘をののしる誕生日　　三鬼

対話風の後書き

――どう、読み終わった感想は？

――この十年間、六十歳から七十歳にかけて、きみは仕事ばかりしてたんじゃないの。とてもその直前に大きな病気をしてたなんて、考えられないよ。

――僕は日本の大学にはもう未来がないと早々と見限ってしまった。自分にはもう人に教えたり、退屈な会議に出たりする時間などないと思ったのだ。以前にもまして時間がより貴重に思われてきた。そりゃときどき外国の大学で教鞭を執ったりはしたけど、まあ御見逃しいただきたい。というのも僕は、自分がこれまで住んだことのない国に住むというだけで、頭が冴えてくるといったタイプだからだ、きっと。

――それにしても、ずいぶん大きな本を書いてるなあ。『パゾリーニ』は三千枚だろ。『ルイス・ブニュエル』だって、『親鸞の接近』だって相当にぶ厚い。それから詩集とか小説とか。タイ文学とブラジル文学の翻訳もあったっけ。

――あはは、さすがに自分でもやり過ぎだと思ったときもあったよ。だけど大きな書物を書くことができたのには理由が二つあった。若い頃からいつか書いておきたいと、コツコツ資料を集めたりノートを取っていた主題がいくつかあって、それをずっと温めていた。纏めておきたいという気持ちが、ようやく到来したというわけだ。それが理由のひとつ。『コヘレトの言葉』（『伝道の書』）は、歌うのに時があり、すすり泣くのに時があると説いているけど、どんな行為にも、それをなしうるにふさわしい時というものがある。それが真理だと思う。

もうひとつの理由は、この数年にわたって世界中がパンデミック状態となり、日本の国内に軟禁状態を強いられていたこともあった。幕末の高野長英とか渡辺崋山のように、蟄居申し渡しというわけさ。毎日が執筆と犬の散歩だけという、これまでになかった単純な生活となってしまった。海外に三年ほどにわたって行けなかったことが、大きな意味を持っていたと思う。自分で気がつかないままに視野が狭くなり、バカになっているのじゃないかというのが気懸りの三年だったけれど、大きな仕事をしているというのが心の支えになっていたのは事実だ。

――じゃあ、この本は？　冒頭の章の「老年にはなったけど…」という題名は、『生まれてはみたけれど』とか『大学は出たけれど』といった小津フィルムの捩り（もじり）だよね。きみは確か、若い頃は愉しそうに小津論を書いたりしていたのに、あるときから小津に批判的になったのじゃあなかったっけ？

――そう、その通り。内田吐夢や伊藤大輔のような監督と付き合ってみると、小津のいわゆる諦念が苛立たしくなってきたのは事実だ。それが現代という時代に迎合しているように見えることも腹立たしい。しかしこの本は映画論ではないから、これ以上はいわないでおこう。

小津先生は六十歳の誕生日に亡くなられたのだから、はたして「老年」という意識を抱いていたかはわからないね。ただ、この本はとてもリラックスして書いた。十年ほど前に出した『人、中年に到る』と同じように、手元に何も資料など置かず、思いつくままに、好き勝手に筆を進めたわけで、書いているのが愉しかった。

――もう後十年、長生きして、八十歳になったら、またこの続編を自分が書くと思う?

――それは約束できない。今という時代は、つい昨日まで元気だった人が死んだと突然に知らされ、心の準備をできないままにお通夜に出かけたりする時代だからね。そういう自分だって、いつ死んでしまっても不思議はないという気持ちで生きている。今生きている今日という日が、自分の人生の最後の日だと思って生きるしかない。人と会うときだって、いつもそれが最後なのだと心にいい聞かせておかなければいけない。いつからか、それが習慣となった。

でももし十年経ってまだ生きていたら、今度は自伝を書くだろう。それも長いものではなく、どうしてもこれだけは書き留めておきたいという、濃縮された書物になると思う。題名は『三十分で読める、四方田犬彦の悲痛にして滑稽な人生』というのがいいと思うな。これまでの人生のなかに混じっていた数多くの夾雑物、つまり羨望や野心や計算間違いといった愚行のすべてが削ぎ落され、遺しておきたいメモリアだけを純粋に書き記すことができたならばいいと思う。それがささやかだけれど文筆家としての理想だ。といっても約束などできっこない。風呂場で石鹼に足を滑らせてしまうように、自分がいつこの現世の時間から滑り落ちてしまうかは、誰にもわからないからね。

——きみはいつまで書いているつもり？

——死ぬ直前まで書いているのじゃないかな。だって、それしかできないじゃない。今さら僕にロックバンドでヴォーカルをとれとか、国会議員になって自由と民主主義に献身しろといったって、無理に決まっているだろ。僕の家というのはもう世界のどこにもない。もしあるとすれば、僕の書いたもののなかにしかない。だから目と手が使えるかぎり、書き続けるのさ。ゴダールが死ぬまで映画を撮り、映画のことしか考えていなかったようにね。

この本は十三年前の『人、中年に到る』と同じように、藤波健さんに作っていただいた。装丁も同じ加藤光太郎さんだ。それが何よりもうれしい。自分が好き勝手に書いたこんなものを本にしてくださったのだから、心からお礼の言葉を申し上げたい。

二〇二三年三月　著者記す

四方田犬彦（よもた・いぬひこ）

1953 年、大阪箕面に生まれる。東京大学で宗教学を、同大学院で比較文学を学ぶ。長らく明治学院大学教授として映画学を講じ、コロンビア大学、ボローニャ大学、清華大学、中央大学（ソウル）などで客員教授・客員研究員を歴任。現在は映画、文学、漫画、演劇、料理と、幅広い文化現象をめぐり著述に専念。学問的著作から身辺雑記をめぐるエッセイまでを執筆。近著に『親鸞への接近』（工作舎）、『われらが〈無意識〉なる韓国』（作品社）、『愚行の賦』（講談社）、『さらば、ベイルート』（河出書房新社）、『パゾリーニ』（作品社）、『大泉黒石』（岩波書店）。詩集に『わが煉獄』『離火』（港の人）、小説に『すべての鳥を放つ』（新潮社）、『夏の速度』（作品社）、『戒厳』（講談社）。翻訳にボウルズ『優雅な獲物』『蜘蛛の家』、イルスト『猥褻なD夫人』、パゾリーニ『パゾリーニ詩集』などがある。『月島物語』で斎藤緑雨文学賞を、『映画史への招待』でサントリー学芸賞を、『モロッコ流謫』で伊藤整文学賞を、『ルイス・ブニュエル』で芸術選奨文部科学大臣賞を、『詩の約束』で鮎川信夫賞を受けた。

いまだ人生を語らず

二〇二三年 五 月三一日 印刷
二〇二三年 六 月二〇日 発行

著 者 四 方 田 犬 彦
発行者 岩 堀 雅 己
印刷所 株式会社 理 想 社
発行所 株式会社 白 水 社

東京都千代田区神田小川町三の二四
電話 営業部〇三（三二九一）七八一一
編集部〇三（三二九一）七八二一
振替 〇〇一九〇-五-三三二二八
郵便番号 一〇一-〇〇五二
www.hakusuisha.co.jp

乱丁・落丁本は、送料小社負担にて
お取り替えいたします。

株式会社松岳社

ISBN978-4-560-09356-6

Printed in Japan

怪奇映画天国アジア

四方田犬彦

怖くなければ映画じゃない⁉　インドネシア、タイ、マレーシア、シンガポール、カンボジアなどの怪奇映画史、恐怖と身体の政治性、アニミズム的精霊信仰との関係を解く。渾身の書下ろし！